风雨一生难得过，
雷电齐来一闪无。
——爸爸

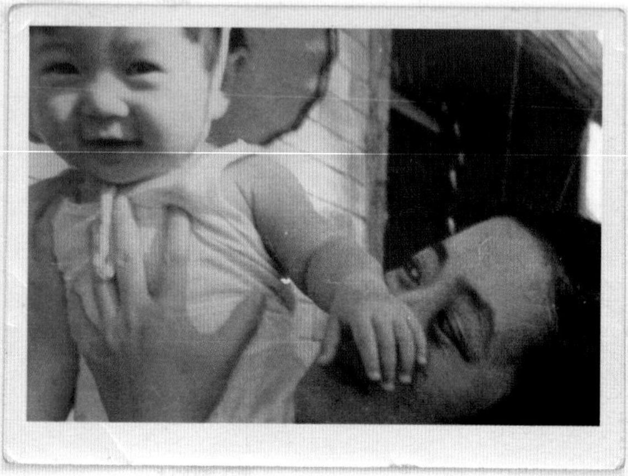

在正午的阳光里泛黄的稿纸那么温暖，上面的一笔一划那样鲜明生动。字字跃在纸上，像一朵朵活生生的小花在开放。

你和我

万方 著

北京出版集团
北京十月文艺出版社

编码

一

以下是我努力复原的情景，时间是 1974 年 7 月 14 号。

沈阳市中心，一座六层的灰色大楼，有人在走廊里叫：小万！小万！呼喊声在楼道里撞来撞去，发出回响。这座楼是沈阳军区前进歌剧团的驻地，当时我正在乐队女生宿舍里聊天，听到喊声赶紧跑到走廊上。原来是教导员找我，我有些诧异，他找我干什么呢？

下楼来到办公室，敲门，喊：报告！屋子里只有教导员自己，坐在办公桌后面。一直以来的直觉告诉我这位领导并不喜欢我，原因不明，也许是我们之间太少交集，彼此漠不关心，是天天见面的陌生人。他找我干什么呢？这位脸色黑黑的小个子男人，看到我进来没有立即开口说话，这个不正常的停顿让我察觉到他并不愿意找我来，是不得不这么做。到底他找我干什么？

是这样，他说，我们接到电话，你妈妈病重，团里研究了一下，批准你今天就回去。这有一封你的电报。他从桌上拿起一张纸递向我。

我拆开信封，看到电报纸下方五个很小的字：母病重，速归。我没有反应，人卡在一个混沌的缝隙里，动弹不得。也许几秒钟，也许十几秒，忽然想到一个问题：谁打来的电话？

你家的邻居，姓周。教导员回答。

我知道那个姓周的，我当然知道那个人。打电话是很困难的，尤其是长途电话，连想都不要想。但周同志打来了电话，他从哪打的？单位吗？应该是单位。那爸爸呢，他在哪儿，在干什么？思绪蠕动着，毫无方向。已经没有什么话可说了。好，我说，只说了好，然后转身离开。

我的表现很冷静，怎么会那么冷静，在不该冷静的时候。后来当我逐渐对自己有所了解，发觉在某种紧要关口我总是回身关门，把别人、把世界阻挡在外面，把自己留在孤岛上，对我来说这孤岛比其他任何地方更容易忍受，更安全。

记忆从来不可靠，尤其是对痛苦的记忆。情感会淹没很多细节。离开教导员办公室，上楼回到宿舍，接下来我做了什么，怎么做的？没有多少清晰的回忆可以填补那段混混沌沌的时间，只有些若隐若现的影像。我去找了小闫，幸亏有小闫。她是列车员，跑的就是沈阳至北京的特快，那晚不是她值班，但她保证我能上车，告诉我找谁。当我想起小闫，她的样子栩栩如生，头上扎着两个小抓鬏，爱笑，笑起来嘴咧得大大的，露出两排方方的大牙齿。好多次她从北京给我带东西来，都是我爸爸到北京站买张站台票，找到她的车次，再找到她，把东西交到她手上，有糖果，有装在瓶子里的肉末炒榨菜，有《基督山恩仇记》。

7 月 14 号那天还有其他人，歌剧团里我的朋友，雪桦，亚兰，小曲，她们知道了“母病重，速归”一定给予我很多的安慰，帮我安排些必要的事，但是我什么也想不起来了。我在孤岛上。

我是通过工作人员的入口进站的，军装很有用，没有人喜欢为难一个穿着军装的小姑娘。小闫的同事让我先在列车员休息的地方坐坐，等开车再给我找座位。我听到了发车的铃声，听到列车员“嘭”地关闭车门，感觉到咣当一震，站台开始向后移动。二十点四十分。正点。

列车咔嗒嗒咔嗒嗒从黑夜冲向黑夜。我看见自己映在车窗上那张困顿茫然的脸。我知道她已经不在人世了吗？我那样想过吗？答案很肯定，不，没有。我不认识死亡，也不想认识，更关键的是我不能与死亡为伴度过那么漫长的一夜旅途。

妈妈，妈妈，我没有翅膀，我不会飞，不会魔法，无法穿越浓密的黑夜……只能坐在挤满旅客的车厢里。座位上的人七倒八歪，在照度不足的灯光下像是昏迷过去了，个别人的睡姿那么难看，甚至像死去一样。我一分钟也没有睡，没有闭眼，一夜不闭眼是很可怕的，但在那种情况下很正常。是的，前方有件事在等着我，或者说我在等着它，随着列车前进的节奏我和它的距离在缩短，越来越近，它正一点点褪去衣服，露出巨大而赤裸的模样，咔嗒嗒咔嗒嗒咔嗒嗒……

发现她死的时候，她躺在床上，是孙阿姨在早晨发现的。掀开盖在她身上的被子，她的身旁身下全是药片，安眠药。她不是自杀，是吃多了药，吃了又吃，根本不知道自己吃了多少，根本无所谓了。但她没想死，这点我可以肯定，她没有那么勇敢，也没有那么胆小，最关键的是她爱我们，还想见到我们。她的问题是离不了安眠药，依赖它，1974 年 7 月的这个夏夜，安眠药要了我妈妈的命。

即便已经过去了四十三年，回忆仍然令人痛苦，令人望而却步。活得越久我越懂得要感恩一件事，忘却，我感激忘却，没有忘却人很难正常健康地生活下去。

我突然明白写这本书对我的意义了，它要求我活得健康，有健康的心态，不是医学的标准，是我自己的标准。我必须是一个没有太多心理疾病的心态正常的人，一个写作者。我够格吗？

妈妈和爸爸，他们两个人都在吃药，都离不开安眠药。只有安眠药能让他们离开 1974 年的中国，北京，东城区，张自忠路 5 号，后院里那两间阴暗的屋子。我不知道吃药之后他们去了什么地方，但想必那地方是不可怕的，不必恐惧什么，不必一刻刻熬时间，苦苦想念女儿，也谈不上绝望，因为根本不必希望，那里没有明天的概念……如果妈妈是从那里出发，离开这个世界，也许我应该为她高兴。这样的想法是不是有点残忍。

回到刚才的问题，我够格写这本书吗，我足够强大、具有这样的能力了吗？

我怕痛苦，像所有人一样，至今仍然怕。但是还有一种更占上风的欲望，表达。我需要表达，我想要表达对妈妈的爱，表达我对爸爸妈妈的感情，而他们已不在人世。作为一个靠写作为生的人，除了写还有什么其他更好的方法吗？

1974 年，当我回到家，妈妈已经不在家里了，在医院的太平间。我妹妹也回来了，那时我们俩都在当兵，我在沈阳她在烟台。我记得很清楚，我们俩坐在窗下低矮的破沙发上，另一位邻居、一个阿姨面对我们坐在小板凳上，讲述妈妈是怎么被发现死去的。我下意识地哭了，并没有大哭，抽抽噎噎的，有些懵懵懂懂，然而我还是有所知觉，能感知到周围的事物，对我妹妹的表现感到一丝惊讶。她没有哭，语调镇定地问了几个问题，像个局外人，一个严肃的调查者。人生第一次，我感到我妹妹是独立的个体，在此之前她只是我生活中必然存在的一部分。我发现我们虽是一母所生，生长在同样的环境，人和人却那样不同。这个浅显而实在的道理我是在那个时刻被启蒙的。

接下来有些事情要办。需要找一套衣服给妈妈穿。我知道妈妈不久之前给自己做了一套深蓝色的哔叽套装，一件外衣和一条裤子，很容易就在箱子里找到那套衣服，几乎没穿过，舍不得穿。但最终我没有选那套衣服，而是选了一套她日常穿的，一件黑色带着隐约白条纹的呢子上衣，一条黑裤子。为什么做了这样的选择呢？我一生都在责备自己。为什么不让她穿平时舍不得穿的新衣服？难道我也舍不得吗？难道我自己想穿那套新衣？我当然没有穿过，那是不可能的。那套衣服我一直留着，在箱子里保存了几十年，后来消失了，不记得从什么时候不见了，也不记得它的下场，应该是被处理了。

东西的价值是什么？我们为什么保存没有任何用处的东西？为了纪念，为了自己的心情，为了证明我们活过，经历过？不管为了什么，我的箱子里依然保存着一件蓝布中山装，春秋天，妈妈最经常穿的一件外衣。那是个旧皮箱，多年没有打开过一次，但是我知道衣服在里面。

爸爸始终不在场，或者是在我的记忆里他一直不在场，或者我并没有关心他在哪儿，在干什么，似乎觉得他不在场是自然而然的事。

事实上他在，就在他那间小书房里。是一排小平房中的一间，被前面更高又离得很近的房子挡住了所有的阳光，靠墙的书柜遮住了墙上一块块发黑的霉斑，但没有办法能消除阴湿的潮气。屋里有一张床，他躺在床上，始终躺着。我们去医院的太平间见妈妈最后一面他没有去。这可能吗？难道是我记忆失效？我又询问了妹妹，得到肯定的回答，他确实没去。

现在我知道了，他在他的孤岛上。不，那不是一座孤岛，是一个深渊，他掉在深渊里，无法想象有多深，多黑暗，多么哀痛。

因为妈妈去世，我有一个月的假期。能在北京待一个月是多么令人激动啊。这一个月我和妹妹去了两次颐和园，和朋友们爬山、划船。7 月的太阳当空照射，昆明湖如一面白晃晃的大镜子，映得我们的面庞熠熠发光。朋友带了一部 120 的海鸥照相机，照片上的我坐在船上，快乐地笑着，穿着游泳衣，那时候昆明湖可以游泳。

我爸爸躺在小屋里，一个人。

从什么时候起我才认识到青春的残酷无情？压抑的大石头可以被轻而易举地推动，骨碌碌滚开，注意力已经转移到有趣的事物上了。我们逃得那么迅速，快得不可思议，不合情理，如今，这属于孩子、属于青春的能力，我早已丧失殆尽。

我爸爸躺在小屋里，他听到我们出门，听到我们回家，看到我们的脸被太阳晒得红通通，兴奋又疲惫，他会是什么感觉？会为我们一整天忘却了失去妈妈的悲痛而心寒，愈发觉得自己孤单，愈发哀伤？不，他不会，他看着我们，听着女孩儿细碎的说笑声，他想：哦，青春，战无不胜的青春啊！他肯定是这么想，我了解他。

就这样，在我二十二岁的时候，我的妈妈离开了人世，我失去了妈妈，被抛在一个没有妈妈的世界里，从此生活中的一切恩怨只能自己解决了。

编码

二

2018 年，我的狗，乖乖，已经进入她狗生的第十五个年头。早上她不想吃饭，没有胃口，我用猪肝诱惑她也失败了，只得放弃。

准备开始写作的时候，我把她的小窝放到书桌上，这样我一抬眼就能看到她。从书桌的高度看房间，看这个家，她不大习惯，支起脑袋看着，一动不动，像是在等待什么事情发生，当然，什么事也没发生。过一会儿她看累了，趴下，蜷起身子，闭上眼睡了。

于是我开始写。

自从我说出我想写妈妈，为她和爸爸写一本书，我妹妹就多了一件事：催促。写呀，你写呀，你怎么还不写，你什么时候写呀？我不作回答，因为写作这件事只能按照自己的心理节奏进行。但她的催促还是起到了作用，让我不至于以心理准备为借口一直拖延下去。后来我终于写出第一段，就发到她的邮箱，我觉得她应该算当事人之一，听她的意见很必要。奇怪，很长时间没有回音。她住在美国，并非我们没有联系，平日我们通过微信或 FaceTime 保持着频繁的联系，但她只字不提我发给她的文字。到后来我忍不住问她是否看了，她说还没有，她会看，当然要看。过了一阵我又问，她说还没找到时间，需要找到合适的时间才能看。当我第三次再问，她终于说了实话，她不想看，有些事她不想回忆。

原来她也不想回忆。原来她也怕痛苦。这证明了一个事实，我们无法把痛苦的感觉从对妈妈的记忆中消除，阴影总会势不可挡地逼近，令人心生逃开的念头。其实没有什么地方可逃，不管你背对着它，还是面对着它，它都在那儿。

有些事物会消失，如同从未发生过，有些事物永远存在，是你生命的一部分。

这样子到了 2017 年 9 月的一天，上午，明晃晃的阳光从窗子斜照进来，在白墙上悄悄移动。屋子里没有一丝声音，我妹妹坐在我家的书桌前，面对打开的电脑默默阅读。当她看完我写出的以上文字之后，站起身，又搬来一把椅子，我们并排在书桌前坐下，开始讨论。

关于妈妈的死，我妹妹说：那实际上是一个意外，在美国这种情况叫作 Drug Overdose，缩写：OD，翻译成中文的意思是药物成瘾后，过度使用，致死。现在在美国已经被宣布为国家级的紧急威胁，尤其是在疼痛病人和穷困失业的人群中，由于失业或种种病痛造成了抑郁，而吃上了这类含吗啡的镇静剂和止痛剂。我妹妹是医学院毕业的，一直在公共卫生领域工作，说话总是首先从科学性出发，而我则想起了王府井大街上的那家药店。

止痛剂，没错儿。有一个时期我经常去那家药店买索密痛，也叫去痛片，棕色玻璃的药瓶，黑塑料盖，白色扁圆的药片，一瓶一百片，价钱我记不得了，好像一块多钱。现在我知道了索密痛的成分，非那西丁、咖啡因、氨基比林、苯巴比妥，知道了它的副作用，损害肝肾功能、贫血、眩晕、肌肉抽搐，还有很多，会依赖成瘾，而那时我懵懂无知，也毫不关心，甚至看到我妈妈吃药的样子也并不觉得奇怪。她打开瓶盖，把药片倒在手掌上，小小的一把，手掌一抬，捂住嘴巴，药片不见了。

她说她手疼，举起手给我看，手很瘦，骨节很突出，手指弯曲，可能是无法伸直。我做了什么，握住过她的手吗？给她捏过吗？我不记得了。后来爸爸也和我说他手疼，只要我一坐到他身边，他就自然而然把手伸到我面前，我也自然而然地攥住他的手，给他捏呀捏呀捏呀，缓解疼痛。可妈妈说手疼的时候我还太年轻，心太野，不懂得一个人把手举向你的时候是想让你给她捏一捏，我只是想：哦，知道了，所以我去买索密痛。吃吧，吃了就好了。结果，妈妈就把手收回去了。

好难过啊！真是太难过了。我并不是自责，也不是后悔，只是难过，就像有一只手在胸口掏，一下一下，实实在在地掏，把心掏成了空洞。活着的大部分时间里我们不会为死去的亲人悲伤，只是在某些时刻，回忆起特定的情境，悲痛突袭，把人打个稀里哗啦，全身瘫痪。由此我认识到，人总要为自己的行为付出代价，是的，甚至要付一辈子。

我妹妹说现在她能理解妈妈当时的情形，可能是颈椎病引起的手臂疼痛，因为她前段时期也遭遇这种疼痛，会疼得哭，疼得无法睡觉。她也不得不吃这类很厉害的镇痛药。

孙阿姨，是她在早上掀开妈妈的被子，看见她躺在满床的药片上。孙阿姨也是最后一个和妈妈说话的人。头天晚上她帮妈妈端来热水，在妈妈洗脚的时候两个人还说了话，一些平平常常的话。其间孙阿姨又去了一次厨房，把炉子上烧着的水壶提来，往洗脚盆里加了两次热水。不光是手，妈妈四肢的骨节都疼，用热水烫烫会舒服一点。但是她没有想自杀。当时孙阿姨再三强调那个晚上和平日一模一样，她没觉出一丝异常。

孙阿姨是当时还留在我家的保姆，一个朴实的好人，没有人对她的话提出疑义。在一间民房，发现有人非正常死亡，没有警察来调查死因，没有任何过问的程序，这正常吗？事实是，很正常。从1966年“文革”开始以来，自杀变得稀松平常，一条生命的结束变得稀松平常。“畏罪”而死的人太多了，死去吧。我想起一桩不可想象的自杀，我朋友的老师，在香山公园的半山用剪刀剪开了自己的喉管。要怎样的绝望才能下得去手，才能做到？想到世上竟然有这样压倒一切的绝望，我不寒而栗。相比之下，我妈妈就像受到友善的邀请，死神在空中随意招着手，她情不自禁上前轻轻握住，握住那冰凉的感觉。

我妹妹说这是早晚要发生的事，她的意思是 Drug Overdose 是一种病，这类病人在生理上始终在和药物挣扎，需要治疗，需要戒除毒瘾的机制参与进来，即便如此也会反复，而妈妈……所以……

我不能容忍，打断她：不！要不是“文革”就不会发生！在一切问题之上还有一个最重要的原因，那个世界是她不想看到的！我的语气过于激烈，谈话一下卡住。片刻寂静之后，我妹妹显出些许犹豫，“其实，”她说，“其实我有负罪感。”负罪？我不明白。她的理由是如果她不去当兵，不离开家，妈妈就不会死。

是这样吗？也许是这样。但是这种假设有什么意义？当兵是多么大的荣耀有人能理解吗？在那个年代是至高无上的荣耀，最美的美梦。我能离开东北农村去当兵，简直就是一步登天。靠的是我爸爸。虽然那时候他是一个被批判的反动文人，他所有作品都成了“大毒草”，可还是有人曾经看过他的戏，被深深打动过，暗自仰慕他，愿意帮他，解救他没有出路的女儿。

所以我认为我妹妹不必有负罪感，而她所说的负罪感我甚至觉得有些美国味儿的矫情。确实，当时我已经去东北插队，她是唯一留下的孩子，可以留在北京，照顾父母。但是当一位来自烟台的海军军官、我爸爸的又一位隐秘的仰慕者出现，给予他的小女儿一个参加海军的机会，这个小女儿立刻就兴冲冲地参军去了，从烟台基地寄回家信，信封里装着少女的美照，脸蛋红艳艳、嘴唇鲜红、头戴军帽、身穿白色海军服，当然所有的颜色都是染成的，那时候根本没有彩色照片。她不需要为此自责。我历来相信每个人做任何事都是有他的理由的，从事写作的人就是要找出那些理由。而我妹妹理由充足，那时候她才十五岁，是一个被红星亮瞎了眼的孩子，她懂什么。

坐在书桌前，我们没有互相安抚，更像在对峙，被一团无形的微微愤怒的力量隔开，无法用温和的方式宽慰对方。在我们姐妹之间这样的谈话以前从未发生过。

微微愤怒，一点不错。我妈妈死了，这是无可挽回的，但是我也无法平静地接受。她死于 1974 年 7 月 12 号，时至今日，对那个年代我依然愤怒，依然憎恶。岁月的土一层层埋上来，越埋越厚，土上长出了东西，草、庄稼、林木、繁花，谁还在意地底深处有什么东西，那东西又不值钱。我在地面上生长，生活，也有所收获，可当年那个年纪轻轻的姑娘还埋在地下，她没有死，随时会活过来。

我妹妹会承认她心里那个小姑娘的存在吗？她经常说她在海外游历了太多年，结婚成家，在另一个世界过着太不一样的生活。好吧，如果那个姑娘真的在她心里死了，算她幸运。可是谁知道呢。

9 月 24 号是我爸爸的生日，诞辰日，我们那天的计划是吃过午饭去万安公墓看爸爸。接近中午十二点时，谈话适时地结束了，那一刻我们俩似乎都感到某种轻松，就像从一个被困的地方解脱出来。

哦，乖乖还在睡着，因为牙掉了，小舌头伸在外面。我伸出手摸摸她的鼻子，还好，凉凉的。她立刻醒了，睁开眼睛看我，用那种狗对主人的凝视，看着我，看着……

编码
三

照片上的小男孩从一辆轿车里伸出头来，仰着脸笑，短短的头发，亮亮的眼睛，圆鼓鼓的脸蛋红黑红黑，是那种被海边的太阳晒过的颜色。他是我的小舅舅。1932 年在青岛病逝，死的时候四岁。

小舅舅得的是猩红热。那时候没有抗生素，抗生素是在第二次世界大战期间才研制出来用于药剂。身为医生的公公拿不出办法，救不了自己的孩子。绝望的外婆把小儿子吐出的东西吃下去，紧紧抱着他，亲他的嘴，拼命亲，猩红热传染性很大，她要被传染，和小儿子一样死去。外婆果然如愿以偿得了猩红热，但大人的抵抗力强于儿童，结果她没有死。

我的外婆生了七个孩子，就像被施了可怕的咒语，在前后十年间七个孩子死了五个。小儿子去世前三年，1929 年，外公还没有去青岛大学任职，在民国政府内务部做事，住在北京。他们的大儿子患了骨癌，疼痛让这个十七岁的大男孩忍不住号叫，一条胡同的人都听得见他惨叫的声音。在儿子号叫的时候外婆在干什么，她怎么能忍受？我可怜的外婆啊！也许从那个时候起麻醉剂就进入家中。这是我的猜想。因为外公是医生，有可能弄到麻醉剂，也许是他自己拿回家，也许是外婆求他弄回来。天下没有母亲能在儿子的惨叫声中过日子，没有什么能帮她，除了麻醉剂。外婆把麻醉剂当作救命稻草，虽然救不了大舅的命，但可以止住惨叫声。我甚至怀疑外婆自己也需要用药，完全有可能。不管事实如何，不管事情后来向什么方向发展的，我都能够理解。

相信我，理解是一件太好的事情。在理解与不理解之间横着藩篱、高墙，横着火海和刀山，而我跨过去了，是在不知不觉中跨过去的。所有的难，难以理解、不可理解、无法理解、抗拒、绝不接受，都被人生张着大嘴一股脑吞下去，用牙齿嚼碎，伴着唾液，胃液，胃肠的蠕动，一整套消化吸收的过程，最后我得到的是一样真知：理解。理解让我能接近真相，不会轻易由别人的话左右。对他们，我的亲人们，无论他们做了什么，我不想指责，也从无怨恨，因为我知道他们为什么那样做。

小儿子，我的小舅舅，是最后离开的一个。在此之前外婆的三个女儿很小就已经死了。当咒语停止时，外婆的七个孩子只剩下我妈妈邓译生和她的妹妹邓宛生。

方愫悌，是我外婆的名字，生在安徽桐城方家。我有一张方家的家谱图，是在旧金山的探微阿姨给我的，她是八姨婆的女儿，现在已不在人世。那张图像一棵倒长的大树，排在顶头的是：猎户方，说明方家是打猎出身。到了方子雅那一代在鲁弘山教书办学，成了大名鼎鼎的安徽桐城派的分子。

我的外婆，我叫她从来只叫一个字：婆。婆却没怎么读书，她的妈妈死得早，年纪轻轻她就开始管家了。家里的吃喝开销都是她管，还管给长工做饭，还管给九妹缠足。十五岁的九妹和南京的陈家定了亲，陈家说不是小脚他们不要，婆就自己动手。缠足是一个漫长煎熬的过程，先要用热水泡脚，把脚泡软，准备好宽宽的结实的布带，把脚趾尽量朝脚心弯曲，压住，用布带一层又一层地缠，缠好用针线缝死，过些日子解开布带，再来一遍，一次比一次勒得更紧，迫使脚扭曲地生长，长成婆的脚的样子。

婆的脚外观像只粽子，行走的时候因为着地面积很小，缺乏稳定性，所以婆走路不像走路，像在往前挪动身子。她永远也不能跑，心急的时候只能一颠一颠，加快一点点可怜的速度。小时候，对她的脚我抱着一种微微鄙夷又好奇的心理，一次她洗脚的时候我提出想看看，她把脚伸给我，我终于看了个清楚。天！怎么会有这样的脚？如此畸形。除了大拇指，其他四个脚趾像是折断了，被踩得瘪瘪的贴在脚底。我轻轻掰起脚趾看，脚心上印出它们粉色的凹痕。“疼吗？”我问。“哪里还会疼，”她收回脚，用毛巾擦干，“小时候可是疼得哭爹喊娘，求啊求，不行，不裹不行的。”婆诚心诚意地讲给我听，我却连一句为什么都没有问。那时候我最爱读的是一套少儿丛书《十万个为什么》，装着我对世界全部的认知，里面没有这个问题，为什么中国女人裹小脚？

九妹一辈子都记恨婆对她做的这件以失败收场的事。是的，失败了，因为九妹反抗得很激烈，婆抵不过她，九妹的脚没有裹成，长成了一双普通的能奔跑的大脚。

我在那棵倒长的家谱大树上找到了九妹，方令孺，我的九姨婆。她后来在 1923 年去美国留学，再后来回国，在山东大学教书，写诗写散文，和徐志摩、闻一多、梁实秋一起喝酒，是他们自称的“酒中八仙”的何仙姑。大家都叫她九姑。她和林徽因被称为“新月派”仅有的两位女诗人。解放后当过上海市妇联副主席和浙江省文联主席，是另一个长长的故事。

婆抱着小舅舅

编码

四

我的妈妈，邓译生，是邓仲纯和方愫悌的女儿。

外公邓仲纯，又名邓初，他出生的邓家和方家一样，也是安徽名门。祖上最有名的人物是邓石如，清代篆刻家、书法家，外公是他的五世孙。邓石如为自己起了几个很浪漫的号，号完白山人，风水渔长，龙山樵长，顽伯，可见是多么自由洒脱、特立独行的一个人。

我对外公没有多少清晰的印象，印象最深的是在他死之前，北京锣鼓巷的一个院子里。我从来对光线很敏感，会忘掉发生的事情，忘掉事情发生的缘由，但是会记得光线，会记得一切是在什么样的光线下发生的。我记得西斜的阳光斑驳地洒落在院子的砖地上，很多大人在屋子里进进出出，一个病人躺在里屋的床上快要死了。他和我有关系，可我不清楚是什么关系，因为我太小，而且他几乎没有在我的生活里出现过。那位躺在床上的老人，脸瘦得吓人，颧骨下面塌陷得像两个黑洞，妈妈拉着我的手走到他床前，那是我不愿意做而不得不做的。我不记得是他摸了我，还是我摸了他，总之我们有身体上的接触。因为他看不见，什么都看不见，脑瘤压迫了他的视神经。这是我长大以后知道的。"亲亲，亲亲公公，"妈妈凑到我耳边说，同时想把我抱起来，举到适合的高度，我陡然挣脱她的手，扭身逃跑，跑出屋子，逃到明亮的西斜的阳光里。死亡依然存在，不知躲到什么地方，像空气中飘浮旋转的颗粒，一会被阳光照见，一会又消失不见了。

外公病重后从青岛来到北京，因为他的两个女儿都在北京，他的妻子也在北京。他和婆从抗日战争结束之后就分开了，再也没有一起生活。他有一个女人，是个护士，李大姐，他们住在一起。但是在最后的日子李大姐没有来北京，没能陪在公公的病床前。

妈妈准备好了房间，铺好了床，干净柔软的枕头，新暖壶，新毛巾，脸盆，拖鞋，等待爸爸住到自己家里，让她能尽孝，贴身地看护服侍。她长得最像爸爸，是爸爸最爱的女儿。可爸爸却没有来，不肯住进铁狮子胡同3号女儿的家。他的拒绝我认为有两个原因，一个是大家都认为的原因，公公从一开始就不接受爸爸，我是说我的爸爸，到最后他还是不情愿改变对这位女婿的态度。另一个显而易见的原因却被忽略了，那就是公公不愿意回到婆身边。和公公分开后，婆一直跟着我妈妈生活，我爸妈的家就是她的家。公公不想回到婆的家里，重归婚姻的壳子，哪怕那只是一个形式，哪怕他就要死了。他要对得起另一个女人。

我需要简单解释一下第一个原因，我爸爸和我妈妈相遇、相爱的时候，他是有家室的人，已经有了一个女儿，而我妈妈是公公的心肝宝贝，二十出头，还从没离开过父母身边。对他们的爱情公公竭力反对，最终彻底地失败了，因此他怀着抵触的心理，到死。这个理由亲友皆知，却掩盖了另一个理由，也许那才是公公更在乎、却不想说出口的。我姨告诉我，公公有一次和她说起婆，他结发的妻子，他说：小宛生啊，我对得起你妈了，我没有和她离婚，对得起她了。

我要说：走自己的路，让别人去吃大粪吧！这就是这一刻我真正想说的。人，为什么活得苦，活得那么累？以公公为例，他在感情上始终不接受我爸爸，把他视为异端，然而他自己又离开了妻子，但还给她留下妻子的名义。我爸爸呢，历经百般曲折，终于离成了婚，和我妈妈结了婚。这里有两个男人，我爸爸、公公，我不想把背叛、抛弃这样的词用在他们身上，因为如果我要是用了这样的词，就会有一万个其他的词语冒出来反驳，就会出现一个法庭，律师就会开始为各自的一方辩护，陪审团就会一分为二，争论，吵架，甚至打起来，最可笑的是、当然也很可悲，不会有判决，因为根本没有法官，没有人有资格。钱财可以判决，房产可以判决，物质可以判决，权利也可以判决。除了爱。

在公公患病之后我的姨曾和李大姐见了面，李大姐跟她说：我是真的爱你爸爸，我会好好照顾他。但是我姨不同意，不答应，她不仅代表她自己，还代表着全家和全社会。当她和我谈起这段往事，她哭了，哽咽得说不出话，但我还是能听出她的嗫嚅："我对不起公公，对不起，对不起他……"之所以为了数十年前自己的行为而痛心哭泣，因为她最终意识到尽管众多亲友陪在公公的病床前，公公还是感到极大的欠缺，甚至很孤独。

1958 年的锣鼓巷，我记忆里的院子，是妈妈匆忙之中租下的。她一定很伤心，除了为父亲病重，还为她心底的愿望破碎了。父亲和丈夫、父亲和母亲永远被生死分隔，再也不可能有任何机会了。

时间会把一切都在阳光下摊开，我的优势是从事情发生到今天，我拥有的时间比他们多。时间意味着距离，距离意味着客观、理性，一般来说理性很难战胜感情的力量，尤其在亲人之间，理性经常处于下风。所幸，在写的过程中我发现自己心理上一点点发生了变化，变得不再那么踌躇多虑，更趋于坦然，坦然地面对真相。在此我要把这句话再说一遍：走自己的路，让别人去吃大粪吧。

但，真相，这是个问题。

在我爸爸有生的最后几年，经常听他感叹许多人都没有见到，鲁迅、丰子恺、李叔同……不是没有机会，是错过了。其中一位听他提了多次，他说宗白华托人带话给他，希望他去看他，有件事要和他说，是和家里人有关的事情。宗白华是中国著名美学家，被称为美学宗师。在方家的家谱图上也有宗白华的名字，排在方令孺下面，是她的外甥，因此他和我爸爸是沾着亲戚关系的。宗白华住在北大，我爸爸住木樨地，并不太远，但是爸爸没有去，或者换一个说法，没有及时去，在他还没有去的时候宗白华就去世了。

“后悔啊，”他叹息，“真是后悔，太不该了，我真应该去见他……”他相信宗白华绝不会无缘无故叫他，那件事一定是他应该知道的，他非常想知道，然而再也不会知道了。

很多真相被死亡带走。但是真的带走了吗？如果它真实地发生过，存在过，那么……那么怎么样呢？我很想回答这个问题，却发现自己没有能力回答。曾经存在的真相意味着什么？是否只和当事人发生关系？而历史从来不是当事人写的，是后来人写的。那么真相如何存在，是否存在？

英国伟大的登山家马洛里曾经被人问到登山的意义，为什么要登山，他回答：因为山在那里。那么同理，人，你为什么要追求真相？是否可以这样回答：真相在那里，在属于它的时空里。

面对宗白华的邀约，我爸爸放弃了这次机会。而我放弃过数不清的机会，由于不以为然或自以为是，或者干脆就是懒惰。要想追求真相就不能轻易地放过自己，可放过自己又是多么容易啊。

公公和婆结婚后就去日本留学，学医，两人相隔千里，可感情很好，这是爸爸和我说的，他说那时候他们俩书信来往频繁。我相信矛盾是由于在一起生活后发觉性格不合。

在日本公公结识了一位终生的朋友，陈独秀，他们是同乡，公公的爸爸邓绳侯曾是陈独秀的老师。陈独秀用民主、革命的新思想大肆浇灌和公公两人的友谊，公公自然而然地吸收了。但是他并没有成为一个革命者，他选择了行医，而没有选择政治。当我了解了公公当年的一些所作所为，就明白了为什么他和婆越走越远，难以相处，同时也想到两个词可以形容公公的品格：慷慨、义气。

20 世纪的前三十年，中国这艘古老破烂的大船在大风暴的海洋上颠簸，倾来倒去。想想，辛亥革命，中华民国成立，五四运动，中国共产党成立，北伐战争，四一二反革命政变，这些改变中国的大事竟然会通过最最细微的毛细血管和婆产生了联系。

婆对家里不时出现陌生人越来越感到不安。有的人来去匆匆，有的会在家里住下，一两天三四天都有可能，然后消失。她不认识他们，只知道是公公的朋友或者是公公朋友的朋友，这些人身上有一种她不喜欢的秘密且危险的气味，被他们带进家中的气氛弄得厌烦又不安。

我的姨邓宛生，我叫她好姨，2018 年她九十七岁，居住在香港。好姨告诉我在北京三眼井胡同的家里，她和姐姐正睡得香，被摇醒，匆匆穿上衣服，抱出屋门抱到街上。门口停着一辆私人轿车，里面坐着一位先生，两个睡眼惺忪的小女孩儿被塞进轿车，压在那位先生身上，婆也挤进车里，然后车就开了，开半天，开出城，又开了很久，在荒郊一处田埂停下，那人下车消失在暗夜中。那人是李大钊。随后车掉头往回开，到家之后两个孩子叽里咕噜爬上床接着睡觉。她们姐妹俩也以同样的形式乘着车掩护过瞿秋白出城。当年陈独秀代表中国共产党去莫斯科的时候，瞿秋白做他的翻译，应该算是公公朋友的朋友。李大钊曾在东京早稻田大学留学，和公公的弟弟是同学，因此也和公公相熟。公公甚至称不上是革命者的同路人，但在他们身处险境需要帮助的时候他从不犹豫。

可是婆不愿意，不高兴，她的目光只能看到家门口，看不到更远，外面的风浪是她躲之唯恐不及的，怀着一个女人的私心她不断地为了种种事情生气。我听得最多的是狐皮袍子的事，那是婆为公公新做的一件狐皮袍子。某个黑沉沉的冬夜，婆被敲门声惊醒，公公起身下床，随手披上崭新的狐皮袍子，穿过院子去开门。婆躺在床上想，谁呢？又会是什么事？她只有等，等着看。不久丈夫回到屋里，身上只穿着单薄的白裤褂，狐皮袍子没了，给了那个婆不知道是谁的人了。于是一顿吵，不然还能怎么办。吵架过后婆还是给丈夫又做了一件皮袍子，结果又是同样给了人，只有再次大吵，不光为皮袍子，总要扯出一连串气人的事，吵啊吵。婆还曾把陈独秀拒之门外，让陈独秀吃了闭门羹，而那是公公的挚友啊。一篇写陈独秀的文章里，婆被称为邓妻，称她是个心胸狭小的女人。可是我不想贬低婆，她没有做错什么，一个妻子看出自己在丈夫心中的位置，不是排第一，也许从来都不是，不知道排在第几，能作何感想又会怎样反应？她又不是圣人。

自 1938 年到了四川，公公就在江津的延年医院当院长，陈独秀贫病交加，很长时间就住在延年医院由公公照料，像是他的一位亲兄长。1942 年，听到陈独秀在乡下病危，公公赶到他身边陪护，打强心针、平血压针，用了能用的各种药。最终公公陪着陈独秀的灵柩从乡下回到江津，在面对长江的山坡上选了一块墓地，和几位友人一同埋葬了他。

公公爱朋友，爱女儿，爱他的弟弟，也许还爱那位护士李大姐，也许也爱我。有一张照片，公公坐在阳光下，手里抱着一个襁褓中的婴儿，姿态很放松，眉宇间透出一丝苦涩的笑意，似乎在说，唷，好一个小宝宝哟，我的小小的安慰……

那个婴儿就是我。公公走的时候六十二岁，比我还要年轻。

编码

五

2017年我的话剧《冬之旅》在全国多个城市巡演，其中一站在合肥。当地朋友邀我去安徽省博物馆参观，一抬头在墙上看到一张熟悉的面孔，嘴唇上翘起的那撮小胡子让我一眼认出了他，公公的弟弟，邓以蛰，我叫他三公公。照片下面的文字介绍他是杰出的美学家，教育家，中国现代美学的奠基人之一，还介绍了他的另一个身份，两弹元勋邓稼先的父亲。我还知道他是公公最爱的弟弟，当年公公去日本留学就是带着这个十六岁的小弟弟一起去的，兄弟间难得那样地志趣相投。

三公公住在北大的朗润园，那是我小时候特别爱去的地方，湖，假山，磕磕绊绊的小径，古老残破的石碑东一条西一条躺在高高低低的荒草丛里，到处都可以藏身，让人找不着，没有比在那儿更适合玩捉迷藏了。而只要回想起三公公我立刻会听见他的声音，那声音洪亮极了，在空气中嗡嗡作响，高谈阔论，时而轰然大笑，至于那声音究竟在说些什么，对不起，不知道，一位北京大学哲学教授的言谈对孩子没有丝毫意义。长大后我了解到他对书法很有研究，自己的字也写得极好，喜爱收藏，曾把家里收藏的大量邓石如的书法篆刻作品捐献给故宫博物院。如今，听说他在国外的后代常出现在著名的拍卖会上，出手的藏品拍价很高。

他的另一个儿子邓稼先，我叫他好舅舅，他选择了自己的道路，那条路艰辛漫长，通向苍茫的大漠。他和谁也不说他的工作，连他的妻子都不知道他在做什么。现在我们当然都知道了，知道他在遥远的西北，无人区，很多很多年，在搞原子弹，然后是氢弹，受到核辐射，患癌症去世。

民国初年的学堂里唱一首歌，“中国男儿中国男儿，要将只手擎天空，我有宝刀，慷慨从戎……”每想到好舅舅就会想到这首歌，胸口就会发热，这歌词唱的不就是他吗，邓稼先，这个中国男儿。

铁狮子胡同3号的家中，客厅里挤满了人，是个亲戚的大聚会，大姨，三姨，好姨，好舅舅，许姨儿，孩子们，大家说说笑笑，气氛活跃。大姨是三公公的大女儿，说话直通通的，是个厉害人儿。好舅舅依偎在她身边，姐妹们说到他小时候的趣事，他不好意思地笑了，把头钻进大姨的怀里，简直就像个孩子。他只偶尔会出现在家庭聚会上，那么温和，温和得近乎腼腆，那么安静，安静得几乎像没有这个人一样。就在这时候电话铃响了，丁零零丁零零，爸爸走到门边的小桌子拿起听筒，只说了两句话就放下听筒，招呼好舅舅：是找你的。

奇怪，电话那头的人怎么知道他在我家。

好舅舅走过去拿起听筒，也是只说了两句就挂断电话。我要走了，他说，然后就走了，没有一个人问他，谁都不问。大家都知道他会随时消失，虽然不知道他为了什么而消失。不，这样说不准确，其实是知道的，模模糊糊地知道，知道他在做一件极其重要的大事，或者说清清楚楚地知道，知道两个字：保密。

好舅舅有他的嗜好，热爱京戏，热爱交响乐。如果他回北京开会或办事，不管老吉祥戏院在演什么戏，只要晚上有时间一定买张票去听一出。舞台上林冲正在唱着“凉夜迢迢，凉夜迢迢，投宿休将他门户敲。遥瞻残月，暗渡重关，奔走荒郊……”领座员弯着腰悄悄走过来，找到他的座位，凑到他耳边告诉他有人找，于是他立刻起身离开戏院。他把自己的时间、每一里的行程、每一刻所在的地点、分分钟钟以至生命的全程，毫无保留地给了那个找他的人。

他统领着一支队伍，就像一个将军，在大西北的实验基地，在那个与世隔绝的世界。

一个星期六晚上，好舅舅坐在朗润园父亲的家里。父亲面对他坐在那张宽大的扶手椅上，仰着头，合着眼睛。他微微斜靠在低矮的沙发上，很舒适，非常放松，放松得几乎感觉不到身体的存在。老式的德国唱机上，黑胶唱片平滑地转动着，旋转出一个充满奇迹的世界，他徜徉着，看到树在开花，泉水在流，春天是那样地生机勃勃，月光是那样圣洁，海天的交界处波光粼粼，那么令人神往，没有原子核，没有研究所，没有五九六工程，也没有总指挥邓稼先……只有儿子和父亲，和贝多芬的《田园》，舒伯特的《未完成》，莫扎特的《小夜曲》……朗润园被浓浓的黑夜笼罩，四下静寂，这对父子一动不动地坐在屋子里，身体被音乐浸透，被一种既甜蜜又悲伤的感觉浸透。

小提琴演奏家帕尔曼说：假如地球和宇宙注定有一天会毁灭，那么，最后消失的一定是莫扎特的音乐。

我希望，祝愿，好舅舅们制造的东西，永远不要有用。

编码

六

春节要到了，北京开始安静下来，在院子里遛狗的时候几乎听不到车声、市声，听觉能够捕捉到一种静谧得近似耳鸣的嗡嗡声。没有风，也没有云，中午时分气温零上 8 度，暖洋洋的。

乖乖老了，所以我还是给她穿了衣服，一件蓝色的小外套，我跟在她身后，慢悠悠地走，走着走着她回过头看我一眼：往哪儿走呀？我赶紧对她说："随你，你愿意怎么走就怎么走，妈妈跟着你。"于是她就扭回头，接着往前走。

如果只有我和她一起过节也很好，我们会像每天一样，做一样的事，只在心里有一点微微的差别。也许我会和她说：乖乖，春节快乐。当然她不会懂。她会懂吗？

孤独对我而言是生活的常态，但春节毕竟是特殊的日子，会制造出一个平日没有的想象空间，巨大，大到九百六十万平方公里，喧嚣，亲密，热气腾腾，叽叽嚷嚷，而这里，我的屋子，被那个世界漏掉了，掉在一团小小的静谧中。这静谧充盈着我的心，格外令人享受。

明天，除夕之夜，我会和儿子，和亲戚一起热热闹闹地过节。此刻，窗外的落日使屋子明亮起来，光线艳丽而又柔和，在我最爱的黄昏，我要邀请爸爸和妈妈来聚一聚。

我把我的小音箱从电视机前拿到书房的柜子上，对着我最常坐的沙发。这张沙发的一端是一个小小的旧沙发，很旧了，从我出生时就在家里，另一边是一把扶手椅，放着柔软的大靠垫。似乎不再需要别的什么，那么好，可以开始了。

我放的是一张黑胶唱盘，不是用手机里的QQ音乐，我这样想象。这张《天鹅湖》在家里最受欢迎，它插在妈妈设计的放唱片的柜子里，被抽出来的次数最多，棕色的纸套子边缘变得又软又皱。我用两只手托着唱片，对准中央的圆孔，轻轻放下去，唱片沙沙沙旋转，再提起唱针，很小心地把它搁到唱片最外沿……哦，它来了。

多么不可思议呀，爸爸妈妈来了。我闭上眼睛，感觉到他们走近，感觉妈妈走到我身边，用她轻柔的声音叫：方子，一面伸出手摸摸我的脸蛋儿。她一次次地从房门走进屋里，在小沙发上坐下，又在扶手椅上坐下，不，扶手椅有点高，她还是在小沙发上坐下，爸爸也坐到小沙发上，等等，他还是坐扶手椅吧，小沙发更舒服，就让给妈妈坐吧。黄昏多么迷人，但在迅速撤离，暮色四合，屋里的光线越来越暗，他们俩在我身边不时地换着位置，一会坐这儿一会坐那儿，我听任他们随意走动，觉得很好。当白天鹅独舞的那段小提琴响起，忧伤、婉转、那么美，他们不再挪动，都在我身边，我完全能感觉到他们的能量，整个房间都被充得满满的，我被紧紧围住，严密地包裹着，直至挤压我的胸口，胸口发热，热度快速地发散到手臂、喉头、眼眶，哦，谢谢，谢谢你们，妈妈，爸爸，谢谢你们来陪我。

思念有时就像火箭发射，在烈焰中升腾，雷鸣般地、拖着炽热的尾巴，直冲云霄，消失在无垠的太空里，开始它高高在上、寂静无声、不被觉察的环绕的旅程。

编码

七

电话铃声响得那么突兀，我被惊醒，四下里一团漆黑，几点了？一定是什么人打错了电话，以前有过。可这一回不是，话筒里传出小白的声音，他是我爸爸的看护，“曹老情况不大好，医生让你到医院来。”我没有多问，挂断电话，抬眼看床头的小钟，四点十分。

为什么我没有多问，问清情况？事实是我没有，就是没有，现在想来也许是怕吧，就用行动对抗内心的恐惧。我穿衣服，穿了一件毛衣，又穿了一件，我拿了包，看清钱包是在里面，拿了钥匙，然后关灯出门。这个时间电梯停运，我从十四层往下走，楼道里的脚步声十分奇怪，奇怪的是明明我的腿在迈步，在下台阶，却不像是真的，像在做梦。

苍黄的路灯下大街空空荡荡，没有一个人影。我的脑子也是空的。我走到街中心，等到一辆出租车，汽车在黎明前的城市飞驶，被打亮的广告牌白森森的，鬼影一般向后滑，我还想骗自己，可骗不下去了，在这巨大虚空的幻梦后面，我感到了正在发生的事情，我的爸爸走了。

走进病房，高高的天花板上亮着那盏昏暗的日光灯，房间里非常混乱，爸爸的身体斜躺在病床上，光着脚，肚子隆起，脸上罩着呼吸器的面罩。医生说，“现在把心脏起搏机关了，请你们看看。”

仪器的屏幕上显示出一条绿色的直线。时间是1996年12月13日五点七分。我不懂，不能理解，整个场面莫名其妙，如同发生在幽暗的海底。

爸爸的脚是光着的，我盯住他的脚，走近，伸出手去摸，凉凉的，光溜溜的，我哭了，哭着趴到他身上，叫他：爸，爸爸……

立刻，我被制止。不要，不要这样惊动他，我的继母李玉茹对我说，她站在病床的另一边。我立即服从，憋住哭泣。

事实是爸爸走得异常平静。做了病理检查之后，也没能查出明确的在这么短的时间里致死的原因。护士半夜查房，给他量了血压，他还在睡着。十多分钟后护士长又进来查看，因为他那两天发低烧，发现他的呼吸不对，极慢极浅了。在做了处理之后，医生让我们再进病房和他告别。这时外面已晨光熹微，但病房厚厚的窗帘挡住了天光。爸爸由一条大白单子裹着，下巴用白绷带整齐地兜住，只有脸露在外面，异常光滑，看上去就像睡着了。我们和他告别，但是他不知道了。比邻病房住着赵朴初先生，来最后看望他，喃喃低语："曹禺，你走得好，走得好。"

确实，爸爸他真福气，没有经受垂死的病痛折磨和死亡的恐吓。在寂静的深夜，他衰弱的身体里产生了难以觉察的奇异的波动，也许有个声音告诉他：嗨，我们要走了。他来不及多想，甚至没有听清楚，他想问问对方，可是又没有力气。在最后的时刻，是他对一切事物的好奇心引导他跟着那声音去了，他没有见过死神，他想见一见。

以后的几天里，冬日的天空异常晴朗，太阳明亮极了，街景和往日一模一样，然而毕竟有一点不一样了，我再不能到北京医院去看爸爸了。

以上文字摘自我爸爸去世不久《收获》杂志约我写的一篇文章，此处做了少许改动。在这篇《灵魂的石头》之后我陆陆续续又写过若干纪念文章，后来再有约稿我开始拒绝，直到有一天我明确对自己说：再不写了。真实的生命是不可能重复的，每分每秒都是唯一，经不起一而再再而三地重复。端坐在镜头前，等待布光，等待摄像师说 OK，对我来说变得越来越难以忍受，采访者的提问也显得那样生硬，我的应答让我感觉是在自己脸上贴一层虚假的膜，我无法再坚持下去。我不想再和别的人谈曹禺，起码在很长一段时间里我不能，我做不到。

从 1997 年开始，北京医院不再是我的目的地，我的目的地是万安公墓。我去那里看爸爸，在清明或他的生日、祭日前后，我会去看他，如果我妹妹从国外回来，我们就一起去。爸爸的生日在 9 月，好季节，忌日是 12 月，天气寒冷。我们从不在清明节的正日子去扫墓，总是提前很多天，避开人群。

墓园是属灵的，是宁静的所在。那些人，那些住在地下的人，那些名字，那些长满苔藓的石碑，散发着缥缈深情的气息，当我在墓碑间的小路上走走停停，站住，注视他们，他们也从墓碑上望着我。这种无言的对望令我心中怅惘，也让我着迷。就在我爸爸的墓后面，隔着两排，第一次去我就看到了他，刘公照。和陵园里其他的墓碑相比他的算比较小的，扁扁的灰色石碑中间镶着一块汉白玉石，上面刻着："我们俩最爱的小宝宝　长男刘公照　生于民国二十四年八月二十九日　卒于民国二十五年八月十八日　父　刘福崇　母　王士＃　立"。母亲名字的最后一个字我不认识，字典里也查不到。还差十天刘公照就在这个世上待满一年，可他没有等到。他的爸爸妈妈一定也早已离开人世，因为墓碑从顶部斜着掉了一大块，完全残破了。我站在那儿，面对这个小人儿鞠了一个躬。以这样的方式看到生命的消逝是否残酷？就在我这么想的时候，一阵微风吹来，头顶的树枝轻轻摇晃，发出细碎的耳语。那不就是他们吗，正随风徜徉，看见了站立在那儿的我，用他们的方式温柔地告诉我，不要难过，没有什么可难过的，我们挺好，多自由。

自 1997 年至今多少次去万安公墓探望，去和另一个世界发生连接，总有那么一瞬我感觉自己被解开，袒露了，身心被清洁了一遍。下面是我在当时用文字记下的万安公墓之行的一次。

2013 年 12 月 3 日。-5 至 5 度。晴。西南风 2 级。阳光明媚，碧空万里，好得不能再好的天气。我带着乖乖，十一点二十出门，果然不堵，北四环畅通无阻。玉泉山的塔在碧空里真美啊！我忍不住停下车，拿出手机拍了照。我知道这样的美是无法记录的，可还是忍不住。

万安公墓门口的空地只停了一辆车。门口卖花的一排小房扇扇门都紧闭着。我下了车，关上车门前嘱咐乖乖，乖乖地等我，然后锁上车，一排小房的门立刻都打开了。前两家的花太艳，我不喜欢。第三家有用黄白菊花插的花篮，我买了两篮，我一篮妹妹一篮。昨天晚上睡觉前和欢子通了 FaceTime，她让我替她和爸爸说说，我问说什么？她说：就说我挺好的，再告诉他咱们去泰国玩得很好。

我买了花的店家给了我小推车和扫帚，我自己带的抹布和水，用两个最大号的可乐瓶子装的。推车进万安，阳光遍洒，一个人也没有，只有松柏安静地晒着太阳，呼吸。

远远看到爸爸的墓，我招呼说：爸，我来了，看你来了。他回应我：小方子，是你呀。

墓碑的基座上落了些柏树细碎的枯枝，我先用扫帚扫，扫干净之后用水把抹布弄湿，擦，石碑冰冷，擦过的地方颜色变深。

有一个愈发凸显的事实，在我心里越来越清楚：在这个世界上，所有人，全人类，只有他，我的爸爸，和我心心相通，我的所有感受他都会懂，会明白，只有他。当看完一出戏，心头激动，感觉自己和世界都变了样；当傍晚来临，眼看着金灿灿的夕阳倏忽间退去不见，人不由怔怔的；当站立月下，月光那么明亮，银白的世界激起心头一波莫名的欣喜……所有这些我知道爸爸会明白，他什么都明白。我们俩想的一样，感受一样，他和我的生命一定是用了很多相同的材料。

用力擦去墓碑上的点点鸟屎，黑色的大理石很快结了一层冰。小鸟跑到这儿来拉屎，说明小鸟和他很亲密，他会高兴的。扫好擦完，摆上花，我站到墓前，先说了欢子要我说的话，接着我和爸爸说写书的事，我问他要不要写这本妈妈和他的书。其实我并不需要他回答，因为我心里已有答案，我只是要和他说定，我要写，写这本这辈子必须写出来的书，要以一颗尽可能坦白的心灵去写。爸爸，我相信你是支持我的，会给我力量。

以往在他面前我都是在心里念叨，告诉他一家人生活的情况，就像以前去北京医院看他，每次他都要问：你中午吃的什么，昨天吃的什么？我就告诉他吃了土豆丝，吃了豆腐，还有西红柿鸡蛋汤，他想一想，说：不错。这次和以往不同，我把话说出声，声音在冰冷的空气中格外清亮，消失后还能感到它颤动的余波。说完了，我再次拿出手机，照了相，用微信发给妹妹，发给儿子。这时候有一个中年男子从大路经过，拐上小径，走近，我对他笑笑，彼此没有说话。他站了一会，我听见他叨咕出声：曹禺……然后转身离开了。他走后我忽然想可以和欢子通 FaceTime，我就拨了，果然接通，我让她自己和爸爸说几句，她说没有一天不想爸爸。我告诉她天气好得要命，她说是爸爸保佑，我也这么想。

要走了，最后和爸爸说再见，再见爸爸，再来看你。

在万安公墓的停车场遛了乖乖。她扭着小屁股四下转悠，还拉了一泡屎。我和爸爸说：可惜他们不让进，不然我肯定带乖乖去见你，让她在你坟上撒泡尿。上车看表，一点十分。回来一路依然畅通无阻。

爸爸的墓[①]

编码

八

20 世纪 80 年代后期，我陪爸爸去了一趟天津。写下这句话的时候我忽然意识到我不该用“去”，而应该用“回”。是的，那是他的家，他出生在那里，准确的说法是我陪爸爸回了一趟天津。这趟旅程我们乘坐的是时空穿梭机。

汽车驶过一条条陌生的街道，对我而言完全陌生，陪同的人东指西指，让我们看这儿看那儿，话音不断，可爸爸没有一声回应，始终静默。因为他根本没有听到任何话语。多少气味扑面而来，他闻到了，感觉到了，身心被一股看不见的引力牢牢吸住。

我注意到街景发生了变化，不再是盒子一样的房屋互相挤着，路边出现了一幢幢独立的小洋楼，司机说：这就是意租界了。这时连我也闻到了一股当年殖民地的味道。忽然我听到爸爸很大的声音，“就是它！就在这里！”

汽车停在路边，他一把推开车门跨下车，几乎摔跤，“不错，绝对不会错的！”他站到路当中，不由自主地兜兜转转，“这一家姓萧，那一家姓陈，我真是像在做梦啊！”

实在是太激动了，他的脚步有些踉跄，我上前扶住他，问：你家在哪儿？

他的家被称作“小白楼”，是一座两层的小楼。眼前的“小白楼”颜色灰突突的，里面住了不知几家人。门前台阶上搭着一些乱七八糟的东西，住户们大多上班去了，有两位老人迎出来。陪同的人抢先几步上前和老人解释，而爸爸已经越过他们，自己迈上台阶。我微感惊讶，怎么会不和主人打招呼呢，他一向多么注重礼节。再一想不怪他，他并不觉得自己是闯入者，这会儿他已经不是剧作家曹禺，而是回家的男孩儿万家宝了。

推开楼门，走廊黑乎乎，暗得什么也看不清。他迈步进入时空隧道，走进左手的第一个房间。“真是奇怪呀……”他恍惚着，竭力适应，“这间是我的书房，我就住在这里，就在这间屋子翻译莫泊桑的小说，读易卜生，读《红楼梦》，看闲书，有个书童陪我读书……”

记忆的闸门像上了油，顺滑地打开，一个个房间奇异地活起来，有人在里面出入。

果然他的先生来了，“教我的有一个大方先生，他还教过袁世凯的儿子，叫袁克定。第一次上课就给我讲他写的《项羽记》。我记得他住在法租界，好玩古钱，好几个姨太太，人很古怪。冬天他家里是永远不生火的。”说着脚下被门槛绊了一下，身边的人赶紧去扶，而他毫无觉察。

“啊，这是小客厅……有一个李补耕，就站在这儿，穿着长袍马褂，站在这儿等着父亲下楼见他。父亲慢腾腾地走下来，也是摆着架子，他一见父亲就行三拜九叩礼，每个动作都认真极了，我看着觉得真可笑。我父亲一点也不客气。这个人是靠我父亲当了县知事，捞了不少钱。他一家人都信菩萨，每次到家里来总是带着他的老婆和两个丫头，吃饭的时候李太太用舌头把碗舔得干干净净，转着圈地舔，相当滑稽。他一来就和我父亲对着抽鸦片烟，他夫人和我母亲对着抽。”

声音，影像，细到姿态、语气、神色，活灵活现，还有那股熟稔的鸦片的气味，当然，这一切只对于他而存在。

我爸爸说的抽大烟的母亲并不是他的亲生母亲，是继母，是他亲生母亲的孪生姐妹。他的妈妈生他的时候得了产褥热，生下他三天就死了，才十九岁。爸爸被蒙在鼓里，是一个和继母闹别扭的女佣告诉他的，“这个妈不是你的亲妈”。那时候他大概七八岁吧。小男孩儿没有表现出什么，没有去问爹爹，更没有去问母亲，只在心里想着、想着、想着，任凭敏感的天性浸润在悲伤和孤寂之中。虽然继母没有再生育，待他很好，然而从那刻起他一直是、终生都是一个失去母亲的孩子。

八十多岁时，他住在北京医院里，写过一首十几页的长诗，写为他而失去生命的十九岁的母亲，写他永远的心疼。那心疼存在于他的每一部剧作中，化为无限的怜爱，怜爱着他剧中的女性人物。只要他活着，他就会对女性保有这份童真的爱恋。他上了年纪，老了，在我的记忆里不止一次，我坐在他身边，不知为什么他就拉起我的手，攥得紧紧的，有时候会抬起手摸摸我的脸蛋儿，“怎么了？”我问。

“可怜，我的小方子，真是可怜。”

第一次我有点糊涂，“什么可怜？我怎么可怜了？”

“女人，女人真可怜。”他回答我。

之后再也不需要解释，我完全明白了他的这份感情。可惜他的那首诗找不到了，怎么会！竟然找不到了。

我们上楼，继续着旅行。楼梯很窄也很暗，上了楼光线一下亮堂起来，房子也更宽敞。

“那时候真是乌烟瘴气哟！哥哥在楼下抽，父亲母亲在楼上大客厅里抽。这间大客厅，北洋军阀的大政客黄郛来过，黎元洪的姨太太也来过，真奇怪，过去的事情竟然记得这么清楚……”

下午三四点钟，他放学回家，抽足了大烟的父母还在睡着，整幢屋子听不到一点声音，静得像座坟墓。鸦片烟的气味弥漫在各个角落。他知道大哥也在抽大烟，知道他是偷偷摸摸地抽，不敢让父亲发现，但父亲总是会发现，一次再一次，有一次父亲干脆在大哥面前扑通跪下，“你是父亲，我是儿子，我求你不要抽了，我给你磕响头。”边说边发狠地把头在地上磕得咚咚咚响，我爸爸害怕极了，心痛苦地缩成一团。

可这又怎么说得通？爷爷自己抽大烟抽得不亦乐乎，却如此憎恨做同样事的儿子？然而我立刻就想通了，废物，他恨的是废物，失败者。他怕照镜子，怕照见自己。磕头不过是一种极端的表达方式，一种发泄，把所有的失望、痛恨统统移情到大儿子身上，头磕得越响越疼心里才越解恨，越畅快淋漓。

爷爷万德尊十五岁考中秀才，在张之洞创办的两湖书院读书。他的爷爷、爸爸都是私塾先生，很穷。贫穷教育了他，教育他绝不能再做个教书匠，光绪十六年，他成了清朝派往日本的官费留学生里的一员。想象中，他年轻，意气风发，颠簸在太平洋的浪涛之上，立志要改变自己的命运。到达东京之后他先进了日本振武学校，毕了业又进入日本陆军士官学校。士官学校的同学阎锡山，后来成了大军阀。他回国后当了天津直隶卫队的标统，也就是个团长。之后还到河北宣化府做过镇守使。

爷爷人生的巅峰是在黎元洪当中华民国大总统时期，由于他既是军人，又考中过秀才，能写一手好文章，更重要的黎元洪也是湖北人，爷爷成了他湖北帮的一员亲信，一度当过大总统的秘书，还被授予“藩威将军”的称号。

我爸爸和黎元洪有过一次交往。在某一年庆祝民国国庆的游园会上，园子里养的一只海豹吸引了还是小男孩的爸爸，他跟爷爷一起来玩。大总统也来了，碰见他们父子，一时兴起，“我要考考你，你会对对联吗？”他问小小年纪的爸爸，爸爸点头，只见大总统一抬手指着海豹，“我这上联是：海豹。”爸爸小脑袋瓜一转，“水獭！”声音稚嫩又清亮。黎元洪满意地大笑，从怀里掏出一块金表奖励孩子。宾客幕僚们怎么会不跟着起哄呢，于是乱纷纷一片哄闹，恭喜爷爷有这么个聪明儿子。

光宗耀祖的气泡是多么亮闪闪哪，在爷爷面前颤动着，胀大，胀啊胀啊，破了。黎元洪下台，历史运用淘汰法把一批人清除掉。

那时候爷爷不过四十岁年纪，心有不甘，可又没有再出去拼一拼的胆量，只有缩回窝里，不由感觉自己老了，世事如过眼烟云，让他想起来就悲凉，失望，愤愤然，满肚子无名的火气，想发脾气想打人。

从二楼走下来，楼梯口有一扇门开着，楼道被照亮。爸爸在门口站住，原来那是饭厅。

“我最怕吃饭，”他望向屋内，“父亲总是在吃饭的时候发脾气，一看菜做得不满意，就把厨子喊来骂一通，骂得很凶，越骂脾气越大。有一次他脾气上来，一脚就把哥哥的腿踢断了。哥哥离开家去了东北，可活不下去，一年以后还是回来了。到现在我还是不大明了，他们父子两个人仇恨那么深。我哥哥三十多岁就死了，他恨透了父亲……”沉默了一会儿，又想起什么，“我父亲，他喜欢带我去澡堂子，给我搓背，高兴起来就把我背到背上，我十五岁了，他还背过我，在家里走来走去。”

回忆混杂着各种味道，怎么能相信有纯粹的坏人或好人呢？全部的生活都在告诉他只有“人”这回事。他爱他们也恨他们，更可怜他们。他还小，只能躲进自己的房间，关上门，做自己的事情。海河对岸，绿牌电车道的尽头，法国天主教堂的钟敲响了，钟声缥缥缈缈；老龙头火车站，喷着黑烟的火车轰隆隆冲向远方；胡同口，逃难的农民一头挑着锅一头挑着孩子，一声声叫卖；这些声音，来自万千世界的声音汇聚到他胸口，淤塞着，闷着，连父亲都感觉到了，问他：儿啊，你小小年纪，哪里来的这么多苦闷？当然，小男孩儿回答不出。

而现在我也许可以替他回答。出生在旧中国的文人，他们大多从小就感到压抑，继而觉悟到有一股与他们格格不入的势力的存在，此后他们的生存就处于个人与一种势力对峙的状态，这成为他们无法逃脱的命运，他们也不想逃脱。这里有一段文字可以作为证明，是 1927 年中学生万家宝发表在《南中周刊》上的：“假若生命力犹存在躯壳里，动脉还不止地跳跃着，种种社会的漏洞，我们将不平平庸庸地让它过去。我们将避去凝固和停滞，放弃妥协和降服，且在疲弊困卑中为社会夺得自由和解放吧！”

我爸爸，几乎可以这样说，呼吸着鸦片烟的气味长大，他决定站到这气味、这屋子、屋里人的对立面，他越来越明确地知道自己要做一个不一样的人，要对着干，虽然那时候还不知道自己能做什么。想想真有些遗憾，这辈子他都无缘体味“为艺术而艺术”的闲情逸致。

此刻我无法说出那种势力的名称，在我之前，在不同的时代，它以不同的面目存在了上千年，它改变了人生存的定义，抹杀个性，只留下一种适者生存的模子。而那些有独立意识的人，就是少数有所作为的人。或者反过来，少数有所作为的人，就是那些有独立意识的人。

我们走出小白楼，在楼前照相留念。记忆的潮水依然一波波涌起。我爸爸指着街道旁的空地，“就在这地方，排着一溜人力车，天津人叫‘胶皮’，不问价钱，上去就走。”转过身，又指向邻近的一座小楼，“那就是周金子的家，周金子是个妓女，不知道哪个阔老爷花了一万块钱，把她买来做姨太太。这座小洋楼就是专门为她盖的。为什么叫金子？一万块钱，太贵重了，像金子一样。”少年的他非常渴望看到周金子，可人家不大出来，偶尔在夏天洗了澡出来一下，在阳台上一晃，美得像仙女。

终于有些疲乏了，他不再说什么，站在那儿，一个老人拄着他的拐杖。正午，城市在不远处嗡嗡地喧嚣，又过了一会儿他还是不动，没有人好意思催促他，只在一旁低声交谈。我注意地看着爸爸，他的脸有一点垮下来，有一点松懈，他是否觉得已经到了隧道的尽头，感觉到现实的微光，是不是希望不要走，再停一会儿，停在记忆里，停在家庭深处。

编码

九

1917 年阴历八月初八，邓仲纯和方慷悌有了他们的第四个孩子，女儿邓译生。我查了万年历，那天是当年阳历的 9 月 23 号，那么可以确定了，每年的 9 月 23 日是我妈妈的生日。然而无论在她生前还是生后，我从来没有为她过过生日，一次都没有。难道是我忘了她，不想念她吗？绝对不是。

我这一辈子，到今天为止，在所有的梦里，梦到最多的就是妈妈。怎么能不相信弗洛伊德、不信服他的学说，梦的解析。梦是什么？人为什么做梦？梦的原动力何在？弗洛伊德先生告诉我：梦最主要的意义在于梦是梦者愿望的表达。这让我完完全全地明白了，为什么在我的每一个梦里我都是在找妈妈，却找不到，永远如此，从无例外！在各式各样的情景中，我找哇找哇，几乎就要见到她了，却又失败了，于是我哭醒。多少次哭醒，但什么都没有改变，我从来没能在梦里见到她。有过那么一两个梦，别人告诉我那就是你妈妈，就是她，然而最后我还是意识到那不是她。有时候，偶尔，我不愿醒来，闭着眼睛，果然又回到梦里，而结果还是同样的。我妈妈是 1974 年去世的，是她的灵魂已经走得太远了吗？或许当初，在她穿越到另一个世界的时候我应该做点什么特别的事情，就像立一个标记，让她记住回来的路。可那是 1974 年，与一切温情为敌的年代，我什么也不懂，像个野蛮人。

现在我只能祈求，求谁不知道，祈祷不管是谁、何种力量，能让我在今后的日子里做一个梦，在梦里实实在在地抱抱她，亲亲她……可以吗，我恳求你。

最后的大家闺秀，这句话我多少次听多少人这样说，用来形容我妈妈。我并不怎么喜欢这说法，因为它已经被用得很滥了。很多女性都被冠之以最后的什么什么，或闺秀或贵族，总之是消亡的一类人。而我妈妈不需要归类，也没有消亡，只要我活着她就不会消亡。

九岁的时候她生了一场大病，胸膜炎。当我和九十六岁的好姨谈起妈妈的病，好姨纠正我：不是胸膜炎，是肋膜炎。百度百科却证明我是对的，就是胸膜炎，别名：肋膜炎。

“胸膜炎是指由致病因素刺激胸膜所致的胸膜炎症，又称‘肋膜炎’。胸腔内可伴液体积聚或无液体积聚。炎症控制后，胸膜会恢复至正常，或发生两层胸膜互相粘连。临床主要表现为胸痛，咳嗽，胸闷，气急，甚则呼吸困难。多见于青年人或儿童。”接下讲述病因、诊断、治疗，有关胸膜炎的所有信息。我并不需要知道这些，我给我妹妹打电话，想听她作为女儿，还是一个医生，直截了当的语言。

我妹妹说妈妈得胸膜炎最可能的是被结核病菌感染。结核病菌很常见也很厉害，传染性很高，可以感染身体的各个部位，肺，骨头，甚至她自己做 X 光透视也发现肺部有钙化点，就是说在不知何时可能也曾被结核病菌感染过。小时候我们打的卡介苗，就是为了预防结核病的。她强调说那个时候抗生素还没有发明，而没有抗菌素，得了结核几乎就等于宣判死刑。

公公是医生，要让自己的女儿得到最好的治疗。妈妈住进北京的协和医院，当时全中国最好的医院，灰砖、绿色琉璃瓦的屋顶，四角飞起屋檐，大门前两根红柱子，像宫殿一样。这建筑如今还在，四周矗立着高楼大厦，像一个因为年迈而缩小的小老头儿，被遗弃在光鲜艳丽的时尚达人之中，虽显得老旧，但坚固如昨。

协和医院里，九岁的妈妈经受着病痛的折磨，胸腔里的积液越来越多，只能采取物理治疗，胸腔穿刺。一次又一次抽出积液一定非常痛苦，衰弱的小女孩儿睁着大眼睛，默默地忍受。抽积液以后，妈妈的胸膜粘连，最终引起脊柱变形，微微弯曲，听妹妹这么说我大吃一惊，可怜的妈妈，她的脊柱是变形的吗？我竟然不知道。

“当然，妈妈两边的肩膀是不一样高的，难道你没注意过？”妹妹说，言外之意怪我粗心。于是我仔细回想，把留在脑海中的印象过电影，倒带，慢放……好吧，在她走路的时候如果非常留意，左肩是要微微低一点，如果不那么留意是不会看出来的。

我妈妈很美，是个不折不扣的美人儿！二人合影的照片上她和公公那么像，基因的作用，还有一种更符合我们习惯的说法，血缘。

多少次听好姨说：“你妈才是公公最喜欢最爱的，我是丑小鸭，是垃圾桶里捡来的。”第一次听她说我觉得很自然，那不过是父母逗孩子的玩笑话，而且好姨的外貌和我妈确实没法比，小时候说她是丑小鸭不过分。但愿她别生气。第二次她又说我还是这么想，到第三次第四次我在心里笑了，也许儿时的她有点受伤，还有点小小的嫉妒。当然，也许没有，只是我的猜想。

疼爱妈妈的长辈不光有父亲、母亲，还有公公最亲的弟弟、三伯伯邓以蛰。一直以来好姨说到一个人，听上去说的是“三姥姥”，可我错了，她说的是：“三脑脑”，也就是她们的三伯、我的三公公邓以蛰。三脑脑？多么奇怪的称呼。我问好姨为什么这么叫，nao是哪个字？她被问住，想了好一会儿，扑哧笑了，“我也不懂，从小就这么叫，叫到现在。”于是我去查字典，nao，三声，只有四个字：恼、瑙、垴和脑，我选了脑。

三脑脑邓以蛰有许多朋友，用今天的话：一票朋友。有的是同学，有的是同事，同乡，诗友加酒友，一帮气味相投的伙伴，名单列出来有梁实秋、胡适、蔡元培、杨振声（今甫）、闻一多、赵太侔、徐志摩、冯友兰、丁西林、朱自清……在1920年到30年代，他们正当年，真性情，食欲旺盛，好酒量，谈天说地不舍昼夜，一起参加活动，一起发起活动，彼此写很长的信，互相帮忙，一个个独立鲜活的生命情不自禁地互相碰撞、连接，那真是人生的大好时光。

“同在顺兴楼吃饭，饭后回到今甫寓中大谈，谈北大的事，谈翻译 Shakespeare 的事，畅快的很。……连日在顺兴楼，他们都喝很多的酒，故醉倒了邓仲纯，陈季超……”

——胡适日记

“酒从六时喝起，喝到八时，不大能喝的约三五位就起身告辞，剩下的八九位则酒兴正豪，开始宽衣攘臂，猜拳行酒……闻一多提议邀请方令孺加入，凑成酒中八仙之数。”

——梁实秋

“我同一多从不曾深谈过，今天是第一次和他深谈，深爱其人。”

——胡适日记

“我们特请刘海粟、钱稻孙、邓以蛰诸先生谈西洋艺术，余上沅、赵太侔先生谈戏剧，闻一多先生谈文学……不用说，有我们钟爱的郁达夫与杨今甫。

——徐志摩《我早就想办一份报》

“1926年父亲三十一岁时，曾和杨振声、邓以蛰两先生，还有一位翻译李白诗的日本学者一起豪饮，四个人一晚喝去十二斤花雕。”

——宗璞

“遇杨振声，同绕校园外墙行一周，杨适宴客，乃邀至其宅中与宴，客皆猜拳，饮酒甚多，夜深乃散归，复与叶君月下散步久之。”

——吴宓日记

“今晚在北海，有今甫、老邓、叔华，性仁，风光的美不可言喻。

星光下的树你见过没有？还有夜莺……”

——徐志摩

“月亮没有，星斗满满的。……于是我们谈到星星的幽隐，谈到鱼的荒唐，谈到古城上楼阁的黑轮，谈到夏夜的温柔与不羁，谈到爱情的曲折与飘忽，最后又谈到他个人的事情上去了。”

——杨振声《与志摩的最后一别》

“我和你，我和你，一年，两年，三年，同学的光阴闪电似地过去，不住地回想，又何必回想……是，是啊，今甫，今甫。”

——俞平伯《冬夜》

我想过用文字去描绘那段好时光，考虑之后放弃了，选择他们自己的叙述。有太多的记载，我只选了这几段，不为别的，只因为我喜欢。这些叙述让我想起海明威的一本书，《流动的盛宴》，是一本我读过许多遍的书，书中洋溢着蓬勃幽默的生命感，有天才的金光四射，有青春之钟在嘀嗒作响，有那些人类相通的潜意识的涌动，有凋谢的爱之玫瑰。谁说中国和世界不接轨，明明接轨。也是 20 世纪 20 年代，也是一场场流动的盛宴，那个时代的他们，无论在法国在中国，多么相像，属于同类。他们都年轻，心怀大志，正在满腔热情地成就自己，后来个个成为各自领域的大人物，教育家，诗人，大学者，文化名人，一切都不简单。

“巴黎是一座非常古老的城市，而我们却很年轻，这里什么都不简单，甚至贫穷、意外所得的钱财、月光、是与非以及那在月光下睡在你身边的人的呼吸，都不简单。”

这是海明威的记忆。他的记忆是否也能代表他们的记忆呢？不管如何，总能代表一部分吧。

回到协和医院。妈妈住在洁净的病房里，病情得到控制以后能够回家了。不幸的是隔一段时间胸腔又出现积液，不得不再回到医院，做胸腔穿刺，很长一段时间里病情在反反复复。我试图把自己想象成妈妈，体会她的感受，可很难。妈妈，你还是个小姑娘呀，你哭了吗？你难受，疼，谁摸摸你发烫的额头，给你擦掉眼泪，谁安慰你？不管多么爱你，我知道，没有人能替你。

此时公公在国民政府内务部的军医处工作，大部分时间要待在武汉，大舅舅已经病了，婆一个人实在照顾不过来，六岁的好姨被送到郊外，住到清华园的三脑脑家。三公公把哥哥的家人托付给住在城里的杨振声。

在三公公的众多朋友之中，杨振声，又名杨今甫，是终生的挚友。他们既是同学又是同事，同在纽约哥伦比亚大学读书，同在北京大学教书。我一直认为共同的志趣是成为好朋友的重要条件，他们二人正是一个例子。梁实秋曾说："今甫对于书画一往情深，和精通艺术的邓以蛰一向交谊很厚。"

厚，当然是深厚的意思，可我却觉得一个"厚"字像是比深厚更厚，更绵长。1917 年，他们在美国哥伦比亚大学相识，一个学哲学、美学，一个学教育学和教育心理学。直到 1956 年，杨振声在协和医院病逝，三公公邓以蛰是追悼会的发起人之一。

一个生命终止了，但一切并没有结束。

在我儿时的记忆里，我最爱去串门儿的地方就是杨姨儿家。我心里认为她就是我的姨，是妈妈的一位姐姐，像好姨大姨三姨一样，长大以后才弄明白，原来她和我没有亲戚关系，她是杨振声的女儿。我的感觉来自于她和妈妈交往密切，彼此就像亲姐妹。

杨姨儿家有一个英俊的大哥哥，还有一位好看的立梅姐姐，两人都是运动员，一个打篮球一个打排球。热闹的聚会总是同时在两个房间里进行。客厅里，杨姨和王伯伯，我的爸爸妈妈，大人们，或围着饭桌打桥牌，或坐在一旁东拉西扯闲聊天。大哥哥的房间里，挤挤挨挨坐着运动队的男女队友们，空气中荷尔蒙爆棚，我和妹妹夹在其中感觉无比受用。确实没有比“受用”这个词再恰当了，在这屋里我们不是小屁孩儿，我们是一伙的，是兄弟姐妹。篮球队的大杨坐在那儿占了两个人的空间，他伸出手和我比大小，天哪，那是巨人的手掌！大家哄然大笑。我倾慕他们，大哥哥和姐姐、他们的朋友、所有他们的谈吐、姿态都值得倾慕。1966 年之前，我的童年生活有很多快活时光，在杨姨儿家的时光是其中之一，每次去就像过了一个节日。

杨振声，妈妈叫他杨伯，我就用这个称呼，不再改变。

幸亏有杨伯，他帮着婆带妈妈去医院，去看望可怜的小病人。胡适也去医院看过妈妈，他和公公是同乡，是三公公留美时的同学，“他是你妈的干爸。”好姨告诉我。

那时候公公一家人住在北平城里一位朋友的房子，是座两层楼，很大很大，好姨无论如何也想不起胡同的名字。而我有点怀疑胡同里有很大的楼房，也许因为好姨很小，所以感觉房子很大。多少小时候觉得其大无比的环境长大后都缩小了，小得令人失望。胡同里时不时传来各种叫卖声，有一样叫卖好姨记得最清楚，“卖话匣子嘞！”卖话匣子的人背着一个喇叭和唱片，听到喊声家里的孩子们立刻雀跃起来，把卖话匣子的叫进门，喇叭放到客厅的桌上，唱片摊开，大多是京戏，放一张给一张的钱。听得多了自然就会唱了，妈妈唱老生，好姨唱花脸，各有所爱。那时候大哥还活着，小弟弟正在婆的肚子里，还是个小胎儿，公公和婆拥有四个孩子，每次公公出差回来都带一大箱子玩意儿，小自行车啦，带轨道的小火车啦，留给好姨很多快乐的记忆。小孩子的记忆有一种过滤痛苦的特质，因此童年大多是幸福的。甚至，也许，妈妈也觉得自己的童年是幸福的。

得胸膜炎的时候妈妈小学还没有毕业，鉴于她的身体状况，杨伯和公公提议不要让她上学了，不用像小宛生那样，让她在家里学，由这些伯伯教她，就像旧时的私塾。当然，究竟怎样要由公公决定。那时期大舅舅刚刚死于骨癌，血亲的女儿，最爱的女儿，小小年纪在鬼门关走了一遭，逃回来了，要怎样保护她才好啊！公公考虑之后做出决定，妈妈不再去学校上学，就留在家里。有句话一直被提及：培养一个大家闺秀。我不知道当时是不是真有谁这样说过，但妈妈成长的模式被这样定义了，就像我前面所提到的，最后的大家闺秀。

我妹妹说：这是一个害了妈妈的决定，限制了她的人生，让她习惯了和外界隔绝。这话不能说没有道理，可不知为什么我心中存疑。某个时刻脑子里突然灵光一闪：做个大家闺秀，这样的一生也未必不好啊！世上所有的东西都是一个一个的，任何一粒石头，一片花瓣，一只鸟，为什么不能是一个大家闺秀？问题不在个人，是时代，时代的大潮击碎了多少人的梦。大家闺秀？世上哪有你大家闺秀的容身之地，连这四个字都显得可笑又可鄙。人，应当是螺丝钉，“做一颗永不生锈的螺丝钉，哪里需要就拧在哪里”，其他的道路上都竖着禁行标志。到了登峰造极的 1966 年 8 月，敢穿细腿裤吗，戴红箍的中学生当街就把你拦下，用剪刀把裤子剪开，再让你滚。敢他妈的烫头发！下场就是被红卫兵揪住，把头发剃光，再赏你几皮鞭。生活在今天的人也许不会相信我说的话，可那是真的，就发生在我眼前。所以说，大家闺秀？别逗了！

妈妈没有再去学校上学，留在了家里，虽然我并不认为是公公和杨伯的错，但有一点不容否认，正是他们的这个决定给了婆一个正当的理由，坚决把妈留在她身边，哪怕日后需要用药物控制她。所说的私塾并不是那么正规，但妈妈确确实实在学，学国文，作诗，学画画、写字。蔡元培、赵太侔到家里的时候会看妈妈写的诗，指点她。有时候妈妈被接到胡适家去玩，胡适给她讲国文和古诗，还买了故宫收藏的字画的复制品，让妈妈临摹，好姨跟着一起去过，她太小了，记不得什么，只记得胡伯母长得不好看。

1930 年杨伯离开清华大学教务长的职位，到青岛大学任校长。第二年公公也来到青岛大学做校医，一家人都搬到了青岛，但不是一家人住，而是三家人住在一起。情况是这样，学校给校长提供了十分宽大的住宅，杨伯认为不必要，把给他的住宅让给几位教员住，自己出钱在学校附近租了一座小楼，恒山路 2 号。他和教务长赵太侔住楼上，公公、婆和孩子们住楼下。这时候婆有了自己的职位——管家，男人们把钱交给她，三家的伙食、家务开销都由她负责，她领导着厨师、用人，园丁和司机，兢兢业业。我所说的地址恒山路 2 号是根据《杨振声编年事辑》，就在同一本书中梁实秋说他们三家是住在黄山路，而当事人，我的好姨，她说不是黄山路，是黄宪路。让历史还原真相，在这个具体问题上生出疑点，这是一种必然？或是一个征兆、一个警示？去年青岛市派人到香港采访好姨，为复盘当年青岛大学的盛景，她为他们画出当年居住小楼的图纸，希望他们最终找到准确地址，让真相还原。

我的好姨九十六岁了，老年人往往对近期发生的事容易忘，有时甚至忘得一干二净，然而小的时候、青春年少时的一些情景想起来竟栩栩如生。据说这是大脑皮质的工作，它在挑选，归类，过滤，保存，这个过程是基于人的兴趣和兴奋度。一些令小女孩儿兴奋的事，八十年前在好姨的脑子里建立起条件反射，登了账，依然鲜活。

蔡元培来到他们在青岛的家，带来满满一篓子新鲜的干贝，几个朋友边吃边喝好不尽兴。好姨凑到桌前："我也要！"大人递给她干贝，可他们错了，这个假小子一般的女孩儿要的不是吃的，"我要喝酒，给我一杯！"在座的蔡元培先生没说二话，给小家伙倒上一杯黄酒，举杯说："好，我敬你一杯。"没人阻拦，都觉得有趣，笑呵呵地看着这一大一小，碰杯，喝干。黄酒甜蜜蜜的，味道诱人，结果好姨一连喝了三杯，倒到沙发上呼呼大睡了一觉。

她的姐姐则完全是另外的样子，安静极了的少女，端坐在书桌前，一下一下稳稳地研墨，一笔一笔细细地画扇面，半圆的扇面上出现了一棵竹子两棵竹子、一座小桥、几片波纹，几层远山；或铺开宣纸，腰背挺直，握笔，悬腕，一张纸写满再写一张，仿佛被一团静谧的光晕笼罩着。

百度百科说："瘦金体是宋徽宗赵佶所创的一种字体，是书法史上极具个性的一种字体。因其与晋楷唐楷等传统书体区别较大，个性极为强烈，故可称为是书法史上的一个独创。"妈妈学的就是瘦金体。杨伯、赵太侔、蔡元培，每一个到家里做客的长辈都会看她写的字，给她指点：看，这里有骨头，这里有些肉了。要明白，瘦金体是要瘦劲，但至瘦不失其肉……妈妈听着，很少回应，心里默默琢磨，再运起笔来手上更有感觉，更灵动了，审美之花静悄悄在心中绽放。

好姨什么都要试试，也学着姐姐画扇面，画了一棵大树，蔡元培看了说："哎呀小鬼，你画的这棵大树卡车都撞不倒呀！"这句戏谑的夸赞好姨到老都记得。她考上了青岛的圣功中学，教员都是美国姑奶奶，学生必须学英语，还要学弹钢琴。杨伯给好姨买了架钢琴，当她把浑身精力倾泻到黑白琴键上的时候，整幢小楼就变成一个音箱，叮叮咚咚震响。

妈妈也跟着妹妹学弹琴，但兴趣不高，她更爱唱戏。有一张照片，稚气十足的女孩儿一身老生打扮、戴着髯口，手拿一把团扇，我猜是鲁肃或是诸葛亮。那段时期她也去圣功中学旁听，跟着学些英文，甚至还去青岛大学旁听中国文学课，考试的时候竟然考了第一。公公简直开心极了，这证明自己的决定是对的，成功了。时不时妈妈还是会发烧，她一直体弱多病，几乎没有机会健健康康、蓬蓬勃勃地生长。由于留在家里，小弟弟成了她最亲密的伙伴，有很多时间她都和他在一起，带他玩。小弟咚咚咚跑上楼梯，因为姐姐追不上而咯咯欢笑，小家伙的笑声、每一个淘气的举动都给她的生命注入快乐。他是多么可爱，她多么爱他呀！

四岁的小弟弟走了，再也见不到听不到他了，不难想象那打击有多大。姐姐的心空了一个大洞，没有什么能够填补，也许直到有一天她有了自己的孩子。事实上她变得更加缄默了。

随着身子一点点长高，妈妈越来越瘦，圆圆鼓鼓的小脸变窄了，眼睛也更大，额头上的发际毛茸茸的，头发天生地微微卷曲。时间像一位魔术师，把一个五官端正的小姑娘变哪变，变成了一个美人儿，不惊艳，像泉水一样从内心涌现出静静的美。说起来我的相貌完全像爸爸，而不像妈妈，必须承认，我是觉得有点遗憾的。

在青岛时期，有一个后来不可一世的“女皇”出现在她们的生活里，江青。我考虑过要不要提她，有必要吗？也许并没有必要。然而有一个情景从记忆的影像库中显现，提醒我。妈妈、爸爸和婆在压低声音窃窃私语，我能感觉到三人的神经紧绷得发颤，他们在说一张照片，那张照片非常要紧，涉及他们的安危，他们怕得厉害，不知道何种灾难会因它而落到头上。照片，在“文革”时期不是留念，是罪证，铁证，可以证明你和某人有关系，知道她的底细，因此是危险分子，必须关押或清除掉。那是一张妈妈、好姨、杨姨和江青的合影。那时候那个女人才十八岁，还不叫江青，叫李云鹤，从济南来到青岛投奔教务长赵太侔，他们曾是师生关系。赵太侔帮李云鹤在青岛大学图书馆找了份管理员的工作，允许她在课堂旁听，类似半工半读，一段时间里她是恒山路 2 号的常客，那张合影就是证据。

20 世纪 50 年代初，李云鹤已经成为江青，伟大领袖的夫人，她曾托人带话，想找当年在青岛的邓家姐妹。妈妈以不回应回应。大约在 1963 年，这位夫人大搞京剧改革，某次会演，剧团请爸爸看戏，他有事没能去，妈妈和好姨去了，坐了爸爸的好位子。当年的李云鹤就坐在她们前面两排，不时回头看妈妈。好姨她是认不出来了，青岛时期的好姨是个剪着男孩儿头的假小子，而妈妈的外貌并没有大变样儿，似乎能认出，结果……妈妈不想被认出来，不想有什么结果，攀附大人物绝非她的性情，虽然那时候并没有任何危险的征兆，甚至是一种荣耀，到了幕间休息，她悄声但坚决地对身边的妹妹说：走，咱们走。姐妹俩离开了剧场。那位夫人再也没有找她。

当年的李云鹤从青岛去了上海，改名蓝萍，有多少人在“文革”中因为知道蓝萍的底细而被关进监狱，一命呜呼。虽然照片上的那女人还不是上海滩的女明星，只是一个图书管理员，但妈妈还是怕，他们不知道该如何处理那张照片，是烧掉？还是保留，藏起来？怎样做好，能保命呢？我并不知道他们最终是怎么做的，其实他们也没有明确地告诉我这张照片上有谁。是恐惧，恐惧是一种极具传染性的感觉，它让我猜到的。我知道我绝不能提起那张照片，什么也不知道，打死也不知道。那照片因此深深地印在我脑子里。

其实我想说的不是照片，也不是江青，是恐惧感。如今那感觉还在吗？当阳光照耀，把光明洒向大地时，自然会投下阴影，恐惧的阴影并没有消失。很多时候，我们既不是勇士，也不是胆小鬼，在两者之间有大块的灰色地带。而恐惧，既是敌人，也是朋友，恫吓我们也保护我们。艾略特说：“恐惧只在一小撮尘土里。”

◎妈妈和杨姨儿

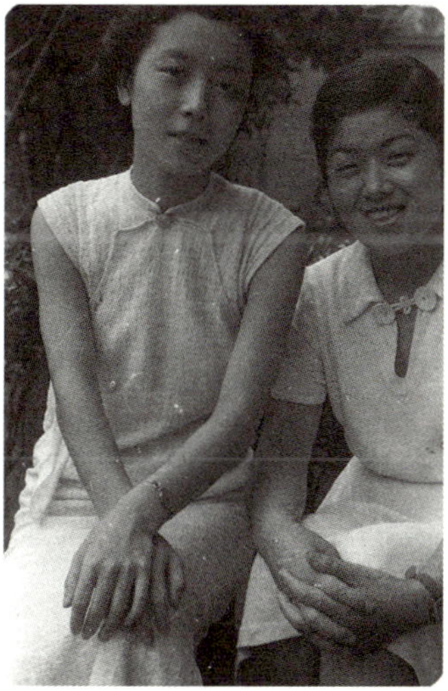

◎妈妈和她的妹妹，
我叫她"好姨"。

编码 十

“我将这本戏献给我的导师张彭春先生，他是第一个启发我接近戏剧的人。”

——《雷雨 · 序》

不长久，不长久，
乌黑的深夜隐伏，
黑矮的灵儿恍恍，
你忽而追逐在我身旁，
啊，爹爹，不久我将冷硬硬地
睡在衰草里哟，
我的灵儿永在
深林间和你歌唱。

上面这首诗的名字叫作《不长久，不长久》，十五岁的少年万家宝迷上写诗，还写了《四月梢，我送别一个美丽的行人》，《南风曲》，“南风吹来，送来泥土的湿润，吹得睡灵儿出了窍”，诗句一律那么感伤、凄凉，一律不食人间烟火。而爹爹给他起的名字“万家宝”和自己的诗、心境怎样都不符合，感觉要有一个笔名，想来想去决定把繁体的“万”字拆开，上面的草字头变成曹，下面是禺，曹禺。

写诗，贪婪地阅读，冥想，办刊物，写激扬的文章，去教堂，看信徒们洗礼，读圣经，崇拜林肯，背诵他的《葛底斯堡演讲》，跑马拉松，冲击身体的极限，南开中学里，这个十几岁的学生东奔西突，在寻找，寻找那个他还不是的人，他想成为的那个人。会不会是一个诗人呢？很有可能，也可以写小说，他的小说已经刊登在他们自己办的刊物《玄背》上。或者遵循父亲的话做一个好医生，救人性命，再或者学成一个工程师，也是十分有意义的。当然，他从小就跟着母亲看戏，回来就和小伙伴王傻子演着玩，兴趣高涨，正在这成长的关键时期，是张彭春，他告诉爸爸，你是曹禺，是一个剧作家。

键入“张彭春”三个字，屏幕上出现的词条介绍他是中国教育家，早期话剧（新剧）活动家，导演。紧接着下面有一条，题目是：被遗忘的张彭春。遗忘！像一根棍子重重地敲打了我的脑袋。我爸爸必定是不会遗忘他的这位恩师的，但是我爸爸走了，带着他满脑子的形象记忆。张彭春变成了一段文字。事实上许许多多的人都变成了一段文字，在认识他们、爱他们、记得他们的人都离开之后。更多的人、绝大多数、某某某们，没有文字记载，什么都没有，像是从没有来过这世上。那么又怎样呢？说实话我越发感到人在这个世界上只做一个短暂的逗留，目的何在无从知道，尽管有时自以为若有感悟。而我爸爸却是特殊的，他一直还在，还活灵活现地活在舞台上，活在他剧中的人物身上，说不定可以长久地活下去呢。

如此的幸运是从他十五岁那年发端的。那一年，1925年，他进了南开新剧团。鲁韧，他当年的同学，看过他演的易卜生的《娜拉》，不是演丈夫海茂尔，真的是演娜拉。鲁韧说：“我总觉得曹禺的天才首先在于他是个演员，其次才是剧作家。我这个结论你们下不出来的，因为你们没有看过他演戏。”确实，看过他演戏的人几乎都不在了，可我曾听到的他们的评价差不多都和鲁韧先生一致，赞美有加。最一致的是他们都会提到他那双明亮有神的眼睛。说到他的眼睛我有发言权，可以这样说，我爸爸的眼睛亮起来真的像几百瓦的灯泡，精光四射，会在瞬间放射出探照灯一样骇人的光，被照过的人是不会忘记那道光的。

在南开新剧团他演了很多角色，有男有女，张彭春作为导演，作为剧团的领导人，不由自主地倾心于这个学生，赞赏他，让他感觉到自己在发光，并且想发更大的光。在此引用一段我爸爸自己的话：“张先生对我的影响是带决定性的，我不是非搞戏剧不可。在中学时代，我的兴趣是多方面的。当然我从小喜欢戏剧，也仅仅是喜欢。入了南开新剧团，在张先生指导下演戏，他器重我，培养我，把我内在的潜力发挥出来，让我对戏剧产生了一种由衷的热爱。”

单单表演已经不够了，光说出角色的话不能让他满足，他想要发出自己的声音。他意识到舞台其实是一个世界，可以变为他的世界，非他莫属。一切都在积极的酝酿之中，在判断、构架、组织之中，直到有一天，他写出了《雷雨》。那年我爸爸二十三岁，是清华大学西洋文学系的一名学生。

田本相先生是《曹禺传》的作者，毕业于南开大学。当年我爸爸也在南开读大学，只是没有读到毕业，又考到清华大学去了。田本相向他提过一个问题：南开大学对您那么好，您为什么一定要离开？我爸爸说了几条明确的理由，比如他在南开读的是政治系，实在不喜欢，读不下去，再有……他憋不住了，向这位校友吐露了真心话，“我很感谢南开，但是我不喜欢南开，我喜欢清华。”说着他不由自问：“我甚至想过，如果一直待在南开，我是否能够写出《雷雨》？”怕伤了母校，他希望田本相不要把这些话写出来。事实是南开不愿意放他走，最终定下一条：考不上清华也不准再回南开了。即便这样，他也没有犹豫。

他喜欢清华。好吧，让我们看看他为什么喜欢清华。

用他自己的话：一进清华就感觉呼吸到一股清新自由的空气。而我也想到一句话：清华高擎着自由精神的火炬。在这里，自由，不是一个词汇，是具体的生活方式、为人方式。学生在清华可以自由选修课程，可以自己挑选老师，上课不点名，想听课就去，不想去悉听尊便。图书馆是更大的课堂，把时间花在那里是一样好的。谨记，清华希望自己的学生除了学习，都能发展各自的爱好。爱音乐吧！那将是人生美好的享受。请到大礼堂来，你们每一个人都来，来听听贝多芬，巴赫，莫扎特，舒伯特，清华在大礼堂里定时为学生播放交响乐唱片。当你爱上了音乐，太好了，请加入乐队，乐队里的乐器随意挑选，玩一样乐器绝不是耽误时间，是为生活增添美的韵味。更令人称奇的是，信不信由你，清华有一笔款，专门安排毕业班的学生去国外游历，只有一个要求，睁大眼睛，敞开心扉，眼睛能睁多大就睁多大，心能敞多开就敞多开，去看去体验去感受，去丰富自己，越丰富越好。

1933 年春天轮到了我爸爸那一届。那年资金有些紧，先生钱稻孙安排他们去日本。在不到一千吨的小海轮上我爸爸第一次喝了日本人喝的酱汤，白米饭，黄萝卜和一点点咸鱼，新鲜极了的口味。一到东京他就听说筑地小剧场晚上有戏，约了同学孙浩然一起去。天下着雨，夜晚，在陌生的街道他们迷了路，最后竟然湿漉漉地摸到了剧场。舞台上演的是一出北欧戏剧《好望角》，台上的人甚至比台下的人还多，而演出是那样的简朴庄重，虽然他们俩听不懂一句日语，却被深深打动。观看歌舞伎大师菊五郎的演出是他终生难忘的经历。当菊五郎扮演的怀春少年撑着一把纸伞从花道上走出来，他顷刻间感觉到丝丝的春雨多么湿润，四下摇曳着樱花，美少年低徊婉转地走着舞着，那凝练的美引得他神往又爱慕。《诗经》中的诗句浮上心头：“有美一人，清扬婉兮，邂逅相遇，适我愿兮。”

一个多月里，这批学生跑了七个城市，横滨、神户、大阪、奈良，在京都，他仿佛看到了王羲之《兰亭集序》中的场景，一株株樱花树下，一簇簇的人们喝着酒，弹琴唱歌，沉醉在梦一样的春光里。由于语言不通，他们和日本大学生们用笔交谈，居然没有什么障碍，居然谈得十分热烈。看着眼前这些脚踏木屐和自己一样年轻的人，脑子里倏忽间闪过怀疑的念头，要怎样看待他们，难道他们会是凶恶的，要恨他们吗？还是相信他们脸上真诚的笑？自 1931 年日本人就占领了东三省，因此在整个旅途中，类似的闪念不时袭来。

一个男人要走多少路，
才能被称为男人，
一只白鸽要飞过多少片海，
才能在沙丘长眠，

这是鲍勃·迪伦那首最有名的歌：

炮弹要多少次掠过天空，
才能被永远禁止，
答案啊，我的朋友，在风中飘……

时至今日，不是吗，这个世界依然被大大小小的战争撕裂，依然在寻找答案。

回到清华校园。

孙浩然是我爸爸大学时期的好朋友，对他十分了解，他说："家宝肯钻，整天泡在图书馆里，从图书馆出来抱着一大摞书，在路上碰到也总是在看书。他课内功课不好，自己学好几种外语，又看许多书，顾不上功课。也许就因为他的念书习惯有点奇怪，两次留美都没有考上。"

作为西洋文学系的学生，我爸爸想去美国留学，他的英文肯定没有问题，能背下整本字典，读遍莎士比亚的英文版，然而却没能通过考试，他的同学张骏祥比他厉害，考上了，去了美国。不知道他当时心情如何，会沮丧吧，或许也并不很在意。1946 年，抗战胜利后，我爸爸和老舍受美国国务院邀请赴美国讲学一年，由此看来人生的机会绝不只以一种形式出现。我们有限的生命其实被各种机会围绕着，为了谋生或许选择不是很多，但一定有选择的权利。不要怀疑这点。

到了 20 世纪 50 年代，一位清华大学西洋文学系的学生英若诚也热爱戏剧，在学校图书馆借阅所有能借到的戏剧方面的中外文书籍，在每一本书的借阅卡上，他都看到上面有“万家宝”这个名字。后来他进了北京人民艺术剧院，成了我爸爸的同事，莫逆之交。20 世纪 80 年代初我爸爸去美国访问，英若诚是他的翻译。他们在伯克利大学做演讲的时候，学生赖声川坐在下面，后来……那是后话了。

还有一位当年的清华同学陆以循，和我爸爸同住一个宿舍，他的回忆让我吃了一惊，他说：“家宝比我高两级，我和他一样，都觉得考试没什么了不起，能通过就可以。我一进清华就热衷学小提琴，家宝在乐队里吹巴松管，当时清华有一个德国老师教钢琴，一个俄国老师教小提琴，清华乐队搞得很红火。”

吹巴松？这是真的吗？我怎么从不知道。我妹妹听说了同样很惊讶，觉得不可思议。我爸爸他严重地五音不全，情绪来了会突然大声唱歌，然而你无从判断他唱的是什么歌，需要等待，根据歌词猜测，“哦，我的太阳，多么辉煌，一切多么美好，哦我的太阳……”难道真的是那首歌，那首意大利民歌？当我们终于肯定：是。天哪，我们都大笑起来。而吹奏巴松据说最要紧的是口型，靠唇部肌肉的运动，不能漏气，这方面我爸爸没有缺陷。巴松的音色柔美醇厚，微微阴郁。真想听听他吹巴松。

关于他的大学生活还有一些我难以想象的事情，但确实发生了，比如：一次冒险的旅行。

那是 1931 年，他和一位同学，两位清华的洋教授，女性，一个德国人，一个美国人，去了山西，张家口，内蒙古。是德国老师葛瑞瓦来约他，请他做翻译，说不要他出钱。我爸爸回答她，我可以去，但是不要你们出钱。这样一行四人就出发了。旅程的大部分都是徒步，跋山涉水，这两位好冒险、好闯荡世界的女性感叹：中国真大啊！要是在欧洲，她们早就跑出欧洲了。

这辈子我最羡慕、最敬佩的就是那些在路上的人。而我总是坐在车上，小轿车、面包车、大巴车，从车窗里望见他们。这些人背着沉重的背包，满面风尘，均匀地呼吸，眼神坚定。在苏格兰高地我曾看到过一位斜躺在轮椅上的山野旅行者，匆匆拍下两张不很清晰的照片。汽车绝尘而去，我的心仍然长久地追随着他们消失的背影。现在我知道了，爸爸也曾在路上。

1931 年的路会更难走，更荒凉。他们爬五台山，在不同的土炕上倒头睡下，被各种各样的微生物亲了个遍，饥肠辘辘地爬啊爬啊，猛抬头，山腰间露出美丽建筑的一角。喇嘛庙的僧人端出点心，是他吃过的最好吃的点心。去内蒙古的路上，很幸运地搭上了白俄人的空货车，大草原铺开缀满花朵的毯子，直铺到天边。白天人热得要脱光上衣，晚上钻进皮口袋睡觉。蒙古人家的女儿用捡来的牛粪烧火，接着用手和面做饭，爸爸得了一场急性肠胃炎，病倒在蒙古包里。

他一个人躺着，感到无限的孤独、寂寞，想到了公元前一百年出使匈奴的苏武，一个人在异国他乡放牧，度过十九年，他不由为着这位伟大人物、为着他那份超人的意志而感动得热泪滚滚。天苍苍，野茫茫，文明退至远方，世间的任何问题都不能影响这里的日出日落，斗转星移。傍晚时分，云霞灿烂，高耸的瞬息变幻的天穹笼罩着小小的他，给他带来感官上的无比狂喜。

说是冒险，而险情也真的出现了。一次他们渡过一条小溪，回来的时候山洪暴发，溪水涨成一条湍急的大河，四下一片荒野，有虎狼出没，两位洋教授都是胖女人，并不矫健，怎么办？没有别的选择，带领她们过！开始过时水很急，齐腰深，走着走着水齐到胸部，流得更急，非常危险。终于涉过去，两个女人的欢呼让我爸爸觉得自己成了英雄。老年之后他回首往事，感叹：可惜啊，我一生这样的旅行太少了。当然，没有遗憾的人生是不存在的。

应该是在 20 世纪 80 年代中，北京电视台要拍摄一部我爸爸的专题片，我陪着他回到清华大学。进校园之后，摄像师扛着机器前前后后追着他拍，我有意落在后面，只想做一个旁观者。

图书馆的黄色墙壁上爬满了碧绿的爬山虎，真是一座美观的值得欣赏的建筑，但愿永远不要被拆掉。起码，在我们去的时候它一点也没变，还是当年的老样子。图书馆门口，学校的一位副校长还有一位副书记已经在等候了，自然还有图书馆的负责人。

拍摄队伍变得大了，但是看起来并没有影响到爸爸。这地方他太熟悉，完全不需要带路和介绍，进门后他径直上楼，引着大家来到右侧的报刊阅览室。阅览室很大，里面没有什么人，难道是为了拍摄把人清空了？为拍到人物的正面，摄像师在前面快步倒退着，随他走到一张长桌前，捕捉住关键的一刻，“对，我就坐在这里，我一来就坐到这个位子上，我有我固定的位子”。他四下看看，再看看，然后很小心地在桌前的那张椅子上坐下，要试一试，感觉一下，以确定这是他写作《雷雨》的座位。

“不知废了多少稿子呀，都塞在床铺下边。我写了不少的人物小传，写累了，就跑到外面，躺在草地上看天空，看悠悠的白云，湛蓝的天……”那天是个好天气，窗外阳光明媚，室内的光线也很好，“当年图书馆的一个工作人员，他待我太好了，原谅我一时想不起他的名字，哦不，我记得，他姓金，这位金先生允许我进书库随意翻书，还允许我闭馆以后还待在这儿写作。那些日子真叫人难忘啊！当时我没有一点别的想法，一门心思就想写出来，没想过发表，也没想过演出。”

“在我看来，写戏没有别的路子，更没有捷径，必须认认真真地反复读剧本，读各种剧本，国内的国外的，从关汉卿到戏考，到外国的各种流派，象征主义，未来主义，表现主义，写实主义，都要读。”

“在大学读书光靠老师讲是不行的，必须自己找先生。图书馆里有许许多多的先生，大先生，老先生。一进了图书馆的海洋，就觉得个人是渺小的，世界是那样地丰腴、灿烂。”

“写《雷雨》的时候我还年轻，现在你们要我讲蘩漪是从哪儿来的，有什么原型？有，肯定是有，好多好多。但要我说出张家老太太，李家少奶奶，王家小姐，有什么用？讲了也是白讲，你们也不认识。《雷雨》这个名字，如果硬要我讲，雷，是轰轰隆隆的巨大声音，惊醒他们；雨，是天上而来的洪水，把大地洗刷干净。”

以上的几段话只有第一段是在拍摄专题片时说的，其余则是他在不同时期说的，现在我把它们统统放到了清华大学的图书馆里，我觉得很合适。曹禺，20 世纪 30 年代清华大学的一名学生，他什么也没有忘记。

1994 年，夏日晴朗的一天，北京医院楼后的“小花园”里，我爸爸坐在轮椅上，戴着耳机，上午的阳光把婆娑的树影洒了他一身。我远远看见他，向他走过去，他正仰着头，望着蓝天里闪亮的树梢，直到我走得很近了，忽然看到我，大声喊：“啊，小方子！”戴着耳机的人都会这样大声，“今天特别的好！我在院子里快活得要命要命，我都要跳舞了！”说着他喜不自禁地让自己的屁股在轮椅里尽力颠了两颠，以示跳舞，接着摘下耳机，举到我面前，“你听听，一定要听听，美妙至极的音乐，我这路快活哇！”

是肖邦！钢琴声宛若一道神谕，阳光一样明亮，丝绸一般柔滑，如飞溅而起的瀑布……我听着，他的眼睛盯着我，亮闪闪的，充满期待；后来我把耳机还给他，帮他塞好，他依然望着我，“好不好？美不美？多么美啊！是不是？”

是，当然。这就是音乐，就是他这位年轻时的巴松管乐手、五音不全的人享用了一辈子的音乐。他继续听他的肖邦，脸上下意识浮现出满足的笑意，大概是一曲终了了，只听他喃喃地说：“不知为什么今天这么好。明天就不知道什么样儿了。”

谁又知道呢，爸爸。

◎爸爸在天津时的家天津小白楼

编码

十一

感谢田本相先生写了《曹禺传》。如果有人喜爱戏剧，有兴趣了解剧作家曹禺，应该去看这本书，看他的人生历程怎样从生到死，怎样从《雷雨》到《日出》到《原野》《北京人》，一路走过的。但我写这本书不是想介绍一位剧作家，我要写的是我的爸爸和妈妈，我要细细探索，好好地认识他们，还想通过他们认清我自己。而这可不轻松。

坦白地说，我的初衷是写妈妈，因为有太多人、太多文章写我的爸爸了，分析他的剧作，当然也分析他。大部分的评说都是正面的，认为他了不起，是个天才。我也这么认为。如今我也是编剧，和他同行，我无法想象在二十三岁的年龄能写出《雷雨》。二十三岁的我是个彻头彻尾的傻瓜，这么说没有任何夸张的成分。那是 1975 年，我在沈阳军区歌剧团，职位编剧，写了几个小歌剧，里面的人物都不是人，只是一个个政治概念。对不起扯远了。

在清华大学，我爸爸写出了他的第一个剧本，《雷雨》。他把剧本给了在南开中学上学时最好的朋友章靳以。章靳以和郑振铎、巴金正在办一份刊物，《文学季刊》。在我曾经写过的一篇文章里，我说《雷雨》的剧本被放在抽屉里，放了一年，后来被巴金看到了，一口气读完，感动得流泪，立即决定发表。据我当时所知事情的过程就是这样。出于一个年轻作者以己度人的心理，我曾经问爸爸，“你把剧本交出去，那么长时间，你为什么不问问呢？”他想了想，似乎也觉得是个问题，“哎，奇怪，我就是没问……”脸上的表情有点拿自己无可奈何。我伸出手摸了摸他的面颊，每每在他可爱的时候我都会这样。他看看我，眼神飘移开去，望向别处，只听他又说：“那时候我真的是不在乎，我知道那是个好东西，站得住。”

原来如此。他心里知道自己写了个好东西，足够了。是一个二十三岁青年人的自信，让他无所谓，不在乎。

我那篇文章发表之后慢慢听到一些反馈，声音不大，但还是能听到，意思是我对《雷雨》发表的描述是片面的，和事实有出入，对章靳以先生的名誉有所损害。我认识靳以叔叔，在我童年的记忆里他是个十分鲜活的人物，胖胖的，戴副眼镜，只要我们去上海一定会去他家，爸爸和他谈笑风生，我们和他的女儿南南姐姐玩，然后大家欢欢喜喜一起出去吃饭。在上小学的时候，一天放学后我在家里做功课，忽然听到有人哭，是一种失声的大哭，谁？出了什么事？我惊愕又害怕，这人哭得那么大声，不光屋里的我能听见，院子里，邻居们，也一定会听见。

客厅里的光线有些昏暗，我偷偷站到门口，看见爸爸，天哪！是他在哭。他俯身在桌前，一只手捂着脸另一只手撑住桌子，妈妈就站在他身边，紧贴着他。我的心咚咚咚地跳，眼睁睁看着妈妈搀扶着爸爸走进里屋，把门关上。后来我知道是靳以叔叔病逝了。之所以我的印象那么深刻，因为那是我这辈子第一次看到一个男人哭，在此之前我很难想象男人是怎么哭的。

这和《雷雨》的发表没有关系，一点关系也没有。

我还是想弄清我在什么地方搞错了。关键是真相，我想知道真相。如今当事人都不在了，只留下他们的一些叙述，而且是别人转述的他们的话。那么我还能弄清吗？有这个必要吗？那么多年前的事了，有什么大不了，和当下又有什么关系？

有关系。如果我那样想，那么一切都将失去意义，包括今天、当下的一切言行，一切。我上网查看，找到相关文章，看到章靳以的女儿章小东为父亲鸣不平。文章转述三点内容：一、曹禺创作的《雷雨》完稿是1933年8月底，发表在1934年7月出版的《文学季刊》上，所以说靳以将《雷雨》手稿放在抽屉里一年或更多时间，是没有根据的。二、靳以收到《雷雨》曾向其他编委推荐，由于意见不一致，靳以又不愿意退稿，才将手稿放进抽屉里。正好巴金去北京，靳以向他提起《雷雨》，巴金便要来看，那时巴金并不认识曹禺。三、那个对《雷雨》有不同看法的编委是李健吾，因为他看出了《雷雨》是脱胎于易卜生的《群鬼》。

还有一段关于《雷雨》剧本置放时间的问题，文章这样写：章女士通过可靠的材料证明，《雷雨》从完稿到发表不到一年时间，如果扣除他将稿子送到靳以手里之前的时间和稿子编辑付印的时间，大约稿子放在靳以抽屉里的时间不会超过半年。因此说不上什么"耽搁"。《文学季刊》是1934年1月创刊的，京派文人人才济济，一部无名青年的习作放在第三期发表是很正常的。事实上只是靳以在推荐稿子的时候遇到一点阻力，他借助巴金的力量来说服其他编委采纳这部稿子。

此篇文章的作者绝不片面，还引用了我爸爸1979年在《收获》杂志上发表的文章《简谈〈雷雨〉》，"那时靳以和郑振铎在编辑《文学季刊》，他们担任主编，巴金是编委，还有冰心和别人。靳以也许觉得我和他太接近了，为了避嫌，把我的剧本暂时放在抽屉里。过了一段时间，他偶尔对巴金谈起，巴金从抽屉里翻出这个剧本，看完之后，主张马上发表。靳以当然同意。"至此，文章的作者给出一个推测：那时候《收获》刚复刊不久，巴金出任主编，曹禺写稿捧场，自然而然提到这件往事。好的是作者并没有止于推测，继续追踪，曹禺为此写信向巴金核实，巴金在1979年2月2日的回信中回忆了此事，"关于《雷雨》，你提我的名字也可以，但不要美化，写出事实就行了。事实是：我同靳以谈起怎样把《文学季刊》办得更好，怎样组织新的稿件。他说家宝写了一个剧本，放了很久了，家宝是他的好朋友，他不好意思推荐他的稿子。我要他把稿子拿来看看。我一口气在三座门大街 14 号的南屋里读完《雷雨》，决定发表”。

在此需要说明，巴金的这封信是萧乾转录在《挚友，益友和畏友巴金》一文中的。另外还有一段巴金给萧乾的信也提到这件事：“关于《雷雨》，希望你不要用‘开脱’和‘积压’的字眼，这事情不能怪靳以。他的确对我说过，他把稿子给另一位朋友看过，那位朋友说：写得乱。他就不敢用了。……你写文章表扬我，却把靳以扫了一下，这样……我死了也难闭上眼睛。”

好，我想对当事人的话的引用可以到此为止了。我必须要说的、真正想说的，章靳以，靳以叔叔，在任何情况下，包括李健吾或者郑振铎对剧本的不同看法，包括我爸爸不知其中的曲折、内心深处可能有的一点点误解，包括后人对《雷雨》发表的一致说法，面对这种种，靳以叔叔从来没有为自己解释过。为什么呢？很简单，这就是他们，他们那一代人。他们尊重彼此的人格，互相善待，绝不想伤害任何一方，否则将也是对自己的伤害。这样做很难吗？不，在他们看来不过是为人之道，理所应当。

又想到那个下午，爸爸失声痛哭。也许该哭的是我们，为了那些我们丢失的太多不该丢失的。

《雷雨》应该是我看的第一个话剧，在我的记忆里是这样。我很小，大约四五岁，还不到进剧场看戏的年龄，完全不能理解舞台上人和人的关系，甚至也弄不清舞台上的演出和我爸爸的关系。到了第三幕，雷电交加，侍萍要女儿起誓不再和周家的人来往，四凤被逼发了毒誓，“让天上的雷劈了我！”话音甫落响起一声炸雷，满场震动，我吓得“哇”地哭了。

让我永远不会忘的是爸爸的举动，我挨着他坐，他伸手一把抄起我，动作之粗暴让我心惊，我被他紧紧夹在腋下，一团漆黑之中，惶惶然稀里糊涂忽然来到明亮的地方。在剧场的侧厅他把我放到地上，刚刚的瞬间我因为惊吓已经忘了哭泣，只是胸部还止不住抽动，大口大口地吞咽空气。他没有说我，等着我慢慢平静下来。也许他有点歉疚，小女儿太小，实在不能怪她，另一方面他相信我已经明白了，不能在剧场里那样大哭，那是不对的，因为影响了看戏的观众，而他们是最重要的人。这是关于戏剧我所上的第一堂课，剧场是神圣不可侵犯的。

等我又长大一些，上学了，仍然是演出《雷雨》，爸爸牵着我的手，小心再小心，蹑手蹑脚地来到后台，站在侧幕间，看那些把我吓哭的闪电劈雳是怎样造出来的，还有稀稀疏疏的雨，怎样越下越大，一阵阵砸着观众的耳鼓。霹雳是悬在高高吊杆上的洋铁板，雷声是鼓，雨声是缀满一颗颗小珠子的大芭蕉扇，音效师们操作它们，精妙地掌控着力度和节奏，把大自然的万千气候带进剧场。很多年以后我开始写小说，后来又写电影和电视剧，最终写了话剧，我不由得想，难道爸爸曾对我寄予了这样的期望？我想那时候并没有。分娩不只是在出生、离开母腹的时刻，人生中会经历数次分娩。是爸爸让我在首都剧场的母体中再次出生，从此开始吸收来自戏剧的养分。

《雷雨》，从某种角度看，还是干脆直说吧，我认为蘩漪是作者的化身，是那个被层层外壳包裹着的最真实的他，果敢阴鸷。我查了新华字典：鸷，鸷鸟，凶猛的鸟，如鹰，雕。我爸爸，终其一生都有一只鸷鸟在他心中扇动翅膀。他脆弱，胆子小，异常敏感，经常是悲观的，但同时又是凶猛的，热烈的，不达极致不甘休的。如果不加限制，任他自由地写作，他将两者同在，两个曹禺，互相依恋、纠缠、厮杀，甚至会到置对方于死地而后快的程度，然而有一刻，面面相觑，发现那突突突的搏动来自同一颗心。这难道不正是艺术的最迷人之处嘛。

如果问一个编剧，写话剧最关键的是什么？我相信百分之九十的回答是：结构。想法、立意、人物、故事、风格、形式，都不足以让你下笔，只有有了结构，一切才得以成立。《雷雨》的结构就像一颗打磨得几近完美的钻石，一个个精致的平面互相辉映，璀璨发光。这是我的感觉，听听作者是怎么说的。

“我在构思中不知什么原因，交响乐总是在耳边响着，它那种层层展开，反复重叠，螺旋上升，不断深入升华的构架，对我有一种莫名的吸引力；再有古希腊悲剧中所蕴含的不可逃脱的命运，也死死纠缠着我，这原因很可能是，那时我觉得这个社会是一个残酷的井，逃脱不了的网，人们无法摆脱悲剧的命运。而这些都是决定着《雷雨》结构的因素，天网恢恢，在劫难逃！一个戏的结构，绝不是形式，它是一种艺术的感觉，是一个剧作家对人生、对社会的特有的感觉。”

据我所知如今有的人看不起《雷雨》，看不上它三一律的编剧手法，但是我想问，你行吗？每一个作为编剧的人一定心知肚明，这太难了！二十四小时之内，同一地点，巧合而不做作，戏剧性强烈到极点，人物真实到极点，我不是没想过试一试，可这样的挑战不是我能应付的。现在还不是，以后也难说。

在微信朋友圈里看到一篇文章：“《雷雨》这部在中国话剧发轫期显得过于鹤立鸡群的经典，从此成为了标高。尽管作者的艺术造诣不断进步，但《雷雨》的象征地位是永难撼动了。”这是大实话，我点了赞。从完稿到今天《雷雨》已经演了八十多年，被不同剧种改编，京剧、黄梅戏、芭蕾、现代舞，被译成多种语言，甚至有南斯拉夫文，真想不到。

2014年，北京人艺在首都剧场再次演出《雷雨》，在其中的一场公益演出时，观众席里出现了笑场。周朴园的扮演者杨立新先生为此发了微博，表达他的失望与不满，引发了一场讨论。之后就有记者给我打电话，说想对我做一个专访，聊了几句我憋不住了，“你是不是想问我对《雷雨》笑场的看法？”电话那头那位好心的记者立刻承认了，说之所以迟迟未提是怕我不愿意谈。真是误会。我为什么不愿意谈，有什么可避讳的！戏，写出来就是给人看的，观众买了票，好的结果是看得带劲，觉得这票钱花得太值了，如果还有感触，甚至感动，天！编剧、参与演出的每一个人都会无比欣慰。但是如果你不喜欢，甚至看不下去，不必犹豫，走就是了。演出过程中有观众离席虽然会让创作者不舒服，但没有什么不能理解的。这不是你的菜，以后小心，选自己爱吃的。我说了这番意思之后，觉出电话那头的记者微感意外，也松了口气。说到底其实就是这么简单，我做我觉得好吃的，努力、尽心地做，希望还有营养。你呢，挑你爱吃的。如果实在没人来吃，那只好关张，但是起码，我享受了写作。

北京人民艺术剧院演出第三版《雷雨》，那时候我爸爸因为肾功能衰竭住在北京医院，不能去看，我去了。第二天去医院看他，一见面他张嘴第一句话就是：“怎么样？”不可能误解，他问的是演出效果。我告诉他很好，剧场里很安静，静得能听得到一根针掉到地上。我绝不是想说好听的让他高兴，现场气氛的确如此。“你觉得还站得住？”他又问，显然是期待一个肯定的答复。可我偏偏不想顺着他说，反问：“你说呢？”

他没有说话。

经常，我会看到他对自己的作品表示怀疑，而我却怀疑是不是真的。就像那一刻在病房里，我忽然觉得他像个孩子，需要得到安慰的孩子，而我就是不愿意轻轻松松地安慰他。我劝他不要想了，因为这不是他的事。

“怎么讲？”他问我。

“你写了剧本，尽了你的力，以后就由时间去衡量了。”

“那我的戏是不是还算经得住时间考验的？”可爱的老孩子又问。心狠的女儿竟然再次反问：“你说呢？”

他沉默不语。我觉得他是理解我的。爸爸，我不是不想安慰你，是因为你不需要我的安慰。即使我说了你想听的话，那些话也微不足道，不具有真正的意义。我宁愿相信那个自信的二十三岁的年轻人还活着。

经典不是别的，就是活得长，一年两年，十年八年，几十年，上百年，还活着。这就是经典。你怎么会不明白呢，你当然明白。

编码

十二

不管如何女儿总是会沾爸爸的光的，我也不例外。我改编了《日出》两次，一次是改编成电视剧，一次是改编为歌剧，都是委约创作。坦白地说，我爸爸的剧本里《日出》不是我最喜欢的。此剧具有很强的社会批判性，就像是作者磨刀霍霍，手起刀落，赤裸裸，血淋淋，露出那个社会肌体的横断面。

2000年北京人艺再次上演《日出》，开场时美女们跳着劲舞，李石清用的是电脑，除了第三幕的宝和下处，其他人物都是一身现代打扮。观看这台演出让我一下子惊醒，怪自己不该用一贯的老套眼光看《日出》，其实《日出》新得就像今日！

新，旧，看似与时间相关。以线性的形式滴答行进的就是时间，是吗？是，又不是。时间是每个人的每时每刻，离开人，时间的意义又何在。而人性又怎么能分得出新与旧呢。我终于明白了《日出》的厉害，他向人性发问，从未停止。

“我应该告罪的是我还年轻，我有着一般年轻人按捺不住的习性，问题临到头上，恨不得立刻搜索出一个答案；苦思不得的时候便冥眩不安。……这些年在这光怪陆离的社会里流荡着，我看见多少梦魇一般的可怖的人事，这些印象我至死也不会忘却；它们化成多少严重的问题，死命地突击着我，……不甘于模棱地活下去，于是便如痴如醉地陷在煎灼的火坑里。……有时我也想，为哪一个呢？是哪一群人叫我这样呢？这些失眠的夜晚困兽似的在一间笼子大的屋子里，踱过来，拖过去，睁着一双布满红丝的眼睛……我忍耐不下了，我渴望着一线阳光，我想太阳我多半不及见了，但我也愿望我这一生里能看到平地轰起一声巨雷，把这群盘踞在地面上的魑魅魍魉击个腐烂，哪怕因而大陆便沉为海。”

——《日出》跋

看得出来，写这样文字的人在发烧。

我确信，对现状的不满是一切创作的源泉，是痛苦、困惑、愤懑使人拿起笔，如果我们觉得自己泡在蜜罐子里，那还需要干什么，什么也不必干，享受就是了。“知足者常乐”虽然来自于大智慧，但艺术家必定是地球上最难以感到知足的一类。从怀疑出发，寻找再寻找，又回到怀疑，不可动摇的怀疑，正如莎士比亚之问：To be or not to be，that is the question. 活在世上，每个人都有权选择自己的路，如果选择了艺术创作，那么英国作家毛姆的这句话就是你所能得到的最大安慰了，他说：“善于创作的艺术家能够从创作中获得珍贵无比的特权——释放生之痛苦。”

生之痛苦，那么就看看吧。

《日出》第三幕，宝和下处，最下等的妓院里，人被剥去了所有的皮，露出最本真的血肉。那是一场人性痛苦的大复活，甚至可以说作者被生吞活剥，死在了人物身上。

严冬的三九天，夜晚，在一片荒凉的贫民区我爸爸等着两个吸毒的乞丐来教唱数来宝，明明约好了，可能是许给他们的赏钱过多，被怀疑是侦缉队，等了大半夜也没见人影。他不甘心，摸到附近的“鸡毛店”去找，一个喝醉酒的家伙看他不顺眼，一拳上来，他差点儿瞎了一只眼。他学乖了，去找关系，用今天的话，找了黑社会的门路，怀里揣着一支笔一个小本子，厚着脸皮，抱着豁出去再次挨打的准备，心里明白每个行业都有行规，给了钱，不办该办的，光问这问那，没完没了地问，这你妈什么意思，想干什么?

“那里面的人我曾经面对面地混在一起，各人真是以人与人的关系，流着泪，‘掏心窝子’的话，叙述自己的身世。我恨我没有本事把当时那些细微的感觉记载清楚，有时文字是怎样一件无用的工具。……在这堆‘人类的渣子’里，我怀着无限的惊异，发现一颗金子似的心，那就是叫做翠喜的妇人。她认为那些买卖的勾当是当然的，她老老实实地做她的营生，‘一分钱买一分货’，即便在她那种生涯里她也有她的公平。令人感动的是她那样狗似的效忠于她的老鸨，和无意中流露出来对于那更无告者的温暖的关心。她没有希望，希望早死了。前途是一片惨淡，而为着家里那一群老小，她必须卖着自己的肉体麻木地挨下去。她叹息着：人是贱骨头，什么苦都怕挨，到了还是得过。你能说一天不过么？”

爸爸被人看到去妓院，有了传言，说他嫖娼。那又怎么样，随他们说什么，爱怎么想怎么想，解释才显得可笑。

“整个一个暑假，见过许多三等妓女，认真地参访这些人。人家也奇怪，干吗记这些话。我说我是报馆记者。靳以同我一起去。靳以就是那么呆头呆脑的，不懂世故，方达生不是我凭空编造出来的，有靳以的影子。砸窑子是常事，妓女一招待不好，把它砸了。翠喜是自由身，可以回家。小东西就不能乱跑。搭班的可以回家，其实她也跑不了，得给当班的印子钱。”

虽然我无从经历，但可以想象，一天又一天我爸爸看，听，了解，觉察，以我现在的看法他的所作所为并不是勇敢，而是痴迷，一个写作者对自己要写的东西的痴迷。世上没有比一个痴迷的人更勇敢的了。真的。

有必要一提的是1937年，欧阳予倩先生在上海复旦大学导演《日出》时删掉了第三幕，舞台上不见宝和下处，不见了一排排鸽笼似的小屋，不见那个跛了腿的男人喊：来客！见客啦！然后从各个小鸽笼走出来一个个没有一丝血色，浓妆艳抹，打扮起来的下贱的“动物”。我爸爸很气，无法容忍。我完全理解他的心情，《日出》的第三幕不是他从袍子里变出来的，那是活生生的让他无比痛惜的命啊！

“《日出》不演则已，演了，第三幕无论如何应该有。挖了它，等于挖去了《日出》的心脏，任它惨亡。如若为着某种原因，必须肢解这个剧本，才能把一些罪恶暴露在观众面前，那么就斫掉其余的三幕吧。请演出的人们容许这帮‘可怜的动物’在饱食暖衣、有余暇能看戏的先生们面前哀诉一下，使人们睁开自己昏聩的眼，想想人把人逼到什么田地。”

世人们，一生里“真善美”三个字我们的耳朵都听出茧子了吧，听得都不以为然了，觉得不过是三个字而已，再听都厌烦了是吧。那就再说一遍：真，善，美。看清了吗，真！没有真，想要善和美，可能吗？没有真，所有的善都是伪善！如果要谈创作者的高尚，《日出》的第三幕就是高尚的。真，舞台上最强的那束光，瞬间照彻，没有一个观众会不知觉。

四川文艺出版社出了曹禺戏剧集，在送给我的那本《日出》扉页上，爸爸写下：给，我最心疼的方子。爸爸，一九八五年十月三十日。木樨地。

那么爸爸，我告诉你，我爱翠喜，那个人老珠黄的妓女，抹着粉，满嘴不堪入耳的淫词浪语，自以为诱惑地笑着，把男人推倒在床上，脱下衣服，露出松垮的肚皮，黑紫的乳头，色情电影绝不会选她。她每天睁开眼所要面对的日子足以让我绝望得自杀，可她活着，还有人类的同情心。我设法理解她，跟随她越过道德观，跨越诸多社会的标准，进入到一个人性更真实的层面，然后我对自己说，别想做什么高尚的人，你要做到的就是千万不要把同情心丢了。这个要求看起来很低，但有时我们激情满怀，有时又非常冷漠，不是吗？

对于《日出》的女主角陈白露，一个高等妓女，编剧曹禺说："许多演出把陈白露处理成被债逼死的，这个理解是错误的。她是清清楚楚死去的。玩世不恭实际上是不满意自己的生活，这点始终没有被人演出来。她对着窗子，老不说话，张乔治来了，说了好些废话，等他走了，她流着眼泪，躺在那里用手绢盖起眼睛，心里是很明白的……我这个人，已经变成渣子了。最后她走到镜子前面：'生得不算太难看吧，人也不算太老吧，可是……'拿我这个人，拿我这么年轻漂亮，还是能卖的，可以卖到很高的价钱，可是，她不愿意再卖了，这就是陈白露，她混不下去就不混了。'时日曷丧，予及汝偕亡'，是《汤誓》里的话，你死我也死，我再也不能受这个罪了。"

作者这段话说的不是别的，正是生之痛苦。陈白露的生之痛苦用自杀做出最后的表达，翠喜则恰恰相反，她没有死，她不能死，她的生之痛苦是必须活着。

编码

十四

青岛的日子有痛苦，也有快乐。痛苦的是小弟弟走了，快乐各种各样。屋子的四壁挂着一幅幅画，墙角的大瓷缸里竖满了画轴。墙上的画总在换，今天这幅，明天那幅，就为了欣赏。可欣赏的实在太多了，常常一幅画挂在另一幅的上面，看上去有些奇怪，但真正看画的人都觉得是个方便的好办法，欣赏着上面的一幅，来不及地又想比较下面那幅，就掀起来看，感叹着各自的精妙。妈妈被熏陶，学会了享受，享受着欣赏美的无限乐趣。

最大的乐趣是面对一张白纸，和它默默相望，心中浮现出一棵竹子，两棵、三棵，远远近近，真好看；落笔画出它们，一节节挺直的茎，很硬很光滑，叶子一片浓一片淡，尖尖地刺出去，而落了雪的竹叶会变得沉甸甸的，在潮湿的冷空气里静止不动……一种孤独的带有创造性的愉悦多么单纯，却又充盈、微妙。妈妈愿意独自享受它，也盼望有人分享。没有比长辈们的指点再好的分享了，尤其是杨伯，最懂字画，懂得她哪一笔画得好哪一笔不好，哪一笔显出了些力道，哪里过密了，要疏密相间，乱而不杂，干湿并举，为她指出还有更高一层的境界，神韵。十三四岁的少女，正在建立属于自己的精神世界，试着做有意义的事，而追求美和意境是多么有意义啊。对此也许妈妈心里并不明确，但快乐是明确的。这种快乐不必说出来，也说不出，像水面上映出的明月，既真实又虚幻，像心中隐藏的一个可爱的秘密。

青岛的生活中有一样东西必不可少，酒。公公爱喝酒，杨伯爱喝酒，他们的朋友都爱喝酒，喝了酒家里的空气就热闹起来。妹妹宛生抢着为大人烫酒，好像玩过家家，有时候妈妈也被吸引过来，闹着玩地喝一杯，脸会红一点，心跳会加快一点，看着喝了酒的长辈们那么无拘无束手舞足蹈，觉得真有趣。公公看着身边两个女儿满心的欣赏，小宛生活力无限，像一头小兽，他的小译生呢，不怎么说话，静幽幽，淡淡的，似乎具有无穷的耐性。同是自己的骨血性情竟如此不同，大千世界啊，身为父亲，对这两个女儿他只有爱。

此时婆还没有从失去小儿子的悲痛中恢复，顾不得想更远的事，两个女儿都在她眼前，都还小，虽然她们总有一天要长大，要离开自己，但她不去想，不愿想。

1933年，三家共住一处的生活结束了。杨伯离开青岛大学去了北平。公公一家从黄宪路搬到了奇登路。那里的院墙上爬满了爬山虎，深色的大鱼缸里养着荷花，好姨坐在缸沿上，妈妈站在她身后，照了一张相。妈妈的脸颊圆圆的，留着一排小姑娘俏皮的刘海儿，好姨假小子式的短发长起来了，别在耳后，似笑非笑地望着拍照的人，妈妈的眼神有点清冷，望向别处。照片记下了姐妹俩当年的样子。

小时候她俩跟着卖话匣子的唱片学会不少京剧唱段。好姨喜欢花脸，那符合她的性格，尽管扯开嗓子，憋足了气唱，唱破了也没关系，图的是痛快、气势。而一般来说，老生给人的印象是沉着安稳的，或者说安详从容，有真情流露，但更讲究韵味，百转回肠，所以是妈妈的所爱。姐妹俩打扮起来，穿上戏服，戴上胡子，你一招我一式，拍了照片。我想知道个究竟，就问好姨她们身上穿的戏服是哪来的？借的，买的？

好姨说出一个人名，俞珊。我查到了这位有名的女人，号称民国花旦，当年正在青岛大学图书馆工作。“好一位小姐，差点一个大学都被她闹散了。”徐志摩这样说她。好姨那时还是个小女孩儿，连她也知道多少伯伯都被俞珊迷倒了呀，梁实秋，沈从文，赵太侔，其实徐志摩也算一个。就是这位迷人的俞珊把剧团的戏服拿给妈妈和好姨拍照，两姐妹高兴极了，不光因为穿上戏服真的像唱戏的，还因为送戏服的是那位众星捧月的美人啊！1966年，这位美人的家被抄了，她被剃了阴阳头，瘫坐在满屋的狼藉之中，嘶哑地啜泣，后来她说她渴，想喝一口水，抄家的造反派不允许。她死的时候六十岁。她曾经的追求者，后来的丈夫，当年青岛大学的教务长赵太侔，被批斗，押着戴高帽子游街，最终他选择了自己的死法，一步步走进黑沉沉的大海，尸体于1968年4月24日在青岛栈桥附近的海滩上被发现，终年七十九岁。而妈妈穿着戏服的照片保留下来了，如果我没有看到这照片，我并不知道她曾经那么喜欢京剧，更难以想象她唱戏的样子。我甚至不知道俞珊，一位美丽的女人，女演员，妻子和母亲，一个不复存在的魅影。

夏天来了，暑假到了，现在姐妹俩有了一个好玩的去处，北平，杨伯的家。公公给两个女儿买好火车票，送她们上车。火车在平原上呼哧呼哧地奋力奔跑，夏季的风热乎乎刮到脸上，一路向北。

杨伯的家是西斜街上的一个四合院，斜街在北京城里只有很少的几条，都是依古河道形成的。记忆力超强的好姨画出了院子的平面图，有门洞，门房，一座月亮门隔开了前后院，杨伯住在里院的正房，他的儿子、兄弟俩住东厢房，女儿杨姐姐住西厢房，沈从文住在前院的倒座房里，妈妈、好姨去了就和杨姐姐一起住西厢房。

那时候杨伯受教育部委托编写中小学语文教课本，由朱自清和沈从文协助主编，大多时间在家里办公，杨伯的屋子就是办公室，还有一处办公地点是师大附小。杨伯自己给孩子们上课，了解他们的兴趣，以修改所编的教材。有位司徒良裔先生用文字记录了当时的情形，“日常小儿群相拥牵，求说故事，杨口讲指划，至有兴会，说羊则以身状羊，说猴则以身状猴，小儿乐甚”。张充和、沈从文的妻妹，也讲过一段西斜街生活的趣事，“一天杨家大司务送沈二哥的裤子去洗，发现口袋里一张当票，即刻交给杨先生，原来当的是三姐的一个纪念性的戒指，杨先生于是预支了五十元薪水给沈二哥。后来杨告诉我这件事，并说：‘人家订婚都是送小姐戒指，哪有还没结婚就当小姐戒指之理。’”不用想就知道，沈从文先生手头一定是有些紧的。不清楚那时候一位大学教授或校医薪金有多少，妈妈和好姨可从来没过过穷日子。好姨微微得意地说：我们有钱，公公给钱，杨伯给钱，三脑脑三婶都给钱。她们像小姐一样，或者说她们就是小姐，算不上阔小姐，但也是小姐。不费吹灰之力得来的钱被她们用来买票看戏，在青岛没戏可看，到了北平可不一样，只要想，只要有钱，天天有戏可看。

西斜街的院子里，客人们来来去去，胡适，朱自清，三脑脑，郁达夫，梁思成夫妇，叶公超，周作人……现在说起来都是大人物。那时候一天三顿饭，谁来了就围着大饭桌一起吃，边吃边喝边聊。那张饭桌还被好姨当作舞台，孩子们一起玩唱戏，玩“嗨”了的好姨“腾”地蹿上饭桌一通表演，也许她自己并没有意识，但总是因为做出别人不敢做的事而被众人瞩目。多年前我和一位老先生同乘一辆车，他是当时中国戏剧家协会的领导，也是当年好姨在四川江安剧专的同学，谈起邓宛生，他一改往日的矜持，那种由衷赞叹的语调让我留下很深印象，“你的姨，邓宛生，你知道我们唱戏她唱什么吗？她唱铜锤花脸，那个劲头啊……”他戛然而止，似乎找不到足以形容自己感受的词汇，又像是沉浸在当年。

北平时光，最美好的不是在西斜街，是颐和园！夏天杨伯在颐和园租了房子，来避暑。那是 20 世纪 30 年代初的颐和园，离城三十多里路，非常遥远，没有几个人跑这么远的路来游玩。空空荡荡的颐和园静悄悄地融于四下的荒郊之中，仿佛是大自然的造化。

湖面上映着大朵大朵的云团，小船晃晃悠悠地碾上去，云碎了，亮晶晶的碎片向四周扩散，之后渐渐平复，重新聚拢，变回美丽的倒影。夜晚，划着船去十七孔桥，银白的月光在湖面上燃烧，从十七个桥洞射出十七条光的隧道，船上的大人、孩子，每一张脸都被映得明晃晃的。在桥洞里大喊几声，听回音嗡嗡地撞来撞去，快活地笑，笑得有点傻，慢慢划出桥洞，看壮观的大桥一点点远去，消融在夜色里。扭头四望，再抬头看天，庞大而充实的月夜啊！要用怎样的词汇才能描述。大家试着描述，你一句我一句背诵诗词，妈妈心里盛满了太多的美妙诗句，一字字从口中滚落而出，几乎感觉不到自己。

白天是好姨、杨姐姐和兄弟们撒野的时候，划着船，艳阳下顶着荷叶做的帽子，在密密匝匝的荷丛中找莲蓬，一颗颗地剥一颗颗地吃，满口清香。十几岁的孩子，浑身的精力愁着无处发泄，有人提出赛跑，其实他们天天都沿着长廊追逐，上蹿下跳，搂着廊柱打转，忽然发现长廊不就是一条现成的跑道嘛！于是这条 728 米、世界上最长的画廊就成了他们的竞技场。而雕梁画栋之上，关云长、孙悟空、贾宝玉、梁山泊的一众好汉们，听着咚咚咚飞奔的脚步、杂乱的喘息、咯咯咯的狂笑，面不改色，目不斜视。

这样的时候妈妈很少在场，她留在屋子里，留在杨伯身边，写呀画呀，做自己那套事。据朱自清 1933 年 8 月 12 日的日记，那天他到颐和园做客谈事，这样记述：“访今甫，见邓小姐，学诗学画，意在成第一流美人。（Classical Beauty）然余觉此种人必须有保镖（Patron）亦一麻烦。”

邓小姐当然就是妈妈，而他所用的英文 Patron，我妹妹说译成保镖并不恰当，更恰当的意思在这里应该是监护人。我觉得我妹妹是对的。杨伯就像是妈妈的监护人，如今想来他还是妈妈精神上的引领者，尤其在成长过程中，给予她很大的影响。至于“亦一麻烦”，这意思大概只有朱自清先生自己能解释了。

孩子必然会被影响，知觉或不知觉而已。更多的时候我们当时并不知觉，长大了，甚至老了，才看清是谁影响过自己。那些人也许早已远离了我们的生活，不知身在何处了，但还是有一部分留在我们身上。

我们当然是我们自己，我希望永远是，然而这个自己又是从哪儿来的？喜爱，憎恶，鄙视，欣赏，所有的态度都有来头，身边的喧嚣与寂静都能量满满，都在发送信号，传达着消息，譬如：来自月亮的消息。是的，我要说的就是月亮。

颐和园的后山，月亮透过松针像一面裂了纹的镜子，辉映大地，石头变得雪白，树影浓黑，散步的人们缓缓地走着，仿佛在梦中穿行。本来大家还说说笑笑，渐渐没有人再出声了，不知不觉四散坐下来，安安静静，动也不动了。月光斑驳，白一块黑一块，照在一张张仰起的脸上。几十年过去了，好姨回想起在颐和园后山散步的情形，说，“我们都沉醉了，呆呆的，像傻子一样。”

多么幸福的这几个傻子呀。

好姨说当年一起玩得最好的是三哥杨起，现在三哥已经不在了，三嫂王蓉喜弹钢琴，在中央音乐学院教学，她比好姨小十岁，今年八十七。两人一直有联系，前些日子还通了电话。

编码十五

“《原野》的根很远很远。我忘不了段妈，她长得不好看，是个豁嘴子。”

——曹禺

段妈是我爸爸小时候的保姆，给他讲过许多故事。段妈不会编，讲的都是真实发生的事，讲她的公公病了，没钱看病，躺在炕上一天天地熬，耗子溜上来啃他的脚；讲村里一个小姑娘，卖到地主家做童养媳，临走前鬼哭狼嚎的，抱着娘的腿不撒手，最后娘把她推开，没多少日子小姑娘就跳了井。段妈的故事都来自她的村子，故事里的人物都是农民，都那么悲惨，在我爸爸心里打下极深的烙印。后来又在天津街头看到逃难的乡下人卖孩子，在宣化府大堂上看士兵鞭打土匪，打得皮开肉绽，那土匪不过是一副农民模样。印象一层层叠加，甚至进入到他的梦里，醒来之后很难过，这些可怜的苦命人，怎样才能帮他们，救救他们呢。一般人都力图避开苦难的记忆，可有些人却珍藏它们。我爸爸就是这样的人，没有特殊理由，敏感的天性使然。

大约在爸爸八九岁的时候，爷爷到宣化当镇守使，离开了城市的喧闹，四周突然变得空旷寂寥。黄昏时分，乌鸦嘎嘎地叫，叫声此起彼落，孩子被古老的城墙吸引，奋力爬上城垛，眺望层层叠叠的山峰，成片的黑森森的树林，听风吹过黑林子发出暗哑的嘶喊。落日沉下去了，天色骤然变暗，这时号声响起来，士兵归营的军号，而这正是他等待的。他不明白自己为什么痴迷于此，这夜幕四合的时刻，苍茫的大地，单调平直的号声，扯着扯着，一声声拖得那么长，仿佛可以一直这样拉扯下去。好凄凉啊，眼里盈满莫名的泪水，视线模糊了，只要活着，他就不会忘记这调子，十分瘆人又充满诱惑。

宣化，长城以北的屯兵重镇，曾经的要塞地位留下很多庙宇。那种对一切事物的好奇心驱使我爸爸走遍每一座庙。赶庙会的日子这些地方热闹异常，挤在烧香祭拜的人群里几乎感觉不到神鬼的存在，只有在平日，庙堂空寂，迈过高高的门槛，一步步靠近，抬头仰望，黑脸的阎王双手执笏，头顶平天冠，坐在正中，两边立着牛头马面个个双眼圆瞪微凸，目光或冰冷或凶狠，一股阴森森的凉气不知从哪儿冒出来，仿佛是他们幽幽的呼吸……小男孩儿动也不动，像是被勾去了魂儿。如果那时有人和爸爸说，这些神头鬼脸的家伙都是你戏剧里的人物，他会以为遇到了一个疯子吧。

事实正是如此。没人知道作品在何时诞生，每一个人物的出生都有它神秘的时机，数不清的小蝌蚪们游哇游哇，越来越活灵活现，在某一时刻遇到那颗最适合它的卵子，于是有了生命。在此之前，不必奢望。

写完《雷雨》《日出》之后，我爸爸不想再重复自己，想写新鲜的东西，脑子产生了一个想法，写一个艺术形象，一个黑脸的人。“我见过一个满脸黑得像煤球一样的人，黑得不得了，但心地非常之好，这个人在我心里留下很深的印象。”他说。

为了把《原野》改编成歌剧，我和爸爸谈过，知道那个黑脸人的事，那是他在火车上遇到的一个旅客。当时他从清华毕业不久，有人问他愿不愿意去河北保定女子师范教书，每月二百四十大洋，十分诱人的待遇，他答应了。在去保定中途，火车在一个小站停靠，再次开动后一个人从车厢门口走进来，黑黢黢的丑样子十分扎眼，爸爸不由心生戒备。可那人偏偏在他对面坐下，板着木木的黑脸，一看就是个粗人。但完全出乎意料，他们聊起天来，那男人说话有条有理，不疾不徐，整个人的身体都让他感觉到一种特别的诚恳，他再也忘不了他了。

作为编剧，我相信在包罗万象的生活中你时常会看到你的人物，有时他们劈面闯来，让人心头一震，或只是惊鸿一瞥，却久久感念。如果你忘不了，一直惦记着，他早早晚晚会站到你面前，和你相识相知，不再离去。就在那样的一刻，我爸爸头脑中的黑脸人和宣化府被打得血肉模糊的土匪重合起来。那些犯人，他从来不认为他们是坏人，在此之前他们早已和段妈故事里可怜的农民重合起来，每每听着他们挨打之后痛苦的号叫，他难过又愤恨，恨下命令的军法官，甚至想要是有一把枪就该把他打死。一个复仇的人，一个黑脸的丑八怪，仇虎，就这样诞生了。还有宣化府后山上阴森森的黑林子，东岳庙里的阎王和牛头马面，天津老龙头车站尖叫的汽笛，铁轨的震动，段妈故事里的地主和童养媳……汩汩溪流汇集成江河，一泻千里。

“《原野》是一个想象的作品。写《原野》时，像报纸登章回小说，边写边交稿，有时候整夜整夜地写，从天黑写到晨曦。南京很热，写累了就出去到街上，夜晚有卖葡萄汁、甘蔗汁的，喝上一杯。”

多酣畅啊！真是痛快淋漓。再来看作者是怎样塑造他心中的那个黑脸人的。

“——这是一种奇异的感觉，人会惊怪造物者怎么会造出这样一个丑陋的人形，头发像乱麻，硕大无比的怪脸，眉毛垂下来，眼里烧着仇恨的火，右腿被打成瘸跛，背凸起仿佛藏着一个小包袱，筋肉暴突，腿是两根铁柱，身上一件密结纽襻的蓝布褂，被有刺的铁丝戳出些个窟窿，破烂处露出毛茸茸的前胸。下面围着‘腰里硬’，既宽且大的黑皮带。他眼里闪出凶狠、狡恶、讥诈与嫉恨，是个刚从地狱里逃出来的人。”

再次读以上剧本中的舞台提示，不得不承认我感觉遗憾，因为在舞台上我从来没有看到这副模样的仇虎，我看到的仇虎除了衣着破烂，人都是铁血硬汉的形象。如果仇虎真能以作者描述的模样出现，是否全剧的舞台风格都会随他而变呢？这不是不可能的，或许会有一台更暗黑、诡异，更具象征意味的《原野》，我这么想。

最后，宣化的生活还有一件事值得一提，因为对我爸爸理解人情世故大有启迪，他是这么讲的。

“宣化府的衙门是很森严的，整天有卫队把守。我和卫队的士兵混得很熟，他们都叫我小少爷。有一次我正在玩，看见父亲在院子里，我就叫：阿爹，你来，你来！边喊边拉着他的手朝卫队的宿舍走。卫队的人正在推牌九，吆五喝六，父亲看到这场面登时发了脾气，叫军法官拿棍子每人打了十军棍。事后父亲责备我不该拉他到那里去。后来我才明白，他是不愿意管这些事的，可看见了不得不管，他也怕得罪士兵。这之后士兵见了我就骂我狗少爷，再不理我了。”

编码
十六

在离开青岛之前，公公一家人度过了一段快乐时光。婆从来都是个能干人，在每一张当年的照片上她都那么洁净利索，头发一丝不乱。家同样也被她收拾得整齐干净，闲下来的时候她会去和邻居聊聊天，内心慢慢接受了自己只有两个女儿的现状。女儿去海滩游泳，有时候她也和她们一起去，小宛生游得远了，婆不由站起身，大声喊她回来，小译生不会游泳，只在浅水里泡一泡，不必她担心。让大伙最高兴的是野餐，婆做些好吃的带上，在沙滩上铺一块毯子，摆好吃食，用石头压住四角。海风吹乱了婆的头发，她后悔没有随身带把梳子来。浪花一层层轻柔地冲刷，大海平稳地向着天边滚动，有一刻婆什么也不想，被海天之间的虚无迷住。晒得黝黑的小宛生噼噼啪啪跑来，水珠顺头发滴落在毯子上。“游完泳吃东西最香啦，”好姨说，“婆特别会做，做得特别好吃。”

那段时期家里有位常客，作家老舍先生，也在青岛大学教书，和公公很聊得来。婆做菜，公公和老舍对酌。老舍先生喜欢孩子，几杯黄酒下肚，玩笑一串接一串从口中冒出，大珠小珠落玉盘。好姨被逗得笑得要命，有次笑得太疯狂，身体失去平衡，摔了个跟头，脑袋上磕出个大包。

我妹妹小时候有幸和老舍先生一起出游过，是爸爸带着她跟随作家参观团，一路去了福州广州一带。老舍先生用他独有的幽默态度对待六岁的小姑娘，天天开故事会，以至于我妹妹很久都对这位“舒爷爷”念念不忘。而老舍先生也留下了文字，在一篇文章里赞叹同行的一位小朋友写的诗句："远处飞来一蝴蝶，蝴蝶白白像片雪。"这诗的作者当然就是我妹妹。1966年"舒爷爷"在北京西城的太平湖投湖自尽。

妈妈后来学会了游泳，是在游泳池里学的，爸爸是她的教练。那情景在我的记忆里至今栩栩如生，爸爸站在泳池边紧盯着妈妈，边向前迈步边大声喊：抬头！吸气！抬头！吸气！妈妈用力划水，脸从水中一次次冒出来，像戴着一层水面罩，脸上的神情异常严肃，是紧张所致，急速地张嘴吸一口气，沉下去，又冒出头吸口气，又沉下去，再冒出来……我珍爱这景象，没有比它再浪漫动人的了。

七七事变之后，公公立刻决定离开青岛，深知自己一刻都不能耽误，他认识不少日本人，有些还是朋友，如果不走很有可能日本朋友会找他，要他为他们做事，那是绝对不可想象的。

收拾东西的时候婆和公公不停吵嘴，公公说这个不要带了，婆不肯，舍不得，这个那个，太多的东西，太多的争吵。很多东西都送给邻居了。然而妈妈的东西，她写的字，画的画，杨伯为她买的字帖、古画的复制品，装了满满一个大箱子，"公公一样也不丢，连一支笔都没丢下。"好姨说，"我要带的东西公公说不行，不行就不行，不让带就算了，反正我随便。"

装满妈妈东西的大箱子是铁证，证明妈妈是公公的心头肉。虽然妹妹并不嫉妒姐姐，但是那个大箱子好姨记得非常清楚，是个长长的大箱子，沉极了，根本抬不动。

在从青岛到上海的船上，妈妈和婆饱受晕船的折磨，躺在舱里动也不能动。好姨和公公却毫无不适，两个人忙碌极了，跑来跑去照顾晕船的人，为他们打水喝，擦洗呕吐物。公公是医生，有他出现在身边，那些难受得死去活来的人觉得安心些。船终于到上海，下船的时候很多不认识的人走上前对他们表示感谢。

码头上，三脑脑的好友，也是公公的朋友丁西林来接他们了。一家人住到丁伯伯家。丁西林这名字我当然知道，甚至觉得很熟悉，知道他的喜剧，知道解放后他当过文化部副部长，但是我不知道他是学物理出身。百度百科告诉我：丁西林，剧作家，物理学家。1914 年入英国伯明翰大学读物理学，回国后历任北京大学物理系教授，国立中央研究院物理研究所所长，又被称为中国现代戏剧史上唯一专门写喜剧的剧作家。物理和喜剧，多么迥异不同的行当，可为什么不呢，这有多好，人生明明这样丰富。

在丁西林家住了不久，南京上海吃紧了，公公决定回安徽老家，安庆，铁砚山房。在老家那段日子妈妈的生活并没有多大变化，长长的大箱子打开来，她就又可以写字画画，做她喜欢的事了，只要可能，她的世界总是很安静。对有的人来说做一个安静的人很难，但对于妈妈，静，是身体内部最自然的状态，任何激烈的行为都是很难想象的。这时候她身体如何？有没有病痛，依然会发烧吗，是否吃药，如果吃，是什么药？我不知道，也无从得知了。人生中发生的一切，我认为基本是性格所致，不是没有例外，但绝无仅有。问题是性格由何而来，天生的？抑或受到后天环境的塑造？坦白地说我分不清，也许两者都有，但我更倾向于与生俱来。不！我根本就相信与生俱来。人在出生时身上就打了烙印，后天的影响只是一种在性格之上的叠加、融合或扭曲，这是我的看法。性格与善恶无关，也无关好坏，更无关对错。

关于婆和妈妈吃药的问题，我多次向好姨询问，包括去香港看她当面问，她的回答都是否认，说她们没有吃药。我理解她是出于本能要维护亲人。最近的一次我告诉她在妈妈当年给爸爸的信里谈到了吃药的事，我想知道是吃什么药。这次好姨不再否认。我们一般是通过微信语音通话，我提问，在她合适的时间、精神好的时候回答。这次我提问之后隔了一天她才回复，她说：“方子，你问的吃药的事我不知道，真是不知道啊！”声音万分地无可奈何，甚至带一点哀求，希望我能相信她。这一次我相信她了，相信她说的是真话，没有隐瞒什么，因为我忽然想通了一点，她和她们、她的妈妈和姐姐性格天壤之别，她们生活在完全不同的世界里，即便住在一个屋檐下彼此也近乎隔绝。我曾问她在安徽老家时妈妈做些什么，“你妈呀，”她略作思忖，“你妈还不是那一套，写写字画画画儿，有时候也出去串串门吧。”我感觉得到，这个回答是出于一贯的印象，甚至有想当然的成分。假如妈妈在，我问她好姨那时候天天干什么，我想她的回答也会很简单，上学。

孩子在长大，长大的速度比大人感觉的更快。变化不知不觉间已经发生，家已经不是好姨必定要归来的地方，远方在她的视野中升起来。学校里只上半天课了，另外半天开展各种抗日宣传活动，好姨是最活跃的积极分子。在青岛圣公姑奶奶的学校里她参加唱诗班，还学了跳舞，现在都派上用场，爱表现的性格更有若神助。在饭店、旅馆，在街头，十五岁的少女提着一篮花，花是学校准备好的，穿梭在吃吃喝喝来来往往的人们之间，她展开歌喉纵情地唱着：卖花儿，卖花儿，我要卖花儿，卖了花儿送前方……

“那首歌我到现在还记得呢，”好姨说，随即我吃惊地听到语音信箱里传来颤微微的歌声：“卖花儿，卖花儿，我要卖花儿，卖了花儿送前方……”她实在太老了，底气不足了，声音抖得厉害，几乎连曲调也听不出，唱了两句她停下，歇口气，说：“知道吗，我卖的花儿最多啦，得的钱最多啦！因为我又会唱又会跳，人家都给钱，我卖的花儿最多啦……”她的语气那么欢欣，那么真心真意，甚至带一点孩子气的撒娇。我看见一个九十七岁的女孩儿，年轻的脸上布满皱纹，仿佛电影镜头下两张重叠的脸庞，我被深深感动，胸口一阵发热。

后来的日子里，好姨参加了地下党，女扮男装过，被通缉过，也被捕过，有内线的亲戚把她从监狱里保出来，为演戏起了艺名邓薇，谈了一场过于轰轰烈烈的恋爱，被枪击，事件上过报纸，之后和来自香港的爱国青年结婚，1957 年夫妻二人都被打成右派，发配到东北，晚年移居香港，靠教授声乐为生。在她那大锅烩的人生中，我惊讶于十五岁时那份水晶般的真情竟然从来也没有丢失，依然晶莹透亮。而我，这一辈子又能在哪里收藏属于我的水晶石呢？

日本的飞机出现在老家的天空中，公公再次决定走，到四川江津去。在老家公公找到了邓家的家谱，原来邓家的根并不在安徽，而是江西，家谱记载从第八代离开江西，一分为二，一支来到安徽安庆，另一支去了四川江津，白沙。现在是时候去寻找江津的亲眷了。

再次整理东西婆不再有怨言，她听到了日本人的飞机嗡嗡掠过天空的声音，知道作为逃难的人，除了钱、必需的衣物，其他什么都不能带。然而公公还是让最爱的女儿挑选自己画的画，实在喜欢的，可以带上。

并非完全意外，但是当好姨向家人宣布，她不走，要留下来参加抗日救亡宣传队，婆还是吓呆了。怎样的兵荒马乱啊！小女儿还不到十六岁，这可怎么得了！婆求啊求啊，没有一点用处。婆是可怜的，可怜在于她从来都没有选择的权利，不管何去何从她只有接受这一条路可选。公公和妈妈的苦劝也丝毫不能动摇好姨的决心。对好姨而言，这时候她已经有了另外的亲人，要和他们一起做更重要更有意义的事，其他都不在话下。

方琦德是婆的堂哥的儿子，他们有兄弟三人，是从南京回到老家安庆的。好姨更亲的亲人正是这三位表哥。方琦德那时已经参加了共产党，方琯德后来和好姨成为恋人。青春的热血已经沸腾，那么，爸爸妈妈和姐姐，只有再见了。婆给了好姨三十块钱，把钱缝到她的衣服里，紧攥着方琦德的手，心里怨恨，嘴上只能央求：琦德呀，你可要保住她，要把小宛生给我送回来啊。没有人给婆讲道理，讲人生的意义，他们认为反正她不会明白，当然更没有人听婆的道理，她的道理被时代洪流一笔抹去了。

离别的时刻到了，如今再回忆，好姨感叹那可真是一场生离死别啊！安庆的码头上人头攒动，公公、婆和妈妈提着行李，夹在你推我搡的人群里，踩着跳板上了船，在甲板上守住栏杆不动。船开了，江水在人与人之间撕开一条口子，眼看着扩展开来，岸上的人和船上的人望着，喊着，呜呜地哭着。上水船开得很慢，但人影还是越来越小、越模糊，再也看不清了。有片刻工夫船影仿佛定住，动也不动，再惊醒过来，只剩下灰蒙蒙的江面。

当我设想那情景，我能够强烈地感受到婆的感受，因为我也是母亲。小女儿离开了，不知道还能不能再见到，扭头看看唯一留在身边的女儿，不，再不能失去她啦，要想尽一切法子把她拴住。这想法在婆的脑海中扎下根。它来自于惧怕。

北京医院的病房，爸爸坐在那张单人沙发上，他老了，肾功能衰竭，很多时间他都坐在那儿闭着眼睛，回忆像梦境围绕着他。一次他对我说：你妈妈呀，是婆害了她。

婆害了妈妈。他就是这么说的。而我明白他的意思，完全明白。他还提到过另外一个名人，我不想说出名字，说那人帮妈妈搞药，因此他恨那人。什么药，他没有说，我也没有问。如果我问他会告诉我，但是我们俩心里的感觉都很难受，人的自我保护本能让我们选择避而不提。

公元前 4000 年新石器时代，考古学家就在瑞士的屋村遗址发现了罂粟的种子和果实的遗迹。公元前 3400 年，如今的伊拉克两河流域，人们已大面积种植，并起名“快乐植物”。《圣经》和荷马的《奥德赛》里鸦片被描述为“忘忧药”，在张骞出使西域时期传到中国……

这些和我有什么关系呢？

据《大明会典》记载，亚洲藩属国给明朝皇帝的贡品就有鸦片，叫作:乌香，价格甚至与黄金相等。直到清朝，终于爆发了鸦片战争，一场失败的战争……

这和我又有什么关系呢?

那天我和妹妹通电话，她说:今天，对，应该就是今天，去掉时差，2018年6月21日，加拿大议会通过休闲大麻合法化议案，10月生效，成为第二个休闲大麻合法的国家。十八岁成人在公开场合可携带、使用三十克以内大麻。家中可种植四棵以内，用于休闲食用，用于entertainment。所有零售店政府有严格的管理制度。

这和我有关系吗?

回答是：有。好姨曾经讲过一件事，她自己说的话却已经忘了，而我没忘，我的姨夫抗战时在重庆被警察抓了，关起来过，他是为了给婆买大烟泡，而大烟是非法的。这就是说，婆是需要鸦片的，我猜想不仅是为了她自己吧。

鸦片，已伴随人类上千年，当我知道它和我有关联时，我的感觉是羞耻的。奇怪的是我知道我的爷爷抽大烟抽得不亦乐乎，我毫无羞耻的感觉，知道我热爱的莱昂纳多·科恩在希腊的小岛上，边抽大麻“飞”起来边写他的《美丽失败者》，我甚至觉得理所当然。我很想借此抹去心里羞耻的感觉，可并不成功，因为那关系到我的妈妈，我最美、最文静、最好的妈妈。

尽管如此，我不恨婆，没有一丁点儿怨恨。开始她给妈妈吃药是有正当理由的，成瘾是后来的结果。在四川江津时期公公开了一家延年医院，医院的药柜子是不锁的，家里人可以随便拿，后来发现她们拿了不该拿的药，公公把药柜子上了锁。这是好姨和我妹妹说的。我猜想药柜子里大概有吗啡一类的药，起码含有吗啡的成分，譬如索密痛。

药的故事是伤心的故事，像一个幽灵，有时你以为它已经走远，彻底告别，一去不再回头，可你还是错了，最后它还是回来了，来索取性命。我不想评判，也无法评判，只能说已经发生的都是必然会发生的。就是这样。

面对小小个子的婆，妈妈知道自己不能抛下她，妈妈还知道自己和爸爸好伤了公公的心，对公公离家、抛下婆她甚至觉得自己负有责任，所以无论走到哪儿她都必须带着婆。我爸爸明白这点，给了妈妈承诺。不可思议的是这么一层明明白白的事理我因为写这本书才恍然大悟。婆也许抱着一种期望，守住公公最爱的女儿就也能守住公公，守住自己的丈夫，可这期望最终落空了。所幸的是女儿是靠得住的。

从我出生婆就和我们一起生活，小时候妹妹放学回家，照规矩要和家人打招呼，一路穿过院子一路喊着：婆，妈，姐，爸，郑阿姨！在进家门之前的几秒钟里把每个人招呼一遍。郑阿姨是当时家里的保姆，婆是顺序的第一位。到现在我仍然能听到那一串急促的稚气的喊声。

有次和妹妹聊天，回忆童年往事，谈到了婆，想不到妹妹忽然哭了，看上去毫无缘由，随即她很快擦去眼泪，一句话也没有解释。是的，有些感情埋得太深，仿佛并不存在，但在某种特定时刻会突然复活，发出强烈的信号，告诉你此人并没有离去，始终在你的生命中。确实，我们很少提到婆，很少会想起她，她似乎已经消失了。由此我明白有一天我也会消失。但是，婆，想到你我就可怜你，你失去了五个孩子，你的丈夫离开了你，一辈子你从来没有选择的权利。“文革”中，家里的房子被造反派占去，婆睡在屋门口，床正对着门，她很少下地，总是靠在床头，扭着脸望向门外，谁回家第一眼就看到她。她在想什么没人知道，也没人关心。1972 年，我在沈阳当兵，过了一段时间才知道婆死了。我完全不了解当时的情况，也根本没有可能出现在她临终的床前，她走得悄无声息，现在连她的骨灰埋在哪儿都不知道。我问了好姨，尸体火化后就留在八宝山了，然后和其他很多死者的骨灰一起被深埋。

婆在的时候我懵懂无知，如今我的心如一泓明镜映照着她。不管怎样我都是爱你的，非常爱，可惜，你听不到了。

妈妈和公公

编码

十七

菊隐剧场坐落在热闹的市中心，从灯市东口往南一拐就是了。最早那里是北京人民艺术剧院的道具制作车间，“文革”中是“牛棚”。现在的年轻人大概不懂“牛棚”是什么意思，让我解释一下。很多很多人，艺术家、科学家、知识分子，其中有我爸爸、焦菊隐、舒绣文、巴金、季羡林……名单长得没有尽头，他们在“文革”时期都是要被消灭的一类人，统称：牛鬼蛇神。我说的消灭不是拉去枪毙，是把他们关起来，剥夺他们的人身自由和做人的尊严，消灭掉他们脑袋瓜里的思想。而关押这类人的地方就叫作：牛棚。

如今，当年的牛棚已经变成了一个剧场，以焦菊隐的名字命名，纪念这位天才的戏剧导演。菊隐剧场有一个一百多座位的小剧场和一个宽敞舒适的排练厅，我的话剧《新原野》就是在这里排的。排练厅墙上挂着焦菊隐的照片，演员们纷纷和他的照片合影，表达敬意。大家排练的时候他像是在一旁默默观望，那感觉很好。

北京央华时代文化发展有限公司决定制作《北京人》，2018 年 1 月 29 号剧组在二楼排练厅开始排戏。

第一天，读剧本。演员剧雪扮演愫方。她用一种极其含蓄的语调来读，少有抑扬顿挫，那么平静，却又有力，所有的东西都埋藏在内心深处。当读到《北京人》第三幕，愫方终于向瑞贞袒露心声，石头崩裂了，泪水从剧雪眼里泉涌一般，也蒙住了我的眼睛。我泪流不止，不知道怎么搞的，直到赖声川导演说休息我的眼泪还是止不住。剧雪就坐在我身边，这时她伸出手轻触我的肩膀，低低地说：

“别难过，万方老师……”她的沉静抚慰了我，我止住抽泣。

此前，在央华戏剧为《北京人》举办的发布会上，我说剧雪就是我心中的愫方，这样说唯一的理由是直觉。事实证明直觉是多么可靠的一种感觉。愫方，这个把舍弃幸福当作幸福的女人是多么难于理解，一旦理解了她，演员就会从她身上获得可观的力量。甚至我觉得不仅是演员，女性观众也会，会的。

在这里我绝不是想谈愫方这个角色，做人物分析，那是评论家的事。我谈愫方是因为她对我有着太特殊的意义。让我们先看看《北京人》剧本里是怎样描写愫方的：

“见过她的人第一印象便是她的‘哀静’，苍白的脸上宛若一片明净的秋水，莹然可见清深藻丽的河床。她人瘦小，圆脸，大眼睛，服饰淡雅，说话声音委婉动听，但多半在微笑中静聆旁人的话语。她异常的缄默，像笼罩在一片迷离的秋雾里，谁也猜不透她心底压抑着多少苦痛和哀愁。然而她并不懦弱，她的固执在她无尽的耐性中倔强地表露出来。她的心灵是深深埋着丰富的宝藏的，在心底坦白的人眼前，那宝藏也坦白无余地流露出来，从不加一点修饰。”

以上文字出自于《北京人》剧本的舞台提示。古今中外，创作者永远在作品中演绎着自己的观察、探究、所思所爱和痛。无疑，愫方是编剧的所爱，胜过其他所有人物，究其原因，我想是因为愫方身上蕴藏着作者本人深深的痛苦。这么说吧，痛苦，痛苦的经历、感受对写作者来说不是别的，是灵丹妙药，是挑拨神经的针，神经会因痛苦而激动敏感到极点。创作一部真正的好作品甚至就像生一场大病，或者，一场大病终于被治愈了。

“愫方是《北京人》的主要人物。我是用了全副力量，也可以说是用我的心灵塑成的。我是根据我死去的爱人方瑞来写愫方的。为什么起名叫愫方，‘愫’是取了她母亲的名字‘方愫悌’中的‘愫’，方，是她母亲的姓。方瑞出身于一个有名望的家庭里，能写一手好字，能画山水画。她是很文静的，这点已融入愫方的性格之中。她不像愫方那样地具有一种坚强的耐性，也没有愫方那么痛苦，但方瑞的个性是我写愫方的依据。我是把我对她的感情、思恋都写进了愫方的形象里，我是想着方瑞写愫方的。”

公公给我妈妈起的名字是邓译生，是爸爸给她起了这个新的名字：方瑞。新名字意味着新的开始，让一切重新发生，让旧有的留在身后。这一愿望在当年我爸爸写给妈妈的信里表现得无比强烈，简直能掀翻坟墓。

那么痛苦呢，痛苦在哪儿？

痛苦在于我爸爸认识妈妈的时候已经有家室，他爱她，却不能和她在一起，能见面，却不能说话，那真是一种极可怕的折磨。自救的办法只有写信，把燃烧的火，呼喊的波涛，夜的死寂，星光、石头，浓雾、黎明，贝母里酝酿的珍珠，把一切的一切都付诸文字。那些信极为特别，写在细长的、薄如蝉翼的纸片上，字迹小得像蚂蚁，密密麻麻地挤着。值得庆幸的是，我妈妈都保留下来了！因为那是她，一个女人，毕生的珍宝。

还有另外一封信可以作为记录，信是我爸爸写给朋友巴金的。

“……一个人活到壮年开始觉得有的路走错了，少年人的莽撞，糊涂，近视慢慢逐步发现。现在我的心只想从头来过，我绝不相信走错了路就转不回头。我不肯像‘家’中的‘觉新’那样委屈了自己的生机，……我想或者有一天写出一点略微成形的东西。……你的信使我流泪，使我在路上读完了眼里充满泪水，我的学生们看见了，偷偷怪异这么一个大人怎么默默地哭了？但是我忍不住，我心里高兴，你给我多少精神的凭藉，这字里行间哥哥一般的心情使我再也忍不下我的泪水。我给我所爱的人看（芾甘，请原谅我，我现在可以告诉你我所爱的人，因为她现在也爱我，并且答应我把这件事告诉我顶好的朋友芾甘）。她是个极幽静温婉的女子，同时也是个

‘钢铁’般性格的人，我们谈你，爱你，把你当作共同的哥哥看，虽然你来到此地见了她，没和她说一句话，她也是沉默的。”

1940 年春天，小城江安所发生的一切都在孕育着一个生命的胚胎，他的名字就是《北京人》。

编码 十八

家是出发的地方。好姨不记得自己在安庆的码头上哭没哭，印象中她觉得自己像个傻子，呆呆站在那儿望着船远去、消失，然而很快家人就被她抛到脑后，既没有时间也没有心情再想他们。宣传队日复一日地走进一个个村子，只要有人就演出，如果只遇到两三户人家就给他们讲故事，讲日本兵的残酷，怎样用刺刀挑破孕妇的肚子，把刀尖儿上的胎儿抛向空中。夜晚大家就睡在牲口棚的草堆上，天亮再出发。这时候如果有一只从天空俯瞰大地的眼睛，会看到妈妈和爸爸各自的轨迹，两条轨迹相距遥远，没有任何交汇的迹象。然后，好姨病了。

十六岁的女孩儿躺倒了，再也走不动路，在大别山里能把一个病弱的姑娘怎么办呢，方琦德决定让弟弟方琯德，送好姨回家去。这个决定暗合了两个年轻人的心意。好姨和方琯德，她叫他七哥，一段时间以来两人怀揣着爱情的磁石，彼此吸引，差的只是明确表达，接下来路上的凶险让他俩瞬间打破了界限，成了真正的恋人。

公公已经在江津开了一家延年医院，之所以给医院起名延年是为了纪念陈独秀失去的儿子陈延年。那天小宛生回到家，第一个跑来迎接的是妈妈，她一把攥住妹妹的手，拽着她往家里跑。婆呜哩呜噜地哭着："回来啦，你还活着呀！小宛生呀，还能见到你啊！"妈妈端来一盆清水让妹妹洗脸，婆给小女儿擦身子，盆里的水立刻变黑了，不得不换了好几盆。公公从外面赶回来，喃喃地叫着小女儿的名字，拿体温计给她测量体温，之后好姨干干净净躺到床上酣睡过去。

见到方瑄德，婆把一肚子怨气都发到他身上，“你都把小宛生带到什么地方去了！没的吃没的喝，还让土匪捉去，差点把命送掉！病成这个样子，作孽呀你，老七！”老七只说了一句辩白的话就把婆的嘴堵住了，“是她自己要去的呀。”婆确实想不明白，自己怎么会养出这么个野小子似的女儿，而公公看着病愈后满血复活的女儿，明白一切只能随她去。

“我爱唱歌，想学音乐，想去考音乐学院。”好姨回忆说。如果事情按照她的愿望发展，那爸爸和妈妈的人生轨迹大约永远不会发生交集，也就不会有我了。然而七哥喜爱戏剧，想当演员，想考戏剧学校，于是好姨再次离家，和七哥一起去了重庆，两人一起考上了国立戏剧专科学校。

回忆国立剧专的日子，说到我爸爸、她的万先生，好姨总不忘说当时党派给他们几个学生任务，让他们接近我爸爸，做他的工作。在重庆上清寺的一家茶馆，准确地说是在那家茶馆黑黢黢的地窖子里，好姨和另外两个人一起宣誓加入中国共产党。我忽然想到一个问题，好姨，她现在是不是党员？还是吗？我立刻打开微信：“好姨，你现在还是党员吗？你的党龄从哪年开始算？还是你已经不再是党员了？”

问题发出去，晚上看到有她的语音，赶紧点开，她的语气透出兴奋，说她接到四川江安的邀约，想请当年剧专的老人回去看看，问她能不能去。表妹小三儿很想陪她去，她也很动心，希望我也去。我的第一反应是：天呐，怎么可能，她九十七岁了！应该阻止她。但再一转念，她是那种喜欢热闹的人，喜欢打扮得漂漂亮亮，抛头露面，就算是九十多岁的老太太了，每次出门都郑重其事地化妆，挑选颜色搭配的服饰，如果有人夸她漂亮她总是非常开心。这么一想我就没有直接劝阻，而是让她慎重考虑，要想到各种可能，另外，我说我不能陪她去。之后的两天里没有任何动静，我想她当然是把我之前的问题忘了，不会回答了。可我错了，她真厉害，什么都没有忘。再听到她的语音，开口就告诉我她是 1938 年入党的。1941 年皖南事变，反共达到高潮，剧专的几个党员学生处境危险，决定撤离，爸爸给了他们二百块钱，妈妈送她到江边，看她上船。之后她被抓过，有内线的七舅娘把她保出来，那以后她再没有参加过共产党的活动，也就是说和共产党脱离了关系。我又问她：你的党龄大概有五年？她回答：没有那么长，三年半吧。

她也没有再提江安的邀请，她不糊涂，知道什么事该做，什么事不做的好。

江安小城建于东晋，竟然有一千六百多年历史了。在 20 世纪三四十年代，我知道那里有一条十字街，街口有座木质的茶楼，一家面馆，有四围的城墙，很大的一座文庙，里面有大成殿、乡贤寺、忠义厅和成排厢房。当陪都重庆遭到日军飞机的轰炸，国立剧专从上清寺迁到了江安，在文庙里扎下营盘。

我听说过很多在江安发生的故事，认识很多当年的学生，我叫他们叔叔、阿姨。从 1936 年到 1942 年，从南京到重庆到江安，我爸爸一直在剧专教书，担任过教导主任。他是那种学生都喜欢的老师，在他们眼里他已经是大名鼎鼎的剧作家了，可没有一点架子，和学生绝对平等。他教的课很多，讲西洋戏剧史，编剧技巧，名著选读，一上午四堂课中间只休息一次，只要他上课，教室里总是挤得满满的，还有人趴在窗外。

“万先生啊，讲起课来就像个小太阳！浑身发着光。”这话是我亲耳听实验话剧院的耿震叔叔说的。他住在帽儿胡同的话剧院宿舍，那院子很大，明代是步军统领衙门，后面大块的空地上荒草遍布，小时候爸爸常带我去他这个学生家玩。耿震叔叔说出的话让我感到惊讶，小太阳？爸爸吗？那会是什么样子的爸爸？我难以想象，就此牢牢记住了这句话。

曾经，剧专的几位老学生和爸爸相聚，一起拍照留念，我也在场。那次我有所觉察，爸爸的言谈举止和平时不大一样，让人能看出他是老师，那几位是他的学生。难道是他有意摆老师的架子吗？也不，应该说他不像往日待人那么客气，被好几个五六十岁、艺术圈里有头有脸的学生围着，他的态度格外随便，自觉不自觉地显露出长辈的样子，我在一旁看着觉得真有意思。

关于万先生，学生们可说的趣事太多，有一件最有趣的。一天万先生走进教室的时候脸色有些不对，学生们都看出来了，他解释说自己不大舒服，也许是胃吧，随即就开始讲课。可难受的感觉并没有消失，一直困扰着他，而且越来越严重了，难受的不仅是胃，还有肩膀，后背，简直是浑身难受。他觉得无法再支持下去，想，自己一定是病了，奇怪的病。他向学生们告假，离开教室，回到教员室想先休息一下，可是天呐，怎么搞的，身上说不清的什么部位不受支配地剧烈耸动起来，他吓坏了，必须找出到底哪儿出了毛病。他脱下身上的棉袍，想查个究竟，这时候，那只在棉袍里取暖、被打扰多时的耗子终于找到了机会，哧溜从破洞里钻出来，重获自由，跑了。

耗子，原来是耗子，谢天谢地。这件事好玩儿得不可思议，成了剧专历史中的一段佳话。而我想说这多么符合我爸爸的性情啊！多少次，照看他起床穿衣，或者他上完厕所，从马桶上起身，我站在一旁看着他，看他怎样把裤衩、背心、棉毛衫、棉毛裤、毛裤、毛衣、罩裤，一股脑拉起的拉起、拽下的拽下，层层叠叠、乱糟糟，用皮带马马虎虎在腰间一勒，就算完事。因此就会发生他送客人出门、裤子哗啦一下掉下来、全部拖到地上的情形。这就是他，一个对生活马虎到极点的人。

此刻，这一刻，我突发奇想，《北京人》里的耗子会不会是棉袍里的耗子变来的呢？起码它们应该是亲戚吧。

曾经我写过一个短篇小说《爱不够的伊人》，写一个率性诱人的女孩儿的恋爱史，其中的主要故事就发生在抗战时期的一所戏剧学校，为此看了不少回忆剧专生活的文章。这批年轻人的到来打破了江安小镇的沉静，清晨，城墙上传来铿锵的人声："八百标兵奔北坡，炮兵并排北边跑……""扁担长，板凳宽，扁担要绑在板凳上……"以及高高低低的"咪咪妈妈"。十字街上，军鼓咚咚咚地敲响，聚拢着人，很像是撂地摊儿，学生们站成排，我爸爸是指挥，齐声高唱："走，朋友，我们要为爹娘报仇，走，朋友，我们要为民族战斗……"

因为受不了天天吃盐水煮黄豆，大家发明了"凭物看戏"，看戏的人不用花一分钱，只要带点吃的，放到竹筐里就成。学生们在文庙大殿里演出的《哈姆雷特》算起来是这出戏在中国的首演。爱情的花朵也肆意开放，就我所知有好多对学生恋爱，有的修成正果，有的之后分道扬镳，各走各的路。追根溯源，我的生命也可以说是从那里开始有了踪迹，所以我觉得这辈子应该去看看那个地方。

2015 年我的话剧《冬之旅》到重庆巡演，时机到了。重庆到江安二百四十公里，怎么说呢，经过了三个多小时的车程，朋友载着我到了江安县城。

没有十字街，没有文庙，没有城墙，曾经有的几乎都没有了，只剩下文庙的一垛墙，土红色的墙上有六个大字：中国戏剧摇篮。仅存的两间旧房子作为陈列室，展示着老照片，当年演出说明书的复印件，还有一些证书资料，也是复印件。有一张简陋的桌子，贴着一张纸：中国戏剧大师曹禺在江安国立剧专任教之办公桌。在老照片上认出一些人，我不由盯住他们年轻的脸，就像看胶片倒带，我细细辨认岁月怎样从老年退回到青春。照片上的他们神色清明，直视着拍摄者，我爸爸穿着一身松垮垮的衣服，叉开双腿，胸前的口袋上别了支钢笔，自有种潇洒自在的派头。墙上挂着几张文庙的复原图，画出高大的石坊，宽敞的庭院，气派的大殿，为什么要拆？为什么？！当然我没有问，因为没必要问，北京城都拆了。还有一张照片是我爸爸当年在江安住过的地方，“乃庐”，主人叫张乃赓，下面注的时间是 1939 年至 1941 年，不知是谁拍下的。张馆长，剧专纪念馆的馆长，兴冲冲说带我去看“乃庐”，我暗自惊喜，太好了，竟然还在。踏着高高低低的台阶，通过一堵水泥墙上的小铁门，眼前是一座贴着澡堂子用的白瓷砖的小楼，金属门窗镶着茶色玻璃，张馆长告诉我这里就是当年的“乃庐”，好吧，我无话可说。

趁中午宴请之前的一点时间，我提出自己一个人去看一眼老街。天下着小雨，窄窄的一条街家家店铺都支起那种红白蓝条子的塑料布，人人打着伞，我也打着一把，一股湿漉漉的市井气味让我忽然觉得很亲切。拐个弯，街更窄了，两面伸出的屋檐几乎碰到一起，住家的院门敞开着，不见人，我走进去张望，黑漆漆的门板，老旧的木窗，房顶的瓦片滴落着雨水，门洞里亮着一盏光秃的灯泡，这下我觉得来到了江安，和我的想象相符。但是我知道这样想不公平，谁愿意住在破旧的老屋，而不是搬进成片的新楼房呢。可是，难道必须把所有旧的都拆光，毁掉，只有这一个办法，让中国每个城市都一模一样、没有任何独特之美的办法吗？有着两千多年历史的罗马被尽心尽力地保存下来，绝不能动一砖一石。

所幸，江安也有原封不动的，长江！

站在江边，江安长江公路大桥在我的右手方向。我面朝左，让视线里只有长江。一切都在雾中，灰蒙蒙的江面泛着铅色的光，江边有几棵柳树，细细的枝条在潮湿的风中向一侧飘曳，只有对岸的几块农田是绿色的，一块比一块高，仿佛缓缓的绿色阶梯。我想象了一下当年的爸爸和妈妈，他们像我一样面对长江，两个小小的身影被宽阔的江水衬托，背后不远处是那个叫作江安的小城在活动着。是我来得太晚了吗？想来寻找的东西几乎都不见了，只剩下长江。

也许长江有一天也会消失。一切都在变，变为其他物质。这么想的话也就没有什么遗憾懊悔的了。

午饭是在江边的一个水上餐厅吃的，饭菜丰盛，饭后主人带我们去几十里外山中一处地主大庄园游览，又盛情留我们吃了晚饭，直到同行的朋友说不能再晚，必须要动身了。

告别之后汽车很快开出县城，不久就没有了路灯，车灯照亮前方一小块毫无变化的空间，偶尔有一辆车从对面驶来，飞速交错，消失在黑暗里。疲倦了，车上的人只是时不时地说两句闲话。我的心情很平静，在没有踏上这块土地之前，我对江安一直有很强的关联感，现在我仍然保持着对它的关联感，但此感觉已非彼感觉。此前，江安是一个蒙着面纱的美人，朦朦胧胧，散发着幽静的容光，见到了，原来不过是另一个三线城市。失望吗？可能有一点，但毕竟了结了一桩夙愿。慢慢，我会退回去的，江安也会退回去，退回到想象中。

司机似乎在自言自语：哎呀，不好。朋友追问了一声：怎么了？真是大事不妙。司机知道在通往泸州的岔路口有一个加油站，他不止一次在那里加过油，现在加油站却不见了，而油箱里的油所剩无几，大概够开二十来公里。我朝车窗外看，黑漆漆看不到任何光亮，连过往的车辆都不再出现。司机怨自己：懒了一下，在江安加满油就好了。朋友开始动脑筋，要是真没油了，那就给谁谁谁打电话，或者……又或者……再或者……听上去都不是很可行。只听司机咕哝：我记得哪儿哪儿有加油的……

我咬着牙一声不吭，因为知道自己说任何话都毫无用处。没人再说话了，汽车开足马力冲进前方的暗夜。

最终，我们在油箱指示灯报警之前开下公路，拐上一条小路，曲曲弯弯进入一个人烟稀落的镇子，找到了加油站。当汽车再次开上高速公路，疾驶向前，我忽然想到，哦，爸爸妈妈，原来有你们在保佑啊。

编码十九

20 世纪 50 年代末，也许是 60 年代初，大约晚上九点来钟，我和妈妈走在王府井大街上。街上的店铺都黑了灯，几乎没有什么行人，妈妈牵着我的手，我们要去坐 4 路公共汽车。我记得自己抬起头看了看妈妈，她穿了一件淡藕荷色的短袖衬衫，耳后的短发自然地微微卷曲，这印象之所以保留至今，是因为当时我并不是无意识地随便看她，而是有原因的，心里怀着疑问：那么好玩儿，我们为什么要走呢？

我们刚刚从北京饭店出来，那里在举行定期的舞会。宴会厅里灯火通明，光滑的地板反射着四面八方的光亮，影子缤纷，旋转不停，像一个巨大的万花筒。乐队一曲接一曲演奏，间隙的空当立刻被熙熙攘攘的人声笑声填满。忽然爆发出一阵高潮，原来是领导们来了，周总理，陈毅，贺龙……舞曲更加热烈，每一个女同志都在等待机会和总理跳舞，于是他只能跳上几步就换一个人，而那个人简直高兴得要命！整个舞厅、整个夜晚飘荡在欢乐的涟漪之上。

现在我当然明白了，妈妈不喜欢热闹，很少跟爸爸来参加舞会，好不容易这一次来了，还是待不下去，中途带着我离开。

4 路公共汽车上只有三两个乘客，我坐在妈妈腿上，她抱着我。车窗外，昏暗的街道晃晃悠悠向后移动，我一无所思，只是觉得有点困。车到宽街站，我们下车，还是妈妈牵着我的手，走到十字路口右拐进入张自忠路。这条路曾经叫铁狮子胡同，被两侧树木投下的黑影深深笼罩，我们走过 23 号孙中山行辕，走过剪子巷，街灯在浓密的枝桠间闪烁着微弱的光，走过地质部宿舍，走过 7 号和敬公主府，然后就是 5 号。院子里黑黢黢，小花坛黑黢黢，海棠树黑黢黢，家里的窗子亮着灯，迈上台阶，推开屋门，我们到家了。

为什么回忆妈妈我总会难受？是因为我一直觉得妈妈没有过过好日子。这个印象其实不准确。在她和爸爸结婚后，50 年代至 1966 年“文革”之前，她是幸福的。巴金的女儿李小林，也是我从小的朋友，她告诉我 1949 年新中国成立后我爸爸曾经给她爸爸写过一封信，特为向他报喜，由于有周总理的关心，他终于能够离婚，和我妈妈结婚了。就是说，经过十年的等待我妈妈终于有了自己的家，丈夫，之后有了我们，她的两个女儿，婆也在她的身边，她的生活完整了。她可以安安心心依从自己的性格、意愿行事，基本上不受外界的打扰。事情的另一面是，爸爸告诉我他多次动员妈妈出去工作，但是妈妈不愿意，她从来没有真正地进入过社会的大循环里，那意味着要和许多陌生人打交道，对她来说是困难的。而她的世界很单纯。后来她做了爸爸的秘书，在家里工作，只工作，没有工资，她非常满足。

最重要的是她拥有爱情。爱情是世上最神秘的事，没人知道她藏在哪儿，会何时出现，是完全无法预测的。

1941 年，和爸爸同在清华读书、之后留美的张骏祥从耶鲁大学回来了，来到江安剧专教书。张骏祥的父亲曾是公公在内务部的同事，彼此相知，公公知道这个消息后产生了一个想法，想把自己的女儿、我的妈妈介绍给张骏祥，当然是希望两个人能好起来。他没有这样和妈妈说，只是说妈妈总一个人待在家里，太孤单太闷了，正好朋友的儿子从美国回来，在江安教书，去玩玩吧，多认识些人。这时好姨正放假在家，公公把心里的打算告诉了小女儿，让她回学校的时候带姐姐一起走。

妈妈不想走，她哪儿也不想去，就愿意待在家里。今天有一个词形容这类人的生活状态：宅着。而现在的我非常理解这种心态，很多时候我也是这样，不愿意动，甚至怕动。怕什么，并不知道。还有一个英文表达我认为十分确切：Comfort zone。家，就是妈妈的 Comfort zone，舒适区。在家里她觉得最舒服，最笃定，而江安完全是未知，尽管好姨把剧专的生活形容得多么有趣，和她又有什么关系呢，她不感兴趣。另外有一点是她说不出口的，她太了解自己的妹妹多活跃多么能闹腾，想到出去以后要靠着她，只能和她待在一起，无处躲藏，她怕自己会受不了。这就要怪妈妈想象力的局限了，就像好姨有自己的生活，她也将有自己的生活，一切将发生天翻地覆的转变，那转变她根本无法想象。

两个性格迥异的姐妹，当然是强的一个起决定性作用。好姨说："我蛮呀！你妈拿我没办法，她不想走，我就一把抱起她，跟我走，非走不可，是我把她抱上船的。"

雪水从青藏高原一路汇聚奔流，流到江津，河谷宽阔，水流已平缓下来，即便如此上水船依然很慢，到江安要走三天。这三天里妈妈心情如何？不安？或者也有一点朦朦胧胧的憧憬？毕竟离开了家，要开始一段对她来说新奇的生活。有一件事我相信她绝不会想到，那就是爱情。二十一岁的年轻姑娘心里有很多爱，爱她的爸爸，妈妈，小弟弟，妹妹，亲人们，还有杨伯，但是她的心底始终宁静，微微忧伤。而这段三天的旅程过后，那宁静将不再。

"乃庐"的主人叫张乃赓，是江安有头有脸的人物，有一种称谓为：名士。家里有看家护院的家丁，身上挎着盒子枪，给人安全感。他的儿子是中共地下党在江安的书记，所以请爸爸住到他家。现在看来有许多人围在爸爸身边，为了吸引他，影响他的思想。从那时起这种影响确实就开始发挥作用了，之后会越来越强大。

此时是 1940 年。妈妈一到江安就住到三舅娘家，也就是方琯德的妈妈，她跟随儿子来到江安，租住在“乃庐”隔壁的一处宅院，有三进大屋和一个后花园，里进院子住着在剧专教书的吴祖光和家人，房东住在前院，中院归三舅娘，她自己住了一厅两室，左侧的一个套间就让妈妈和好姨住。自此妈妈和爸爸的距离一下缩短，只有一墙之隔了。

有一点我非常信服好姨，她不记得的事就说不记得，比如爸爸和妈妈的第一次见面。我非常想知道当时的情景，越具体越好，而她是始作俑者，是她把妈妈带到江安，带到爸爸面前的。我问她是怎么把妈妈介绍给爸爸的，她扑哧笑了，“哟，那我可记不得了。我就说万先生，这是我姐姐呗，还能怎么介绍。”略一停顿，语气变了，“你爸一见你妈就爱上了，那可真是……真是一见钟情啊！”同样的话后来她说过许多遍，无限感慨的语气从未减弱。我问那张骏祥的事呢？她说哪来得及呀，你爸一见你妈就爱上了，一见钟情啊！

我能够想象。当我成年，爸爸老了，很多话他都和我说，因为他觉得几个女儿里我最像他，我们俩的交谈可以超越父女关系，更像是人对人。北京医院的病房里有两张沙发，他总是坐在靠窗的一侧，我去了就坐在他身边的椅子上，有时候他久久地不说一句话，有时候会忽然开口。那次就听他忽然说：“那会儿有个杨嫂……”他根本不说那会儿是什么时候，往事如烟雾般在眼前飘过，他伸手一抓，抓住了这一缕。

杨嫂是三舅娘家的用人，很会做饭，爸爸说吴祖光特别欣赏杨嫂做的梅菜扣肉。他，吴祖光，张骏祥都在三舅娘家里搭伙，连同妈妈，好姨，一桌子人，吃过饭大家总是坐一会儿，喝喝茶。妈妈会沏茶，沏好茶就坐在一边听大家聊天，几乎不说话。妈妈把自己住的房间布置了一下，在墙上挂了画，床上挂着白色的帐子，给人安静的感觉，就像她那个人。

快过新年的时候好姨从香港寄来贺年片，我替爸爸拆开，先看了两眼，然后递给他，他拿在手里举着，看哪看哪看，完全超出了可以想见的时间，我觉得奇怪，问：怎么看不完啦。他的手“啪嗒”垂下来，卡片从膝盖滑落到地上，“你妈妈，她答应我的时候，夜里我一个人走在街上，忍不住地大哭，哭得呀……”他仰起头，深深呼出一口气，闭上眼睛。原来他不是在看贺年片。

要知道那时候他是有家的，有妻子有女儿，所谓的一见钟情绝不那么简单。在此我需要为他解释吗，解释他在那段婚姻中的处境，和前妻的关系？我有资格吗？

他住在北京医院，有人送来一本书《摄魂》，类似他的传记，有一部分内容是采访郑秀、他的前妻。他平躺在病床上，举着书翻看，忽然把书在胸前一合，问我：你看了吗？

我说没有，怎么？

他似乎在犹豫。我走近他，在病床旁边坐下，他的嘴唇嘬了嘬，想笑，但又笑不出来，有几分无可奈何，看着我，声音很小，像是说悄悄话：“我觉得很肉麻呀。”我们对视，什么话也没说，我没问什么肉麻，根本用不着。我完全明白他想和我说的是什么，他也明白我明白他想说什么。很多时候我们父女心有灵犀。

我爸爸和前妻郑秀是清华大学同学，是他追求郑秀的，追得非常热烈。一开始郑秀很矜持，和他保持距离，甚至躲避他，但是我爸爸，爱情的火一旦燃烧起来没有什么力量能把它熄灭。他释放出全部的天性，全部的痴迷，全部的青春和天真，去追求，他那天纵的才华在一封封情书里喷涌啊奔流啊，一泻千里。我能够想象，没有哪个女人的心能不被俘获。在他和郑秀离婚之后郑秀一直保存着那些信，遗憾的是在“文革”中因为害怕全烧掉了。

田本相在写《曹禺传》的时候采访了爸爸的老朋友吴祖光，吴祖光说：“在清华时曹禺追郑秀追得发疯，清华有树林子，他们一起散步，当回到宿舍时，曹禺发现近视眼镜丢了，丢了都不知道。他们曾经有过一段甜蜜的恋爱史。”吴祖光后来还参加了 1937 年他们在长沙举行的婚礼，回忆道：“曹禺、郑秀结婚我在场，是在长沙的一个小酒楼上。余上沅是我的表姑父，我正上大学，余上沅叫我来做校长秘书。曹禺为什么要和郑秀结婚，我都感到奇怪，他们的生活习惯、思想境界毫无共同之处。结婚时只请了一桌，由余上沅做证婚人，是个很正式的结婚仪式。”

吴祖光说出的感觉并不是他一个人的感觉，一些和我爸爸接近的同事和同学也有所感觉，石蕴华是其中之一。“当时我们觉得曹禺有一种内心的痛苦，是因为已经恋爱好久了，就不好再改变，不得不订婚了。”石蕴华甚至非常直爽地问我爸爸：“家宝，你是不是觉得很痛苦？”得到的回应是沉默。我爸爸曾和老同学张骏祥谈过，结婚之前他已经感觉到彼此的不同，但是晚了，这个婚不能不结了。

同样的情况放到今天该做出什么样的回答呢？该结，还是不结？怎样会痛苦，怎样会幸福？怎样对，怎样错？怎样道德，怎样不道德？怎样是负责，怎样是不负责？对谁负责？忠于自己？还是忠于什么？可以有太多的设问，但却很难有答案，或者有无数答案，那么无异于没有。

我想到的是，一个男人和一个女人，他们非常年轻，在最美最热血的青春期热烈地相爱了，他们爱对方，可这时候这个对方有很大一部分属于他们自己的想象，甚至他们爱的是爱情本身，并不是真真实实的那个人。说到底他们也许连自己也还不了解呢。认识自己需要时间，需要岁月，经历，需要生命神秘的悟性。我们身上有不变的东西，也有变的，很多。举个小例子：小时候，直到中年，我都不喜欢蓝色，我从不买蓝色衣服，然而说不清从什么时候起，我发现自己有了蓝色系列，T 恤，外套，羽绒服，连鞋都买蓝色的，我变得非常喜欢蓝色。这变化说不出缘由，完全莫名其妙，但它让我知道自己身体里的某处在发生变化，且是在我根本无意识的情况下发生着。变化，可能源自外界因素，更可能源自隐秘的内在，因此你才是你，而不是其他另外一个人。

在江安，街边的茶馆里，我爸爸在看妈妈写给他的信，四周闹哄哄摆着龙门阵，他心无旁骛，忽然妻子郑秀从身后出现，伸手要把信抢走，爸爸怕连累妈妈，争抢之下他干脆把信塞进嘴里，吃下去了。是的，他告诉我他吃了妈妈的信。他说经过那次当街的大闹之后，他彻底下了决心，无论如何要离婚。他为什么要讲这件事？我只能推测。或许因为这件事对他刺激很深，当他回首往昔时跃然而出；或许他心里隐隐地藏着一份歉疚，需要和自己印证，以减轻负疚感；甚至还有一种可能，他想向女儿传授人生经验，让我明白什么事是不能做的，如果越过底线会出现怎样的因果。不管出于何种原因，这是他亲口对我讲的有关前妻郑秀的事。

我当然还知道其他一些事。吕恩，北京人艺的演员，当年剧专爸爸的学生，同时也是郑秀的好朋友，据我所知她们的友情维系了一生。吕恩在谈到我爸爸和郑秀的婚姻时说："在婚姻问题上我们是同情曹禺的。郑秀家里有钱，曹禺没钱，他们虽然是清华大学同学，生活方式不一样，没有共同语言。郑秀对曹禺不大照顾，也可能是不会照顾。……那时候大家都希望有一个人能很好地照顾曹禺。"好姨总是说在江安的时候郑秀多么爱打牌，天天打，可我想打牌又有什么错呢，不过是一种有趣的消遣方式。如果一对夫妻都喜欢打牌，那他们可以一起玩，过快乐的生活，不是吗。

遗憾的是夫妻的一方不是同样的人，幸福的婚姻不是很多，而是太少。我爸爸内心的郁闷能向谁诉说呢，他就给自己视为大哥哥的巴金写信，倾诉情感的苦痛。1996 年爸爸去世以后我看到一封当年他写给巴金的信，其中有一段："你会知道夫妻生活若果麻木起来，那个比较有灵魂的人的苦痛是不可想象的。我曾经痛苦得以头撞墙，血流了一脸，有一次几乎从楼上跳下去，为着婚后我发现我铸成这么一个大错。”很奇怪这封信不在收信人那里，却在爸爸这里。我把所有的旧信都收进箱子。

从清华大学的热恋到我看到的这封信，之间存在着巨大的空洞，如何把它填满？我的回答是：休想。那空洞就在那儿，但绝不是赤裸裸敞开着，可以随意参观。别想拼凑起一个故事，没有什么故事，所有的故事都仅仅是表象。“你不知道的东西是你唯一知道的东西。”艾略特在诗里说。

2010 年《收获》杂志的第六期发表了八十六封我爸爸和巴金的通信，时间从 1949 年到 1996 年，为此我和巴金的女儿李小林多次通信通电话，我对她说起上面那封我爸写给她爸的信，她说想看，信里我爸爸谈了很多婚姻中让他很难忍受的事、细节，因为涉及郑秀，我就和她说算了，不寄给她了。她还是说想看一下，看完就寄还给我，于是我把信寄给她了，她看过之后很快把信寄回来，什么话也没有说。

好了，到此为止我究竟想说什么？想说我爸爸和郑秀的婚姻出了问题，所以才会爱上妈妈？我相信出了问题是真的，但我认为这和爱上妈妈没有因果关系。爱就是爱，不需要找什么理由。

我是一个以写作为生的人，却一而再再而三地发现自己的心灵如此不自由，我很惊诧。这情形很像院子里的一条狗，看上去那地方完全开放，没有任何围挡，狗狗跑来跑去，尽可以跑到任何它想去的地方，但是它一走到院子边缘立刻就逃回来，脉冲式电子围栏是看不见的，无形的。这就是我，心底被道德的电子围栏所围困。如果连我都被困住，可以想象还有多少人，尤其是女性，被禁锢在看不见的围栏之中。有时候我真想用些粗话脏话来打破它！真想！

我问自己，难道你没写过婚外情、第三者、两性之间的种种关系？那条看不见的界限真就这么坚不可摧吗？专注人性、探究人性、思索人性，尽可能生动地反映人类的境遇，这可是作家的全部工作啊。有时候，偶尔，我以一个作家的思维想到郑秀，很想写这个女人，她的一生，念念不忘一个再不爱她的男人，直到他的妻子去世还想要复合……而那只是一瞬间的念头，不，我不想碰她，绝对不想。理由很简单，她拦在我爸爸和妈妈中间，让我如鲠在喉，避之不及。

我以为自己很开放，我确实很开放，但我还是错了。

我和妹妹谈到正在写的这本书，我说我最大的追求是真实。她的反应来得真快，她说:“你知道的根本不是真相，只是一些碎珠子。”天哪，她说的对!

那么我要放弃这份追求吗？不。我必须在碎珠子之中寻找。真相就存在于寻找之中，寻找的行为不也是一种真实么。

编码 二十

“咱们哪天去万安呀？”我妹妹问。她从国外回来，这次只待九天。

10 月 12 号，天气不如前几天好，前两天早晨一拉开窗帘就是碧空万里，出了门觉得空气都金光灿灿。今天有云，天空像一块乳白色的玻璃，阳光透过玻璃淡淡地播撒下来。

我们到万安公墓门口时云散开了，照在身上的阳光很暖。一路上乖乖由小姨抱着，动来动去很不老实，可能是小姨不会抱，让她觉得不舒服。我和她说：“你乖乖等着，妈妈一会儿就回来。”然后关上车门。

现在我们什么都不用带了，桶，抹布，扫把，卖花的人都提供。把四盆菊花放到推车上，在门口的厕所接满一桶水也放在推车上，水池很浅，所以我每次都带一条塑料水管，接水就方便了。

迎接我们的是前一声后一声的鸟叫，没有一个人，一派清明静谧，柏树灌木冬青安然地栖息着，在墓碑上投下若明若暗的影子。“多好啊！”妹妹不由感叹。是的，真好。

我用扫帚扫落叶和尘土，她用抹布擦石碑，然后摆花，四盆菊花颜色各异，挪来挪去，看怎样摆更好看，终于满意了，拍照，最后把桶里的水浇到两旁矮矮的冬青上，这几乎是固定的程序了。今天我妹妹忽然有所发现：“你看哪！姐，有柿子！”我顺着她的手指看过去，在后面一排墓间的空地有个黄澄澄的小圆球，很小，我走近几步，果然是柿子，小柿子。

“那儿还有一个哪！”她又发现了一个。

奇怪，真奇怪，哪来的柿子呢？抬头望去，一棵柏树两棵柏树，全是柏树，只有柏树，根本找不到柿子树的影子。然而在附近我们又发现了几个小柿子，表皮上带着深色的小疤痕。多么不可思议！

该走了，疑惑既然解不开也只有放弃。我们推着推车走出墓间小径，来到大路上，偶一仰头，在一处树梢的空隙间我望见了它！高高的，在所有树冠之上，被青天映衬着，叶子已经落光，稀疏的枝头挂着一个个金黄的小果实。这辈子从没见到过这么高的柿子树！我快步走过去，树底下竟然干干净净，看不到一个柿子，啊不，我找到两个，只有两个。

我不由继续寻找，在视线所及之处又有了一个、两个、三个五个……是谁把柿子带走的，是风吗？我想当然是风，风刮的。好大的风！我兜兜转转，挑捡了两个完好的柿子，回到爸爸墓前，放到他脚下，心里说：事事如意，爸爸。

妹妹大声喊：“也给那个小 baby 吧。”对，我又找了两个柿子放到“长男刘公照”的墓上。你也事事如意。

这时我听见一辆推车的轮子滚过石板路面的声音，两个人，一位老妇一个小青年推着一辆推车走来，车轮碾过石板路发出咯嘮嘮咯嘮嘮的声响，渐渐走远了。这是今天在万安公墓除了我们自己的声音、除了鸟叫声，我听到的唯一声音。啊，鸟！我忽然想到是鸟！鸟才是运输者，那些小疤痕是它们嘴的啄痕。鸟儿们把柿子带向四方。

事事如意。

二十一

我要感恩一个人，李玉茹，1980 年她和我爸爸结为夫妻，我一直叫她妈妈。1996 年爸爸去世之后，她把所有保存下来的我妈妈和爸爸的通信交给我，不光是信，还有便条，电报，手稿……多么感激她那颗温厚的女人的心，只有这样一颗心才明白这些信珍贵的意义。

信，那些细长的薄如蝉翼的纸，那一行行密密麻麻、蚂蚁般的小字，从 1940 年我妈妈开始保存，到她 1974 年去世，然后我爸爸保存，到他 1996 年离开，之间经历了五十多年的时间，一次次搬家，挪动，各种可能的损蚀，或干燥或潮湿的空气，霉菌，墨水自然的褪色，“文革”中被藏起来，压在无尽的黑暗下，最终来到我手上。

之后很多天，我坐在电脑前细细辨认，辨认每一个字，把它们打出来，存盘。即便现在，此刻，想到他们的信激动的情绪顷刻间如潮水般涌上来，一波又一波……不，这形容不准确，不是情绪，是强大的密度极高的能量，使心脏鼓胀，胀得难以承受，甚至无法继续写，需要暂停一下。

我扭过头去看乖乖，她就趴在书桌上，枕着软软的大靠垫，身子蜷缩着，小脑袋抵着胸口。看着她安宁熟睡的样子，我呼吸，往肺里吸进更多的空气，等待胀大的心脏一点点收缩回原状，等了很久。

莱昂纳多 · 科恩在他的《颂歌》里唱道：“一切皆有裂痕，那是光进来的地方。”

是的，裂痕里射出的光打在我身上，那些裂痕，那炫目的强光啊！

其实这些信才是写这本书的源头。我爱妈妈，读这些信的时候我发现了另一个妈妈，我不认识、没见过的妈妈。我竭力想象，试图在脑子里放映一些镜头，但它们总是断断续续，忽明忽暗，转瞬即逝。那个无比年轻、文静、清纯得像小姑娘一般的妈妈，你真的在吗？你是什么时候开始懂得爱情，并从中获得力量的？你像是变了一个人，你自己都想不到吧。当你做出选择，选择了爱情，亲人之中除了妹妹没有人支持你，最爱你的父亲头一个反对，态度决绝，你亲爱的杨伯也反对，你几乎孤立。你变得前所未有的强大，勇敢。

人是会变的，这点毫无疑问，可怎样才能描述你的变化过程呢？在雾气弥漫的长江边，煤油灯下的夜晚，古老的城墙上空寂无人，你一步步向上爬，脚底湿滑，你一定知道有些东西被永远地抛在身后，而你再也回不去了，但你还是继续向上，去赴那个约会。哪来的这么大勇气，让你不顾一切了？还是你本来就有这样的胆魄，却从未发觉？无论如何，我认定自己没有能力描述你所经历的，明白这个事实让我既对自己有些失望却又松了口气。那么就只有一个办法了。

你们的信，当然是要放到这本书里的，只是我一直没有想好放在哪儿，是作为内容的一部分还是放在书的结尾作为附件。现在我已经没有别的选择，请，你们请说吧。

信。

译生：

这年已过得差不多，我想或者你会有封信来。果然今天早上我读着了你的信，我从心里高兴。朋友们常见面不觉得，离开了才觉出见面时谈得太少了。我接着你的信时，代代正问着你，她说邓姨呀，赶下水轮船，邓姐姐也赶下水轮船，当然还是不清不楚的江安话。幸而你说你还要来，不然，连代代都要不断地念着你，漫说，你屋里一同喝红茶的人们。

我们的年三十在张二姐家过了前一半，在赵二老爷家过了后一半，搓麻将，以后连着吃连着赌，昏天黑地过了三天，家里还是来客如流水，打牌如放鞭，也没有多少宁静日子。

昨天到郊外走走，阳光好，颇像前次到橘园时那般光景。朋友们都离开了江安，再妙的天气也唤不出以前那样的兴味。春天似乎到了很久，田野里一片黄花菜。晚间在我的矮楼上，听得见城墙外面的青蛙已经是成群成片在歌唱。隔壁小孩子提着兔儿灯，远远似乎有些欢乐的人们敲着锣鼓，连狗吠都不像前些日子那么凄凉，我自己也觉得心头漾起了愿望似的。有时自己常觉出年纪的荒唐，仿佛一个中年人的生活中就该没有音乐一般的心情，却有时偏偏无端惹起些哀伤或者忧郁一类的情感，一旦醒来就感到异常的不伦不类，真是说也说不明白。中国话里只有荒唐二字勉强道出那一点莫名其妙的感觉。

我不知道你家里的问题，但我料想你个人的问题恐怕也是家里老人们所常想起的事情。起初我常和宛生谈你，她常希望你到学校读书，总之过公共的生活，使你更高兴一点活下去，我当时亦颇同意，后来我见着你，也和你谈了些话，看见你作的东西，我渐渐变了意思，我想你走的路或许正是你该走的路。一个人的性情不能悖谬的，顺着发展你可以成就你的画，你的诗，真使你高谈阔论，当女革命家，恐怕也未见得做得好。说起来我们没有怎么深谈过，似乎你们姐妹二人也很少谈得情投意合，入了机微。我倒常想和你谈谈，却怕说错了，反而断了根苗，于是便缄口不谈。我也想到，找话讲就会没话讲，得到了神助的谈话才有趣味，才可真正明白一个人的肝胆，然而一生能遇着几回呢？杨伯伯知道你最深，似乎他可以想出一条大路。我愿意你能在江津见着他，看他老人家说了什么，我再尽我的力量用心想一想。我劝过你写些散文，我信你的文字，你略用些功夫定能胜任愉快。你所缺的或者是观察人生的本领，能作画作诗到你那步田地的人懂得观察是不成问题的，我想目前还是看你有这种耐性不？

我没有想到你入大学或者做事，那两条路仿佛都对你不甚适合，写文章固然是个吃力的事，但你的力量或者就在这上面看得出来。

希望你早早回到江安来，杨伯能到此地来玩玩最好，他老人家该休息休息，我觉得他奔波得太辛苦了。

宛生的牙想已治好，昨日还和瑄德谈起。有一天黄昏到他家里，看见微暗的灯油光下，有两个模糊的人影仿佛相对不言不语吃着什么，我走进去，他们还静静地慢吞吞“刨”饭，没有话，没有声音，真是寂寞得很，我喊了一句才看见瑄德似乎由梦中惊醒起来，三舅娘也像从静止中才看见了什么，说让小妹妹赶快回来吧，真是怪难过的。这里的情形总似缺少了一件魂灵似的，那样昏沉沉的使人苦痛。

请问杨伯伯好，伯父母好。

家宝

二月八日

（注：这一封信写在普通大小的信纸上，字的大小也正常，也是唯一注了日期的信。）

译生，从你那里走出来，我到学校，到赵家，到小饭馆和吴先生吃饭，到高家唱戏，到赵家看牌，又回到家里来洗脚，预备立刻睡觉。我心里乱得像草，我一刻也站不稳。我只是焦灼，仿佛要立刻解决了这件事我才能宁静。心里眼里都是你的悲哀的面庞，你的倦怠而痛苦的眼睛。我想再到你那里去，又觉得说不了什么话。今晚再见一面不过又使你痛苦一次！译生，我的译生，我想起你整日关在那间小屋子里，想啊，想啊，时时刻刻在等待，希望，而不能立刻获得什么，我真心痛啊！我们必须用工作来把这段时间度过，在我们没有机会见面的时间就狠心做一点自己的事情。你也要做你该做的，画你的画。我说了，我不知做到做不到。但是我们互相督促一点。目前的等候真是难挨呀！

天气像秋天，冷得入了心。我是这样说不出的悲哀，惆怅，四周像一片森森的湖水，又冷又寂寞。译生，如果不是为了别人，不是为了这点不忍之心，我们为什么不能立刻拔起脚就走！你不催我，你似乎又有些不相信将来是可以幸福的。你从来不提这件事，我始终不知道你是若何看法。其实这都怪我。我已经说得太多了……

从现在到明天早晨仿佛又隔几十年，现在就希望一场梦，又把我带到明天看你。

我这两天任何人的信写不了，似乎一点功夫都没有，有点精神就不由得用着想你，想你我的将来。人不能完全幸福的，有所得必有所失。我能和你在一起，你能和我在一起，我们两个都要失些什么，只看对我们值得不值得，就管不得旁人的议论了。译生，我好哭，有时弱得可怕。我常想躲在你的身旁避避风雨，你该多说我，指点我，多找出你所不满意我的地方，我好改。不要一味顺我，太纵容了我会使你心里有一天感到我的骄纵，我的无礼的，并且最终会使你对我失望。

回到家来念起你待我的种种，心里就难过非常，我不配，我真不配。我比你年纪大，我是大人，你是小孩。我真是欺负你。我为什么凭空搅扰你的安静？我愧恨起来，有时想立刻自己化为乌有，但转瞬我又想，难道你不该将来和我一同去寻觅快乐么？为什么不就是我？不就是我来同你走一条旁人不敢走的路呢。

慢慢走，稳稳走，勇敢地走，相信我，我的译生，尽管一时我会悲哀，苦恼，最终我们一定找到一个平和静穆的境界，我们二人从老远还没有认识的时候就梦想到的境界。

我们将来绝不使二人互相有一丝悔恨，而始终觉得值得，要想到在这一跳之前，日后可能的苦痛，这样才会有真幸福。译生，我始终认为你是个刚强的女子！你来帮助我，给我一把手，我们只要互相的了解，慰藉，我们就不怕别人的揶揄和其他的困难。

译生，你现在确实有点瘦，你该早晨在菜园中散散步透透空气。为我你也该把身体养好，囚在屋子里总不是正常的。你在菜园中一样能看见我来，不是么？追求快乐真要有好体格。每次我看你脸上浮起一丝健康的笑容，你猜不出我会多么快乐。我们两个交换戒约，我以后（不到万不得已）绝不在外面与人饮酒，除了我同你，你也答应我，常在菜园中散散步，每天一定走两三千步（刚一起首无妨少走点），日后每天增加到走三小时的路。我每次到你屋里看见你恹恹地睡在床上，或者低头做着活计，我就觉到惨凄凄的，你一定又在为着什么心里苦痛着呢！

我心跳得厉害，不知为什么？你或者还没有睡或者正有人陪你谈话。我现在羡慕他，因为他比我挨近你的身旁。

今天晚上又是伯的唐诗伴着我。我羡慕伯，他所要的他有了。他不能要的，他也不预备要。他真是个充满人间智慧的灵魂。

等待真是不堪设想地苦，不等待又不可能。一分一秒都像是很长。我说过两年，这要多少根白头发才磨得去这么悠久的年月。你是神仙，你像仙人那样超脱，而我是一只灯蛾，终夜在你这团火旁边焦灼地盘旋，我情愿在火焰中烧化，真不肯这样厌声厌气地等待。我按捺自己的性情，说着不愿意说的话，笑着不自然的笑。一个人果若不能尽情活一次，倒不如立刻停止这一段生存。“做”比“等”容易。等待真需要耐性，毁人灵性的耐性。

我时常要想起你的面目，但是奇怪，总不特别地清晰。而你的性格，你的趣味，你的教养常是很生动地在脑内引起一段段的故事，使我感到温暖，感到一个温厚美丽的灵魂在宇宙中与我共存，因而才不若昔日那般地孤独。我知你的心灵还有无数的角落，我还未望见。虽我已隐隐中觉到在缄默的下面埋着无限的美丽的宝藏，这发掘要时间，也要你给我机会，给我帮助。我求你打开一扇门使我再多看看你的灵性，写信也罢，说话也罢，你总该更使我知道你些。我有时望自己能渗进你的灵魂之内，我这般想更深地知道你！明白你！

今夜月色好，多少天我说一同步步月，总没有做到。有一天我们必每逢好月色相偕散步，补偿今日应该很容易而又很不容易做到的期望。我也想着有一天我们在北海荷叶丛中遥望金鳌玉蝀桥上的灯火，或者在一间小咖啡店里我们静静听着音乐，喝着你爱的浓咖啡，或者在雨天里找一个小菜馆弄两三斤好黄酒，心领神会地品味一下。总之，只过去一段苦日子，各种可能的打击经过以后，我们要把我们的生活好好安排一下，把这段短短的生命充实丰满，使这一对魂灵都不必在天涯海角各自漂泊。忧患时，这一对灵魂能挡；快乐时这一对灵魂能尝。如你有一次说的，懂得享福也要懂得吃苦。最后，让我们在临死以前还能握着手微笑，没有一个感到一丝酸辛，没有一个觉得一丝幻灭。想想上帝造了我们的生命，叫我们活，真正地活着，而我们是真正地活过，幸福地活过。我们就没有糟蹋了我们的生命，我们就都是世上无可比拟的骄子。什么文章，画画，这怕还是身外事。能有成就更好，没有成就，我们已经做了一个真正有灵性的人该做的事，我们还乞求什么？需要什么？

这时你或者还没有睡，你或者也在想着什么。明明知道是句傻话，到了那时，又管不住自己说了又说，问了又问。真地，我要学一个十六七岁孩子说的话，你不会笑话我吧。我明明晓得你明白，你不肯笑人，却我真担心你会忍不住笑我的呆气。人是这样地充满了矛盾，充满了聪明和愚蠢，充满了真挚和伪善，在能真挚的时候，就发发呆气吧。我真是拘束够了，压抑够了。我的人，让我今晚梦到你，梦到你在大笑，在第一次畅快地同我高谈阔论，比一个话匣子还能说，比百灵还响，这梦里是我在点头微笑，一声不哼，费了很大力气，我才肯低低叫一声你的名字，而你是无尽无休地像水似地说，说，说到天明，像只夜莺鸟儿似的。

再谈吧。明天我给你信的时候，我又不知说了些什么了。

这两本唐诗又伴陪着我到天明。

你的根基是厚的，我一直相信你的力量只是潜伏着。我也相信你不肯使她长久蕴藉在心里，春天到了的时候，你的生命的力量会像山洪冲决了堤一般奔流出来。你是一棵大树的根芽，你生命内藏蓄着松柏的素质。说你是一枝幽兰，那是你的现在。我望见你的将来。旁人会惊叹地喊出这样怯生生的人会有这样倔、坚实的性格。然而这是你，这是我的译生，没有任何女子可以比得上的一枝弱茗。

今天我最大的快乐是看出来你决心要调理你的身体。我也答应你我将充实我的。将来是一条充满了奇花异草的幽径，但也是一段荆棘满目的长途。好的身体吃苦容易，享福时也领略得比常人多。请你须备着领略这高低不平的颠簸道，也尝一段长征后歇下脚那点踏实。我们不能在暖屋里过日子，偶尔也冒一冒令人气爽的风雨。我现在又不相信我们吃了千辛万苦后，我们不能相处多久的话。不，我不肯相信，我也不忍相信。我知道我能使你快乐，正如同你也知道你也会使我快乐。那么，肯奋斗，并且能奋斗出来的人哪能会早死？只这一点奋发的精力便使我们相倚一生。天也不会这样像“哀情小说”似的做得那样可笑的凄惨！我们活着，像一个有真性情的人那样地活着。

我时常觉得我像一个卑劣的卖嘴舌的人，天天在欺骗着一个心地宽厚，而又是目光如剑的好汉。今天晚上，我像在热汤中蒸腾，左一件，右一件的回忆刺痛了我的心，我真怀疑我还有否灵性？想起来我真是粗的可怕，自私的可怕，我不知我手里握着的是多难得一颗晶莹的明珠，时常粗鄙地把你的一些美丽的梦境轻轻葬送掉。我自私到竟然看不出你在病，看不出你心里在苦痛。我每一次对你忏悔，便立刻得到你的谅解。你时常用一种悲悯的眼光望着我，你的笑，淡淡的笑，藏蓄着多少了解和宥恕。我现在想起，我临行时你分明是笑着的。只有这一丝仁慈的笑容是我今晚的慰藉。我凭这一点回忆或者还能入睡。

夜更静更深了，远远蛙又在叫，月亮已略微偏了西，现在我希望你真是睡熟的。

你的病若何了？我还是那几句话，你的身体和你的饭量。日后的幸福要靠你的健康。人生需要活得尽性，我们都是想尽性活着的人要和人拼一下，就得有一副健壮的体格。勇敢有时和好身体是并存的。不管将来有若何变化，幸或者不幸，我们应该把生命活得比人充实，比人长。记得我说过的那最惨但也最美的那段幻想么？果若必须要候到白头（当然这是下下策）才能相聚，那么到了白头时也不错过这个机缘。我们要活得下去，活得高兴，我们绝不可抑郁不欢地拖着这个生命。

今天有了太阳，你肯自己到学校看看病么？诊病时间上午九点到十一点，下午二点到四点。

我望见你撑着雨伞独自默默在长街上走。我在门口立了一刻，不愿回我的房，又在毕大夫客堂中坐了半天，吸了半支烟，喝了两碗茶，和那赵家太太东拉西扯片刻，才回到这寂寞的楼上，对着一盏油灯，听着纸窗外面的雨声，树叶沙沙声。我想到你回到屋里，扣上门，连忙点起灯，抚在桌上，与我写信。我心如此，客散了，就想和你谈几句话，你也必一样。

现在写信（虽然天天见面的），读还是幸福。第二天我们能见面，第二天你我的信都互相看见。这是在两个月以后想都想不了的。那时，我们的信不知什么时候才能到手，而信上又哪能如现在这样畅快，要谈什么就谈什么。所以现在见面而还要写信应该看作是一种无上的福气。将来不知要苦几年才能有这样的机缘。（以后写信注上个号码，我们好容易记起）

我很多话，我也很多幻想。是否话多与幻想多的人都多少有些说得做不得的毛病。目前我真是一脑子的计划，也想念起各种可能的应有的苦恼！显见觉得我都抵挡得住，因为我相信你一个人在四周都是不快的嘴脸当中，总是有勇气独个支撑，我也应该有陪伴你的勇气。不知你已读了那“筵话篇”不？那上面称颂爱，说爱是提高人的性灵的，使人向上的，美的，勇敢的，我也真相信这句话的真理。这次我的决心，我一直觉得是一个灵性向上的冲动，是真正的人性在觉醒，是再次的生长。我们都要使我们这一段生命美丽起来，高贵起来，并不是为着人家看或赞赏，而为的是：我们就要一个“美”。

今天吃饭遇见一个人，说话的声音蓦一听颇像杨伯伯，我非常高兴，十分想和他多谈几句。态度神气也有一两分相似，你想不出，见不着你，就想见你所爱的人，然而说不到十句话，我才发现他是关外人，渐渐觉出那一口北方口音。于是我又哑然，从头到尾这一顿饭，我就不肯说什么话了。

一会儿我想和老巴写封信，告诉我要离开和他一同旅行的心思。

再谈吧。我要洗澡去，只好搁下笔了。

伯的信要写的。可怜的译生，我知道你心里的苦痛是说不出的，你不肯有一丝伤了伯的心。但是世上有一种不可避免的事，任何人也要在它面前低头，难道伯真舍得你“清操自晶”，在不可及的梦想中过一生？

你平时有一种思想，觉得梦比真美（这话我承认有理），因而以为真既不若梦好，梦完全，梦真，就索性鸵鸟一般钻进梦想的洞里，倒可以快乐一时。这是无可奈何的想头，并且有些“虚弱”，经不住几锤头的诘问。你不是老年人，你有青年的血，你的血该逼你不甘于这样逆着一个青年的本性活着。我们明明知道世上充满了不幸，我们为什么还不去吸鸦片烟，早早预备棺材去死？有的人偏偏整天栖栖皇皇，为着人类请命，为着文化抛弃了生命？这是我们的热血的催促！这是人类的希望。许多事应明知其不可而为之，绝不是从现在就“无为”。生，我一万万而反对这种人生观。伯一定明白这道理，看他办学，交朋友的道理，都是有青年精神的。一个有真性情的人不会让人走了一条狭路而不救的。你的意思得着伯的同意，才使你心安。那也好。我看得太清楚，如果伯是不满意我的，我纵然将来有能和你在一处的一天，你也是不快乐的。你如果不快乐，我又何苦这样逼你走上一条不快乐的路上去呢？下午我要写封信给伯，完了给你看看。

我盼望伯来，我好当面和他谈谈，我要把我为你和我的计划完全讲明白。他知道我把你看得多高，多重，我把我的生命寄托在你身上，我没有犹疑，我不是那样轻浮的浅尝辄止的。这次，这杯酒，我要喝到底，不过苦也罢甜也罢，我们要二人把这杯辛酸或者快愉的酒喝干。

伯他这样了解人性，同情人性的人，如果在我的行为上得到了证明，证明我是死心塌地爱了你，没有第二句话，他也会放下心，他会如他以前对你说过的，他要使你得到幸福。所需要是给他一个深深认识的机会。什么是使你得到幸福的？我不敢我一定就是那个人！然而那个人总该来到你的眼前不是么？我们需要一个朋友去谈，去商量，那么就请伯来演这个难演的角色又何妨呢？

不要说对不起的话吧！事实上是我对不起你，我没有任何脸面来搅扰你的安静！你没有任何过失。天会谅伯对你这十几年的深厚，这是永世稀见的真情感。天会谅鉴的，是伯和我对你的心，也只有这一点配在你面前待下去，做你的朋友。

今天你来后，我一直想叫你到楼上看看我一个人写信时的书房，这书房你来过一次，伯和我长谈过两夜的，你们来时我在楼上叫，多半你们没有真来，是我误听了。我的窗外是桐树，风起来，哗哗作响，居然十分萧索。今夜我不难过。我知道你在我的近旁，真是不过百步之遥。你在床上望着天花板，或者在桌前坐着，凝望纸窗上的灯影。百步的距离……

你知道你今天的信最令我感动是哪一句？也许你已想到，因你知我最切，正如我现在也可以说知道你一样。我读到："家宝，伯，我的时刻不能忘怀的人，我一点都不怕。"我说不上来我心里的感激你的和敬重你的情感。你这样豁达，坦白，在你对伯的诚挚的情感中，我也随着进了一种与秋水一般澄清的境界。我想立刻亲你一下，亲你的美丽的灵性，我愈了解你对伯的情感愈厚，而我也愈加爱你这样深厚坦白的人。我现在不知道若何说起，只希望有一天我能证明我现在所说的是诚实的。

译生，我没有过分估价你，我也不承认因为我在感情的激荡中我看不清楚你的素质，你的素质我早在半年前看了明白。而目前我所发现你的另一方面的性格更使我相信我的眼睛，我毫没有错误。我将继续找你的短处，我要冷静地分析你，也分析自己，我们二人在取任何决定的步骤之前必须想透彻了我们必须相聚的种种理由，但目前我不愿想也不能想，我们要在短促的一两个月内尽情地活一活。我已感到我们不能分开，只随便一想就有的是理由我们该在一起。看吧，我们要痛苦来磨炼，时间来保证。这一点真性格早晚要互相得到机会露一露。我想过了几年后朋友们也觉得我们走的路并没有错误。他们将赞赏我们做人的精神。

明天晚上又要在人前见面，多少不自然的笑！多少压抑的话。

还是慢慢地来吧，我们学习着冷静，聪明，我也知道能得到了幸福也不是一味凭蛮干的。

好几次我要再看一看你，想和你一同望望月色。却念起那许多麻烦，反不如不去，我和大夫出去又喝了酒，今天一共饮三次，回到家里，孩子睡了觉，孩子的母亲出去打牌，我坐在书房里，坐听着初夏的虫鸣，望见窗外的半弦月，我真感谢天，我是活着，我也找着了和我同样活着的人。

我到剧场中四处找，见不着你，我找了有半点钟，最后以为你没有来，就到你家，没有人。半路上喝了一杯酒，又回到剧场找，还是没有见着你。后来等回头看见你坐在柱子旁边。我觉得四面有人望着，我始终未敢找你，亦没有敢多看你。下了雨，我去找伞。幸亏雨又停了，不然找着伞，我不知找谁交给你。回到家，我就念着天千万别下雨，外面叶子沙沙地响，不是雨！我想做事，但又想立刻看你。我等待不了，只想做一场梦度过这漫长时候。我真羡慕坐在你旁边的人。那个人对你笑着，你也很客气地笑回去。然而我不知为什么那样难过。我希望我能冷静些，看得远些，沉住气，慢慢地进行应该做的事。现在多一个人在你旁边我就苦恼，半天不见面就着急，就想喝酒，这真是不应该的。管束我一点，我的小女儿，叫我略微冷静一点！然而这哪里行，仿佛热在血里流，我不知我该怎样做？在人前我成了个傻瓜，我要喊，我要叫，喊喊叫叫才出一点闷气。

你是今天在场所有人中最洁白，最纯净的，我在背后望着你的背影，我多么骄傲啊！这样一个美丽的灵魂是时时刻刻想着我的，我还需要什么？还想再得什么呢？

回来你的脚没有湿吧？用热水洗了脚没有？

现在已经是深夜了，外屋的人们打着鼾声，你或者早上了床，也许正在做梦了。我想看看你睡着的样子，看你穿着那身雪白的睡衣，像个小孩儿似的睡在床上。也许你还未睡，是睁着一双大眼睛望着帐顶么？雨住了，田里的蛙声酣畅地唱着。这正是想念的好时光！“今夕复何夕，共此灯烛光！”这一盏孤灯照着我的影，静静的，只有笔尖划着纸的声音，我的小女儿，我在为你祈祷，我求天保佑你没有苦恼，没有一丝烦忧。到了明天早晨说不定又是一屋子的阳光，我到你那里，你或者正在晨曦照着的菜园里徘徊呢？小女儿，我感谢你啊！你给我多少希望！你给我活着的勇气！人活着真的就是一次啊！为什么不认真地活下去呢？

风起来了，已经有些山涛的声音了。我又要想想工作了。或者因为我在工作你也没舍得睡吧！思想不是电流，不然我要传给你听，我一点不累，我很快乐地工作着，为你，为我们的将来。我现在多写一部东西，将来我们就多一点精神上的思藉啊！想想，我的译生，日后我们要一同做多少事啊，要一同多多地尝尝人生的酸甜苦辣，活着不为着一点了解，一点真实的同情，还为什么呢？我的小女儿，雨又下大了，屋檐流下一串串的水珠，雨落在地上已经像落在小池里，院子里恐怕成一片水塘了。你真睡着了么？我的小女儿，你梦见了什么？我多么想念你啊！

今天见着宛生，如同见着你一样地快活，虽然你一时不能来，然想再晚也不会过了春天。并且杨伯伯来，这是一件想不到的愉快事情，因为这两天我想杨伯伯或者不能来了。我已经预备一张较软的床绷子，大小想是可用。此地可惜无黄酒，但最近有了泸县大曲，尚能吃。你来前给我一个电报，我好接你和杨伯伯。骏祥走了，此地剩下我这个孤鬼。我一时自然不能离开，于是更想念谈得上来的朋友。据宛生说你在家很闷，也想出来走动走动。客人很多，整日有应酬，不知你如何过日子。我们谈到你都以为你该走写作的路，似乎你读了很多艰难的小说，能读康拉德他们的作品而感觉兴味，这已看出你对小说欣赏的功夫很高了。写小说是件有兴味的事，也是件吃力的事，但是只限于有天才的人才适合这个工作。画对你或者成一条大路，旧诗只能偶尔寄寄兴，不易发展。

我一时不离开江安，暑假后就难说了。此地太枯燥，朋友一个个地走，再待下去还有什么意思。真是剧校把我拖苦了，也累苦了，五年的工夫，人生有几个五年哪？我盼望你早些来。你没有来时，有时也仿佛你在此地似的，因为我们常谈你，你的习惯，口语，最近的种种常在我们口头上盘转，而走到那院子看不见你的影子时，总觉得整个少了些什么。

你在家里做些什么？窗外是黑漆漆的夜，然而田野里浮荡着一片甜畅的蛙鸣，真是冬天已经过去了。

好人，我们低低地谈着，温存着，而那时我的心就挂念着你为什么没接到我的信，我一点快乐的联想都想不了啦。爱，我想你！真正想你！天！让我们一起吧！谁能晓得世上有这样一双相投相合的灵魂啊！我们怎么能分得这样远啊！奇怪，从昨天知道你没有收到我的信起，心就乱，就烦，连你的信都不敢多看。看你的信的口气，仿佛还不甚急，却我已经看不下去了。

你说不愿看牙，不去也可，实在无办法。唉，我不等吃午饭了，现在就到邮局等你的信去。太急人了。

等了一天半，收到你的信，说二十九日与三十日都收到我才安了心。我快慰万状，几乎要哭。以后信上不谈这些了。太不好。我要回船。明天给你长信，你不要着急！我好极了。昨天发一封短信，你急了吧？……别了，我的爱琪。

收到你三封信了，这两天无味的应酬太多，使人又累又苦。戏演得好，愫方很满意，文清演得最佳，几乎无懈可击，我第一次把我自己的戏连坐四小时看完。没有一个观众走。这是个大成功，我看戏时就想到你，但是我没有流眼泪，我高兴，你所改正的地方都在台上得着证明是好的。我们将来有的是戏可写，我告诉过骏祥你所改的地方，他也认为是好的。

朋友们认为是我最好的戏，有一个女人连来了三天，哭了三天，这正是我们所想的。这两天吃东吃西，就因为这个戏在此地成了一个可谈的题目。他们还要续演，在下月。

我真想走，我恨不得立刻看见你，和你谈，哪怕二人静静地坐坐，我就得着了幸福了。我这两天又不能走，一则《北京人》的校对（最后的）我要看一两遍，因为以后改不了。我看了印刷局的情形。我们在屋里说改就改，事实上给办事的人太大的困难了。我想以后要少改，但这一次叫他们少出错误，免得日后麻烦。第二，我舅舅要再和我详谈，写了信，我非去不可。三则，我想能……（划去了）

我打听了学画的地方，问了几个人，有办法，但不甚好，回头见着你再说吧。吴老伯送我一个好笔洗，原是为送给你的，我想你会喜欢的。

好人，可怜的爱琪，收到了信，你回来吧！我双手伸出来等你回来，家宝是你的妈，你的爸，你的姐姐，你的妹妹，你的朋友，你的爱人，你的丈夫，是你一切可能温暖的来源，你回来，我远远看见你，跑上来迎接你，抱着你，亲着你，抚慰你，疼我的受了打击的孩子，紧紧抱着我的失望归来的孩子。爸爸的声音如雷鸣，妈妈的声音如绵绵雨，这一切道不出的使人的肉会一块块地落下来的煎熬，痛苦，真是苦了你了，我可怜的。

但是好人，你不傻了，你真说的一点也不错，这就是我朝夕要听的仙音，你开始晓得照护自己，不再呆子似的一味地悬念，烦心，焦灼，你要为你的夫保重自己，保重你爱的肉，你心肝的血，我心上的宝贝。

译生，你知道，家宝身边有火，有温情，有熨帖，有一切所需要的。我这里有海，流不尽的爱向里面流，不会觉得太满，你再无尽无休向外汲取也不会少一丝一毫。译生，你富了我，你使我成了世上最可骄傲的，最可羡慕的，听你说这次归来又带来更稀奇的宝物，爱，更浓，更爱的爱，给你永远像在沙漠中望雨的人，我等待你的赐予，再多些雨露，再多些春风，再多些阳光吧！

下面的信是妈妈写的。

万先生：

谢谢您的两封信，这是唯一的高兴，回来后人客就不断，佣人又淘气，现在已走了十多天，弄得人毫无办法。

您问我在家做了些什么，我怎样回答呢？实在没有什么值得告诉您的。只有给小代代做小斗篷是件最快乐的事情，因为一面做一面可以想着她那天真可爱的小样子。其次快乐的事情是杨伯伯同吴伯伯来我们家。杨伯伯我是知道就在那几天要到，但我没想到吴伯伯也来，佣人就在他们到的那天走了，于是我们要做一切的事。每天早上我最先起来，（我把这些都告诉您，您不觉得腻味吧？）破柴，捶碳，生炉子，接着大家都起来了，吴伯伯替我扇火，杨伯伯扫客厅地，擦桌子，妈妈收拾房间，等着水热了大家抢着漱口洗脸。杨伯伯每早事情做完先出去散一回步，回家才洗脸。大家都完事就开始做早餐。泡茶，煮咖啡，热牛奶，是我的事，杨伯伯烤馒头，妈妈炸鸡蛋，爸爸和吴伯伯预备碗，凳子，接着就开始这顿快乐的早餐，咖啡煮得香，牛奶又浓，妈做的馒头像小面包一样泡，（说说吃的这没关系吧，万先生？）不过我吃的很少，只喝一杯咖啡而已，因为我回来后胃口就不太好。吃完了大家就就着桌子一面吸烟一面谈天。吴伯伯说话最有趣，万先生您说是不是再快乐莫过于好朋友、老朋友在一起谈天说笑了吧？我呢？我一向是不大谈，同任何人都如此，在这班人中我是个小孩子，我只愿在一旁静听着，所以我没有进步，这就是个原因吧。

有时我也想找些谈谈，但正如您所说找话讲就会没话讲，这是我时常感觉到的。我又想许多地方借用会意也可以代替言传了。然而这像得到了神助的谈话一般，一生能遇着几个了解你到这般程度呢？世间最不幸莫过于没有知己，一旦有了，那快乐就非一般世俗之人所可享受，更非一般世俗之乐所可比拟！

人们一定会说什么世俗不世俗，知己不知己，快乐还有不同的吗？生活是为吃，为穿，为事业，这几样达到了目的就是人生，就是快乐，看你这套不世俗的东西怎样去生活。我以为这些固然是条件，但一个人的内心的生活会更重要，更必需，没有它生活还有什么意义？我又觉得一切一切都会过去，而艺术是……

（这封信只有这一页，下面的找不到了。）

家宝：

我的爱！知道么，你的爱琪在给你缝一条棉裤呢。她时刻担心，挂念，怕你的腿受寒。冷不冷呢，我的爱？想到你那么单薄的一条夹裤子，我的好夫，我心里怎么过得去。

真想你呀！日子好快啊。转眼间我们分开半个月了，但是没有一封信能互相安慰这苦苦的思念！不能想，想起来真是肠中车轮转泪落如深水。我无法安慰你，你也无法安慰我。活生生地分开，像割肉一般地痛，真是割下了心上的肉，我的爱！两点了，在菜油灯下，泪随着一针一线滴在还未沾过你身体的衣服上。我的想、我的念都合着棉絮铺在里面。爱夫，这些时候你是不是也在想我？

今早下午发出两封信，一封寄小，一封寄张，头两天没有信又把你等得急坏了吧。只要我有一点时候就想给你写信，这怎么办？虽然我已经跟你说过以后隔一天再写，可是那只是问你好不好，等你答复了我再实行吧。所以现在我又要跟你谈了。是晚上十一点，如在江安，这时候已经是很晚了，时常是一觉醒了。那个小城，那是在我们将来无限的岁月中永远灭不掉的最可宝贵的记忆。那些朝朝夕夕，夏日漫长冬日短促的午后时光，那些寒冷与炎热的日子！风和日暖，凄风苦雨，城墙上的月夜，朔阳与黄昏。那小屋子啊！那曾经遗留过我们的灵魂的小屋子。那些使我们流泪又使我们笑的酒瓶子，那我们开关多少次的格子窗，那给我欢喜又给我们惊慌的门户。我们工作的桌子，工作的椅子，那照着我们流汗又照着我们寒颤的小油灯，如今它又照着我写下与昔日迥异的情怀，那些那些，哎，没有一滴一点不是在我脑中唤起美丽的记忆。然而光阴易过，人事变迁，谁能不为这吃惊、喟叹。在生命中我们都算经过了最幸福最快乐的一度春夏秋冬。说不尽的啊！那些好日子，我爱想那些过去的，你不说我吧？这几天你过得可好？每天是否按照预定的时间工作了？我的好人，你能工作，你就安慰了我，什么也别想，也别愁，只把心放到工作上，这是唯一必须的路。

我一定不怨，一定不。我还会永远爱你，我的心永远陪伴你，这样不就是幸福吗！是不是弄到结果就这样一场空呢？不，万不要这样想，我不苦，即便是苦，为了你我也心甘情愿！或者我这样问你，你不是说过在某一方面成功的，在另一方面必是失败，那么你要哪面？事业？我？你如何答复？都要！当然好，可万一事情只允许你一面呢？你怎样？我的爱，如果在前些天，你一定毫不犹豫地说，要你！我的宝贝，但是现在你就难了，你就会想一想，爱，我高兴，这是你进步的地方，你的志向更高了一层，我快活，我决不难过。我爱你，然我绝不只爱你对我的爱情，我爱你整个的人，我爱你，也爱你的事业。如果你抛弃了一切来爱我，我会不若现在这样爱你的，这是真话，虽然我还是舍不下爱你的心肠……

不要到她父亲家去谈，一谈又是波澜，不能写戏了。我给你信提到我的身体，我记得有两封信都提到了，你怎么说没接到呢？你再看看没丢吧。这些信寄回吧，别烧了，也是怪可惜的。关于思想方法论一类的书你有就寄来，我可以看得下去。我有个毛病恨不得书越多越好，可越多越不知看哪本是好了，这本还没看完，又在想别的书。从前我看书真叫食而不化，现在渐渐地好些了，有机会我还想看看吉姆爷，在江安看的时候还是有点半知半解的，不十分明白。可是坏事？我简直没工夫，有工夫就老要给你写信。你一定说我是只说不做。比如《财狂》就到现在没改，可是本来我没说一定改，我只是说想改，小就跟你说了，你就跟巴金说了，我还说叫小别告诉你，因为我就怕我改不了，而说了就像只说不做。我的爱，我不用功，你不爱我了吧？刚才吃完饭，有人叫门，声音老远听有一点像你的，我跑去开门，心都跳出来了，可一开门，好讨厌的一个脸子，是问 ××× 的，我管你这闲事。我说父亲不在家我不知道。现在是下午两点半，爱，你也许刚睡醒午觉吧？你要睡午觉，早上起得早，不睡不成，我的爱，好好爱惜身体，工作要紧身体更要紧！千万记住。别喝酒了，你不记得你有胃病吗？听话，爱琪才爱呢，不然不给你写信了。好孩子，不听话就不疼了。我忍不住自已都笑了，我是你的这个、那个，你也是我的这个、那个，这两个大神经，打灯笼也找不着这么巧的一对呀！明天有信了，快快快快到明天吧！从你发信那天起隔两天，第三天才接得到。你算算要几天才接到我的信？不写了，宝贝！亲你。

二十七号晚八时，你在做什么？正在吃饭吧。爸回来了，昨天回来的，他一回来家里就乱了。从你走后我说不出的难过，日子真是不好过啊！我先请中医看看，到底是什么病，吃点什么药，吃吃药看是不是好一点。我看我多半还是回来，先把病看看，回来画画。现在电灯熄了，十一点，爸爸坐在床上，老顾坐在对面，他们俩在谈话，我手边有《辞源》《离骚》，这两天我读着你上次在时读过的那几段。昨日我给方叙写了信，今天发出去了，我还抄了下来，留给你看。我读给小听，她说姐姐的信写的真好。现在是十一点多了，方才电灯还没有熄，现在熄了，三天未接到你的信了，虞叔的信还未收到，我希望明天有两封信。你不会一到江安就给我信，我知道你没有机会。现在你睡了么，我好多了，心里很平静。我拿了《静静的顿河》看，却又想和你谈，你今晚好好睡吧，因为我很心安。你一定也心安。我的家宝啊……

今天上午起了一次小风波，为了爸爸不在家，我替妈把爸爸的一瓶（只有小半瓶）麻醉药拿给妈吃了，今天发觉没有了，爸爸大气，也是真着急了，自然我也不免受责备，我是说爸爸心里会骂我，嘴上……埋怨了一阵。幸亏小在家，一下就平息了。我很难过，因为并不是妈妈一个人吃的，我也吃了一点，多糊涂呀，我恨不得立刻告诉你，我真不好，不值得你爱，即便是再痛苦，心里再闷，也不该的呀。我不听你的话，你打，你骂我吧，把我踩成泥我都心甘情愿。

今天二十九了，现在差五分九点，我们刚吃完饭，我，小，爸妈，老顾，我们吃的栗子鸡肉，你吃的什么？你要好好保养。小在家，我们总是大笑，不住地大笑，我的爱，你听见我在笑吗？我要与小一同到渝，看看病，大约只住一两个星期，不会多。小要是没工夫陪我就一个人玩。小还要请我吃饭呢，我叫她请我在跟万先生吃过的地方去吃，她说你们常在冠生园，那我们就去冠生园吃早点。

我的家宝，现在是在到渝的船上了，两个星期以前你也坐船在这条路上过，可惜不是一条船。这只船八点三刻才开，最后一只。昨夜一夜未睡着，今早一亮就起来了，我生了火，做开了水，才叫小起来，喝了牛奶煮可可才走。爸妈送我们到大门口，爸爸妈妈是可爱啊，是爱他们的宝贝女儿呀。又是三天没见你的信了，我想今天也许有，但是我又走了。我给妈妈写好了信封，有信给我寄渝，并请她老人家给我打个急电，告你我已赴渝，因为我怕你有信去家里。

我的爱，给你说一个笑话，“小”是个小女流氓，她上过澡堂子洗澡，刁着烟卷叫人家给洗，叫人家捏脚，你就想想那鬼神气吧，真是小流氓呀，什么时候我也能这样就好了。你许不许？小又在说演安魂曲，你演吗？累吗？不要太累吧。念念。

今天三十了，现在是差五分十点，我的好人，你在做什么？今天才收到你在泸州的第一封信，信好慢呀。我盼着你到江安以后的信。前天晚上收到在江安的电报。我的好人，我知道你没有工夫写信，只好给我电报。我不难过，只是想你，想我的家宝，我的爱，我什么话也没有，只是想、想、想，想听见你，看见你，真真想你呀。写不下去了，再写也是这几句，说不出的想。亲你，再亲你，抱你的脖子亲。我想啊。

听说今天 ××× 去，你会坐这船下来吧。我想也许在渝能见着你一次呢。说不定这次可以见着伯了，他一定看我变了，连样子都变了，我不再是那副倒霉样，我是你的人，你的宝贝女儿了。小坐在身边看《家》，我们坐的地方很好，可以靠，脚也放得下，我用那本“艺林名著”垫着给你写信，跟你说话呢。十月三日上午九点，我的好人，你正在做什么？正在客厅里同小代代玩呢吧。她们都好玩得很吧。小昭昭一定很美是不是……这几天天气好，出了太阳，我心里高兴多了，天气给人的影响真大呀。你呢，你高兴吗，好吗？没有接到你到江安的一封信，我知道你没有机会写信，我不难过，一定不难过，这次要把病好好看看，一两个星期后回来，好好作画了。这次带了几幅画，我想在渝裱。那张沾了油渍的也带来了，我们带了炒栗子，我要吃了，一会儿看看书，一会儿扑在小身上睡一下就到了。亲我的爱人。

又是十一点了，回家没有你在，家好寂寞好冷清啊！夫，我的夫，你什么时候回来呀？见不到你我就更舍不得离开我们的家，我们的家需要人看着啊。真想你，你的爱琪把家收拾得干干净净等着你回家。本来我想当作日记写的，自己读读的，但是不成，不叫你，不在纸上叫你，受不了啊。我要叫你，我的爱夫，我的心，家宝，家宝，家宝，你听得见吗？心哪，你好可怜，你也想我了吧。

今日本该去看牙，可是又想给你写信，所以我打电话给夏先生推说我不大舒服，不能去了，而同时他告诉我说万先生有信来了，一会就派人送来，我的心立刻在狂笑，大声欢呼出来，哦，我不用等了，我已经够了，够快活了。不过我还是急，恨不得他立刻送来。后来等了一两个钟头，如果不是来了一位稀客我不知如何度过。金先生占去了一个钟头，她走后略过一刻，信送来了，送来了！！我的命，我的宝贵的命。多美啊，你一定要说我太偏爱了，也许是吧，我觉得你的字没有一笔一画不好，那样天真，那样淳朴，那样可爱！我以为夏先生接到手时也应该把你的字大大欣赏一番才是，谁会有眼不识泰山，忽略了你一笔好字，那才是瞎了眼呢。我爱你的字，我爱它们，我先一笔一画一个字一个字地看你写的信封，我要注视许久，把每个字都注视得活了起来，甚至还有美好的声音，那一个个可爱、逗人爱的字，都好像高兴得蹬着一双双小肥光脚板在乱跳，伸着一双小白胖胳膊在向我召唤，它们，那一双双的小手臂要抱我，抱抱它们心爱的小译生。我和你的手臂、腿和脚，它们紧紧地抱在一起了，心贴着心了。我分了你感觉过于沉重的心，你也分了我感觉过于沉重的心，互相从心里吸取出那酸酸与不愉快的部分，而补进去充满甜甜的愉快。于是轻松了，我们的心轻松了，我的嘴里吮着了心中的甜味。天上的葡萄美酒一般的醉人的醇醇的甜味。像通了电流一般，我们的灵魂与肉体都在沉醉中轻微地颤抖，彼此的心身由冷冷地又着了火一般地发热，热得烫，又逐渐回到温暖平和怡静幸福，温暖，不冷也不烫。我们脸贴着脸了，心贴着心了，手抓着手了，眼睛望到眼睛里，望到彼此充满斑耀、在心里的火热的发着奇光异彩的深厚的爱了。于是我们不再冷得发抖，我们整个的心身沉浸在梦幻似的甜美醉人的爱里，不敢动一动！夫，我的好夫，我注视你的信封，注视着那一个个出自我的家宝的一双小黑手的字，我沉溺在喜爱里，沉溺在一半幻想里，我不舍得马上就打开，可是终于是剪子小心地剪开一头，但是还不舍得马上取出信来看。这是下午一点多钟，今天我和妈妈都起得早，可以午睡片刻。我窝在屋中唯一“窝粘”的一角，那是床头用两只箱子做的小沙发，旁边就是那个樟木箱子，仍然铺着那兰花毛巾，两个土瓷炉台，插一对红蜡烛，箱子横在床头，小沙发又横在箱边，我把两个黑布枕垫放在箱子上，人躺在沙发上，头枕在放在箱前的黑皮垫上，那小黑漆方凳放在旁边，搁着三角烟碟，我把窗子关上，百叶打开，使屋子不太亮，但看得见字，我躺着看着报，把信放在胸上，等妈在大床上睡着了，真正入了睡，我故意地把报上的电影广告都看完，然后燃上一支烟，才珍爱地、万分珍爱地从信封内取出信来，一个字一个字吃下去咽下去，不是读下去看下去！我的夫，信上满纸的爱传于了我，我感到深厚狂热的爱，我感到温暖的气息，我得到你的爱了。心快活得不知如何是好，我看了下句又回到上句去，为了可以慢一点看完。好人，那是谁家天真纯厚的孩子画的一张小画呀，先生给你一百分，不，为了叫这孩子再次画得更好，暂且给他九十五分吧，不过先生不得不说这已经够好了，乖孩子，我的好乖孩子，我已经看见那蓝蓝的天，鲜绿的叶子，而一丛丛粉红的花，那如茵的碧草与树丛后一座座朴素整洁的小土屋，这一幅玲珑的似乡村又似不修边幅幽静的景象，活活地跃在我眼前，好孩子，你画得好，随便的飘逸的几笔，抓住了大自然的真谛，我求你以后遇到好风景为我多描画下来，预备一个小本子，全白的，把你所看到的好的奇丽的平淡静谧的景象为我画下来。你不知我多么喜欢你的画，比喜欢我自己的更重百倍，你答应吗？答应回来带给我这个好礼物吗？等你回来多少天多少夜也谈不完，不，也许我们一句话也谈不出，也道不出，只有爱，爱，爱，爱个够够的，爱的足足的，爱阻碍了一切语言，一切其他的事情。亲人，我又写不出一句了，又不知用什么话接下去了，有多少话阻塞在喉咙里，可是又像是一句也没有。我的好人，爱你，永远永远的爱你。在任何情况下，任何任何情况下都爱你，并且更深了，与日俱增。一天天地，不能不爱你，不可能，如果没有对你的爱，我就是个空壳子，就是没有灵魂没有智慧没有思想的，什么什么也没有了。我的肉体被对你的爱养活了的，有了对你的爱我才是活着，才活起来，这个爱浸润了我，养活了我，否则这一个空壳子活在世上有何意义？我将永远爱你，决不会分去一点点，减轻一点点！决不会，绝不可能。不要说你现在这样爱我，就是你有些变了，有点不大爱我了，我还是一样一样地爱，我已经是你的身体上的一部分。我恨文字没有一点道理，真道不出万万分之一对你的爱，文字多么无用处啊！是不是？这满纸歪歪扭扭的潦草的字迹，我的每一个字都是透过爱透过真情感而流露出来，写在纸上的，当我的感情激动时我会不知如何结束一个字，时常是这样，太多太多的感情，太多太多的爱，阻在心里，阻在手指上，要宣泄而无法宣泄时，我的笔也就凝结了，滞住了。一时人的心忽然由满满的转而又美妙的空虚，心是荡来荡去的翻着，找不到她的温暖的窝，心窝！于是就忽然觉得空了，空洞洞了，不知如何交代一个字，不知如何写下去，没有一句话能说得中肯，合榫了我心上要宣泄的爱。好人，固然我们无论隔得多远，我们的心不都是连着的，我们的气息都是相通的，可是爱呀，这岂不是太空泛，这岂不只为了安慰对方而给自己安慰的想法。我们渴望看到对方的脸，听见声音，握着手，真正的两双手紧紧握在一起，不要说整个的身体相接触了。可是又怎样呢？我们会安慰自己说无论天涯海角我们的心相通，灵魂相通，气息相通，当然也确实如此，是相通相连的，一点也不错的，相通相连，可是这又如何够？我们是人不是物，是有血有肉的人，而不是只有灵魂的无形的东西，因此我们要切切实实地接触，实实在在的肉和肉挨在一起，交缠在一起，才能满足我们这样深切的爱情。我要闻，闻你身上的味，我要听你明亮的声音，好人，以后我们永远永远的要看、看得到，要摸、摸得到，要听、听得到。就是说以后永远永远再也不分开，一会也不能分开，一霎时也不允许分开的。好人，我们知道我们如何地分不开，分开了如何地吃苦受罪。世上的天堂有一个，就是我们在一块的地方。地狱有两个，就是我们两个人分开、二人所在的地方。这就是所谓天堂与地狱，我的感觉是这样的。不过这次也好，对我们的感情将是一个大大的补益，以后我们更切实地知道如何谁也少不了谁，谁也离不开谁，谁也不能单独地过快乐的日子。快乐的日子在我们在一起时才会出现的。我的好人，我心痛，心痛！想想如今离得这样久了，又离得这样远，又如何不心痛？真正心痛，真正心酸，痛得滴出血，酸得枯了形。

家宝，我的至亲至爱的夫！我的最贴心最知己的好朋友！我的永生永世的伴侣！连得你七封信了，又一次是三封一起，第一次是一封，第二次是三封，第三次是一封，第四次（最近前天）一封，一共七封，七封信啊！多快活多欣慰，离开你没有比得到你的信再快活的事。没有比得你的信再能提起我的精神，没有比得你的信再能鼓起我的生气！我的心，我心上的人，这长长的日子，这样悠久的日子，多少时辰，多少光阴，你不在身边，远远的，从三月四日的下午起，到今天九月十四日夜晚一时半了，六个月零十天，半年，足足半年，这半年的日子，这长长的一百九十天！我的心，我心上的肉，不好过啊！我不敢看地图，不敢想你离我有多远，我轻易不敢触动一下。我知道你多苦，多想念我，你又忙，许许多多的事情挤在你一个人身上，你累了，你要休息，倒在我怀里，让我轻轻拍拍你，静静地甜甜地睡一个好觉。然而有一点也许反而帮助了你，就是挤在你身上的许许多多的事情，包围在你四周的种种的人们，你要做，你要应付他们，你不得不一次次地不时地忘记我，不是忘记，是不允许你想，是我躲在你心里，当你忙的时候她躲了起来，也是你把她藏了起来，当你闲下来，一空下来，她就出现了。你就把她拉出来，从你心的深处。从那充满了爱充满了温暖的心窝里把她拉出来，想她，向内心望着她，用心与心交谈，低低地谈着你如何想念，如何爱恋，她低低地回答，声音在你身边，你低低地倾诉，声音在她身边。我们的声音在你我的心里，时时地互道安慰。我心里随时在诉说，嚷着“我的家宝，我爱你，你快回来，回到我身边”。我不敢想，我不能想，我触都不敢触一下我苦苦想念的心弦，那满弦的泪一弹即落，好人，你离我多远，我们不见到不碰到已经有多久了。这六个月是多长的岁月啊。我随时在幻想，在做梦，希望听见你的走路声，你出门回来了，推门，你进来，抱紧我，亲我，亲得我发晕，然而我醒了，知道这是幻想，完全明白了这可怕的事实，你还在远远的，在美国，纽约，西雅图，芝加哥，加拿大，渥太华，这许多许多地方都有你的足迹，这许多许多地方突然对我亲热起来。这儿不是家，我一个人坐在这儿，那些美国的好地方，凡你到过的地方，住的地方，想想觉得那才是我的家。你才是我的家。这儿多寂寞，多荒凉，多冷冷清清地，你把所有的家的温暖都带到你自己身边去了，除了你的信，是你寄来的温暖，来温暖我的身体，和你分开半年，前一个时期是一个心情，后一个时期又是一个心情，前者似苦痛的尖锐的，后者似寂寞的深沉的，要待到我的爱人回来的日子，那才是解放的时候。想那狂欢的日子啊，我不知如何度过这么长的时刻。人是脆弱的，但也真够坚强，有时有点麻木，不麻木如何承受这些刺人的苦痛。现在我想起十一日这叫我心跳的日子，我的精神都一振，我反而要流泪，快活的流泪啊！你是不是也一样？想着这个十一日，还有多多少少事情，多多少少难关，要你一件件地办过，一步步地走过，才能达到那狂欢的时辰。而我呢，不用做许多事，不用走许多难关，但是我和你一样地觉得吃力，一样地觉得一想起来就焦灼，我真不忍去想你要办多少事情，多少难办的交际，多少困难的场合，多么困难的谈话，多么麻烦的鬼事情，都得一样样做到了，做完了，才能松下一口气，走上回家的路。这一段时期我的心和你一同紧一同松，一样的焦灼，一样的不耐，一直要等到十一日了，才能舒一口气，天，你完了这些鬼事了，你上了船了，你向我身边走，我向你身边走，好人啊，我们一同走，一同向前走，走向我们的家，我们的温暖的家，亲亲切切的家，真正的家呀！

慢慢地一样样地办吧，我随时陪着你，安安心心地等，不要焦急，千万不要焦急，我也不，我愿把这感情传给你，把稳静的心情传给你。我等着，跟着上船一般，你上船的日子也是我上船的日子，那日子快些来吧！多快活呀，我们的家多温暖，我们分别后住的地方是多么荒凉，无论在任何地方都如是。而我们在一起的地方又多么温暖热闹，我们要在一起，从此永远不再分开了。这半年真够受了，真够我们两人受的了。我恨这闷日子，提不起一点精神去忙，忙什么呢？做什么呢？我恨没事做，但又不能做事，尽管你走时我嘴上答应我要做事，心里也确实满心要做事，但是一旦你不在面前，天，天哪，我的爱人，你不知道啊，真是天地变了，你把我的魂带走了，一切的一切都改了样子，所有的决心都崩溃了，自己止不住自己，自己无力量使周围的一切恢复原形。这长长的日子在等着我一步步地走，我多次鼓起气，但想起你离我好远的日子还有好久，就泄了气，随他去，只有随他去。这几天我心里更说不出的滋味，因为小杨回来了，今天张先生去接，也许已经回来，我真忍不了看人家的相聚啊！我知道不好，不应该这样，可是如何忍得了。我多想我的夫也立刻就回来。不，不，我的心，我耐烦，我耐心，分得越久见面才越快乐，快乐才越多，好人，我知道这个。我们吃尽了苦，我们得到比任何人都更多的快乐，苦尽甘来。我不急，好人，我不急。

又是爸爸的信：

又一个孤独的夜晚，心，不是我在你耳边叨叨我的寂寞，（我在美国，你并不如此。）我确实有些耐不下。处处使我想着你。今日下午看戏走回来，从华德买完药，在雨中一个人步行，总好像你在后面跟着，如同往常，我们并不说话，我在前你在后。今日觉得异常空虚。落寞之感袭迫我的周身，没有一个毛孔不是空虚。我真是弱者，我离开你就不知自己在哪里。你是我的债，我的冤债，我要拿多少痛苦才能换一点饱满充实。昨日是风，今日是雨，我把窗户关上，Radio 开着，听 Bizet 的交响乐。你在家，我们二人并不如此享受，自然我不好，我要一个人看书，你在那房猫着看书。如今我却享清福，听音乐，一个人享着这“清闲”。我不愿想你现在在做什么。无论你现在如何了，你准是在想念我。好人，我就要折磨你，我要告诉你我多么不快活，使你也难过……我时常觉得有你便可天南地北……只要你有一个好身体。

你现在做什么……九月十八日夜九时半……大概和妈、三原聊天呢，还是看电影去了呢？还是牙痛？你的牙好些没有？这次应该给你一个教训，譬如你身体不好，有了其他的毛病而我们需要离开，你看那不自己惹出来的痛苦么？好人，你有了一副好身体，我们就又自由多了。我多么想你，多么爱你！多么需要你！多么要你在我身边。Bizet 真好听！你如有唱片可选他的 Symphony No. 1，（第一交响乐），同他的 Suite No.1，这个作曲家叫 Bizet，法国十九世纪人，写卡门歌剧的。他的音乐轻盈快乐，富于颜色，充满了对人生的需求，那样需要享乐，享受，热烈，有时甚至于带了惊张，热闹，只为了感官的享受。他的异国情调很浓厚的。我说了些什么呀，扯到哪儿去了。我翻着音乐书讲给你听，实际上我在想念你。

白锡包我打开了，一点也没有坏，……十一点了，Bizet 的音乐完了。

今天是星期日，早晨 ××× 来电话，把我搅醒了，看看报，睡不着，起来不知做什么好。许多事待决定，也不愿意动，你来了，我好一点，却实在也许我还是没有动，我的惰性，真可怕。

今天又热了，坐着都有些汗。外面打着棉被，其声单调，使人急躁，大太阳。

我真气你，看了几遍信，你决定是十月十日回来，看牙自然应该，为何不到后第二天便去看，不是省下五天。（你十日走的，十五号才去拔牙。）对你这个又拖又糊涂的人，真没有办法，你活活把我气死！现在好了，我又得一个人在家里挨日子，不只是挨日子，有多少事需要和你商量，我现在想找你决定，你又恰巧不在这里。我烦，烦得不愿写信，我就想蒙头大睡，眼前先把你忘掉！！现在是夜九时，中秋的夜晚，外面爆竹时响时作，大风呼呼如牛吼，犹如在北平的秋夜，墙外小孩子欢呼，街上汽车电车声传来，人们都忙，都像有所忙，我一个人在屋内。蒋妈回屋去了。我知道你也苦，在你家中会想我，与我正相同，我还是气你。气你为何不在夏天和妈一道回去，我几次劝你回去，你不听！你看，现在过节，你不在家，你我过节不在一处。自然，在一处，遇见这种节令生日，也不觉如何起劲，你却不在家，我一个人遇见这样的节令就异常地难耐。我丢不了你，你丢不了我，你我都知互相安好，但不见面，没有一个相熟的声音，相亲的面孔，真是苦透！我实在是气你！我早料定，你这个人毫无办法，到了什么地方便不会再动，惰性之大，无与伦比。你这个人最能吃稳，不慌，不忙，可是把事情耽误，你一点不觉得，觉得也不在乎，下一次也不肯改！我真气你！恨不得攥起两只拳头，抓起你痛打一顿。

好了，由你看牙去吧，我也只好等，耐心地等。那么，你牙是否已该拔了，痛不痛？三原既说可不痛，当然可靠。他说需一个月那就以不催为是，把牙完全治好，换个新人给我看看。

下午在外与毓棠（他由美国回来了）谈天，料猜家中有信，科巴拉我到他家吃饭，也没去，就转回家。读你信，高兴只是一半，还有一半只有你回来才能全。

人家科巴太太到北平庆母寿，说一星期便归，你看，人家大致只有两天就要回来了。爱，你若治牙，需一星期倒也好，但若不治牙，那么就早些回来吧！你的牙非看不可！但要回来就早些回来！不必等到月底。你看着办吧。你家中既无味，那日子自然不好过，我看不如少看，除了为着治自己的病。

今天收到你父亲寄来一个包。里面有衣服与纸烟。整日心不自在，你回来固然也不能解决问题，我心里却安慰多了。我们可以谈谈讲讲，你又能劝我，我也可少为些小事情着急。家内的情形，不要着急，不要太过，凡事太过，会生枝节的。三原说肠胃病得多检查，我现在确是在多检查，已查了三次，还要查一次呢。这两天我吃董药，倒是见效，大便少而不稀了，也许又是碰巧。今天上午见胡子婴，神聊半天，总之我又在游魂！又不知自己的生活该如何摆布了。你大约何时可以回来，哪一天，问问航空公司，回信告诉我，我倒想趁你不在家，到一次南京，看看孩子。（自然是一两天，）所以你必定告我何时回来，我好打算一下。

你说你想回家，我也是想你立刻回来，就是我不肯说，一天天地候着你，心中烦，也看不下书去。昨晚一个人看电影，到美琪。今晚约科巴听弹词去，他就要来了。还有两天，就过节了，外面日色好，满眼秋色，天气着实凉了。我没有受凉，臂膊似不好，怕要等你回来才能好的，爱，亲……

编码二十三

有多少日记、信件、照片在“文革”中被销毁，或塞进炉子或撕碎冲进马桶？鉴于20世纪60年代中国百姓鲜有自家的厕所，所以绝大部分民间的历史记录是在火焰中化为灰烬的。

好姨回忆自己深更半夜坐在火炉前，脚边堆着大摞的照片啊，信呀，她一张张拿起来看了又看，一边哭着一边把它们扔进火里。我不知道郑秀保存的清华大学时期的情书是不是也这样烧掉的，应该也是十分不舍的吧。

妈妈没有这样做，如果说爸爸就是危险的中心，那她离危险最近，但她绝不会舍弃她的宝物。一个从未混过社会的家庭妇女为什么不怕呢？因为一辈子她心里都有一个自己的世界，一个小小的单纯的核心，无论外面怎样的混乱、暴虐都动摇不了她。

不记得在哪里看过这样一句话，“爱情就是一个教派。”这句话真厉害，我就此记住。如果说爱情是一个教派，那么我爸爸可以看作是牧师或神父，妈妈在他的引导下皈依，成为一名最忠诚的信徒。依据以上，两个被爱情折磨得发疯的人、他们的通信，这个判断并不虚妄，符合实情。而且可以看出爱情是没有办法治愈的，只有爱之弥甚。

信是爱情的一部分，但远不是全部。1942年，爸爸在重庆唐家沱码头的一只小江轮上改编巴金的小说《家》，酷热如蒸，他打着赤膊，汗流浃背，匍匐在餐厅的桌子上，写啊写，写完一段就寄给妈妈，由妈妈誊写，再寄回来。爸爸告诉我鸣凤的一段台词就是妈妈写的，那是在第二幕，鸣凤和三少爷觉慧说："这脸只有小时候母亲亲过，现在您摸过，再有……"三少爷问："再有？"鸣凤回答："再有就是太阳晒过，月亮照过，风吹过了。"

再有，和爸爸相爱、结婚之前的十年里，妈妈曾经打过胎，两次。第一次是在江安时期，好姨把妈妈从医院接出来，接到爸爸租好的一处小屋。竹房子就造在江边，从地面的缝隙间可以看见江水流过，四周没有什么人家，除了好姨和爸爸，再没人知道这地方。爸爸天天去看妈妈，给她送饭，好姨也去，还有一个挑水的老头儿，挑来江水倒进水缸。江水浑浊，要用竹篓子装明矾，咔啦咔啦地打，泥沙慢慢沉下去，水慢慢变清。一缸水用到缸底全是黄泥，好姨经常帮着妈妈淘缸。

打胎这件事并不是好姨透露的，她一直严守着这个秘密，是我妹妹，她看到一份妈妈生她的时候在协和医院妇产科的病例，上面的记录写着怀孕四次，活产两次。作为医学院毕业的人当然想到可能发生过什么，去看好姨的时候她直截了当地说：妈妈生姐姐不是第一胎。这样好姨才把打胎的事说出来。我想知道得更具体，又去问好姨，她说那时候爸爸是剧专的教务主任，这样的事绝不想让学生知道，也许现在也没有人知道，她希望我遵从爸爸的意愿，不要写。我几乎没有犹豫，就决定不采纳她的意见。我要写。爸爸的学生已经没有几个在了，即便他们都健在又怎么样？和他们有什么关系，和别的人有什么关系？没有丝毫关系。一切只和妈妈有关，和一个怀孕的女人有关，我年轻的妈妈，我最亲爱的妈妈，原来你也失去过两个孩子。没有什么能改变你对爸爸的爱，也不可能减轻一分一毫。

抗日战争胜利后爸爸搬到上海，那时候他和郑秀已经分居，妈妈跟他一起来到上海。当爸爸受美国国务院邀请和老舍先生一起去美国讲学，一年的时间里妈妈就是写信、写信、写信，思念，等待，盼望，盼着爸爸回家的那天。

1978年，十年“文革”之后爸爸再次去上海，我们住到锦江饭店。住下的当天下午他说要出去走走，我就陪着他上街了。我俩沿着马路走哇走哇，他什么话也没有提，仿佛目的就是逛逛街，直到来到静安寺的一个弄堂口，我记得梧桐树已经发黄，落叶飘了一地，他站住，望着一座不起眼的小楼，说：“这是我和你妈妈住过的地方。”原来如此。

他默默站在街边，为了不打扰他，我站到他身后，马路上车来人往，一派市井生活，与他毫不相干。临近日落时的光线从弄堂里斜照过来，很明亮，映着他的侧影。那一小段时光、那个场景凝固成一块温润发光的玉石，永久地存在我心里了。在返回锦江饭店的路上，爸爸和我说妈妈在上海打过胎。他亲口告诉我的。

隔壁人民大学的高音大喇叭在狂呼口号：打倒某某某！砸烂他的狗头！踏上一万只脚！让他永世不得翻身！誓死把无产阶级文化大革命进行到底！毛主席的无产阶级革命路线万岁！万岁！万万岁！狂暴的声音使方圆若干里的空气随之战栗。只隔着一堵墙，张自忠路5号，我阴暗的家，妈妈和爸爸垂着头坐在两张破旧的小沙发里，中间隔一个低矮的茶几，那两个沙发是公共财物，当年从戏剧学院借来用的。终于，造反派们喊哑了嗓子，累了，需要休息并去补充能量。死寂降临，空气像灌了铅一样沉重，妈妈和爸爸仍然动也不动地坐着，没有什么话对彼此说，像是被麻醉了。可是等等，妈妈慢慢抬起头，向爸爸转过脸来，那张脸有些浮肿，五官都变了，手因为疼痛而变了形，上身缓缓前倾，向爸爸凑近，望着他，望着他……眼里闪着迷蒙湿润的光，嘴唇嚅动，就像说悄悄话，“你还爱我吗？”

时至今日，这件事我不能肯定，以上情景是我亲眼看到，还是听爸爸说的？我觉得我确实看见了，因为记忆里有妈妈问话时的样子，且十分清晰，然而我又记得很清楚，爸爸和我说，“看她那样子，你不知道我的心有多痛。”

那时候，他们爱得死去活来，爸爸曾在信里对妈妈说：“最后，让我们在临死前还能握着手微笑，没有一个感到一丝心酸，没有一个觉得一丝幻灭。”

命运难测，世界竟然变得如此荒谬、暴虐，不给人性一点喘息的空间，但人性依然会顽强地发出自己的声音：你还爱我吗？

◎妈妈和爸爸

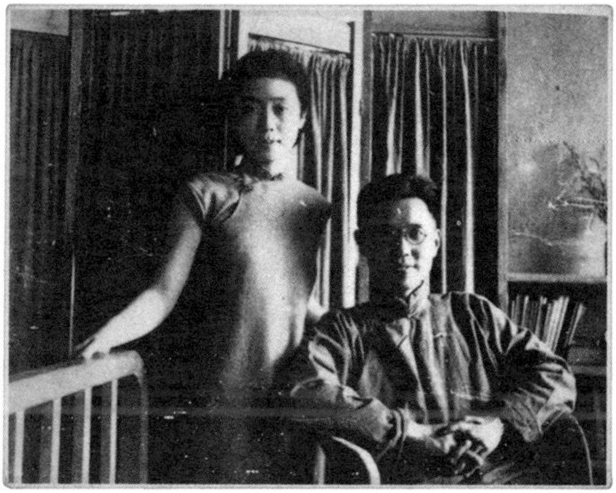

编码 二十四

王府井大街上的首都剧场是一座风格简朴庄重的建筑，建成六十多年了，怎么看都很美。每年这里会举行剧目邀请展，今年《北京人》受到邀请，计划演出四场，但票很快卖光，想看而没票的呼声很高，于是主办方和央华公司决定加演两场。2018 年 4 月 1 号是《北京人》在首都剧场演出的最后一场。我又来了。我对自己说，今晚我不是来看戏，是来看观众的。每次我爸爸的戏上演，他最想知道的永远是观众的反应，因此我也是替他来的。

我选择了前排最靠边的座位，这样便于扭回头看观众席。演出过程中，虽然舞台上发生的一切都吸引着我，可我没有忘记回头观望观众，其实即便我不回头也能感知来自观众的反应。这反应不是掌声，当然也不是叫好，是无声，是几百个人凝神静气、专注于一件事的寂静。我试图想象此刻爸爸坐在观众席里，他会满足吗？会的，他应该会。不由又想到自己，作为一个编剧，为什么看自己戏的时候那样地期待观众的反应，甚至只要能有笑声都是好的。我究竟在担心什么？想要的是什么？

当《北京人》接近尾声，曾老太爷的棺材被抬走，曾宅里的喧闹终于告一段落，陈奶妈把洋油灯捻小，屋内暗下来，而窗棂上渐渐透出黎明的微光……

这时整个剧场仿佛化作了一个人，这个人屏住呼吸，这个人的身心被攫住，这个人是我是你也是他，这个人的名字就叫作：心灵。我再次被寂静、这种伟大的寂静所震撼。老实说，这是戏剧所能带给人的最美好的经验，反过来这也是戏剧人所能获得的最大的享受了。

我没有白来，又一次学到这至关重要的：不要害怕，不要被观众的反应诱惑。切记。

《北京人》是我爸爸在抗战时期写出的剧本，当时有评论表示不理解，认为这出戏和抗战无关，是否不合时宜。今天看来那些怀疑大错特错了。一部真正的好作品，现在的说法是经典，怎么才会产生呢？毫无疑问只有一种可能，就是在作者感到因缘俱足的时候，哪来的什么合不合时宜。也只有这样的作品才可能具有最持久的生命，越合时宜越追逐潮流可能越短命。这无情的结论可不是我下的，去看事实吧，看契诃夫，看希腊悲剧，看莎士比亚，不是有人把曹禺比作中国的莎士比亚吗，那好，《北京人》恰恰也是一例。

"生活中往往有许多印象，许多憧憬，总是等到节骨眼儿就冒出来了。要我说明白是不可能的，写的时候也不可能。"

"写作这东西，可是心血，是心血啊！心血这个东西，是多少年的经验，多少年的思想感情里渗透出来的。"

这两段话我是听爸爸说的，并不是对我说，是对来采访的人说，而我正陪在他身边，就把话记下来了。之所以记下来是因为它们情真意切，明明白白，响当当，像敲钟一样，道出了写作的真谛。

再回到 2018 年 1 月 18 日《北京人》的发布会，有记者提问：如今演出《北京人》有什么现实意义。此类问题总是不失时机地出现。我想不起是谁做了回答，又是怎么回答的，因为我即刻在心中反问，当然是无声的：请问，演《哈姆雷特》有什么现实意义？《安提戈涅》《一仆二主》《俄狄浦斯》《理查三世》《万尼亚舅舅》，天，一长串的剧名都被我作为问题一一提出，而我还想问一个问题，那就是：为什么英国人从不问这样的问题，俄国人也不问。

契诃夫曾说："生活里是没有主题的。一切都掺混着：深刻的和浅薄的，伟大的和渺小的，悲惨的和滑稽的。”我还读到过一篇契诃夫的研究者的文章，是位俄罗斯学者，她这样说：“契诃夫在无情解剖生活的时候，他具有了这样的思考：生活没有意义。但他还是坚信：不寻找生活的意义，人无法生存。这是契诃夫的悖论。”

深奥吗？其实并不。就看你是否在真心寻找了。你从哪儿来？你是谁？为什么而活？想怎样活？这难道不就是推动所有作家写作的动力嘛。我爸爸当然在寻找，通过他笔下的一个个人物寻找，我觉得《北京人》里每个男人身上都有他的影子，他比他们的总和更复杂生动。写剧本是因为他感到一种深刻的精神上的需要，而真正的写作就是一定要先让自己爽！突然，我脑子里冒出玩电子游戏的孩子，什么时候你听他们说过自己累呀！这联想有点诡异，但也不尽然。当孩子长成大人，兴趣爱好的对象会变，但对兴趣爱好的感觉和反应是不会变的。假如每个人都能做自己喜爱的工作，世界将变得难以想象的和谐，充满欢乐。

我站起身，走到书柜前。书柜里摆着一个与A4纸差不多大的镜框，细细的黑边，衬着一张发黄的稿纸。我打开柜门，把镜框拿出来，拿在手里细看。

“北京人，第一幕，中秋将近正午的光景，在北平曾家旧宅的小花厅里，一切都还是静幽幽的……”哦，妈妈的毛笔字写得真娟秀，是繁体字，稿纸印着暗红色的竖格，右上角标着阿拉伯数字1。这是当年妈妈抄写的《北京人》剧本的第一页，它装在镜框里已经在我的书柜里摆了很多年，平日里我对它熟视无睹，此刻我把它拿到窗前，在正午的阳光里泛黄的稿纸那么温暖，上面的一笔一画那样鲜明生动，字字跃然纸上，像一朵朵活生生的小花在开放，并且在唱歌。我简直惊呆了，不忍放手，就这样过了五秒，十秒，六十秒……最后我亲了亲它，微凉的玻璃贴了贴我的嘴唇，妈妈，我轻轻叫了一声，然后把镜框放回书柜里去。

编码

二十五

2018年9月1日，在爱丁堡的最后一天，第二天一早就要离开了。此次的苏格兰之行是十月文学院邀请我到他们的作家居住地写作，而我在最后这天才把电脑从旅行箱里拿出来，摆到桌上，打开了它。写什么呢？其实只有一个目的，总要写几个字，不能白白地带了电脑来。出发前就犹豫要不要带电脑，我会在国外继续写妈妈爸爸这本书吗？我觉得不大可能。但是或许会有些随感，我不是一个作家吗，作家总是应该写点或记点什么吧。可结果一个字也没写，电脑、这个所有东西里最重的家伙一直在旅行箱里躺着。我想了想，最后打出这么几个字：对不起，作家，让你受累了。

以下的文字是追记。

8月的爱丁堡正值国际艺术节，整个城市一派绚烂，皇家一英里大道上摩肩擦踵，几百只手伸出去递送传单，空气中劈劈啪啪闪着创造的电光火花。二十多天我放任自己只活在当下，少有的自由自在。

2014年来爱丁堡时去了苏格兰高地，被迷住，只恨时间太短，这次再去。几天里我深刻意识到自己的无能，找不到什么语言来描绘那荒原、巨石、湛蓝的海、闪光的湖、和谐呼吸的森林、悬挂云团的天空，还有那8月里凛冽的风、艳阳和骤雨；起伏的山地布满太阳的光斑，峡谷豁然开阔，彩虹把苍穹神奇地一分为二……不不，描述是愚蠢的，是不自量力的表现，游荡在大地上的苏格兰之魂自始自终都在对我热切地私语：“我知道你，知道你在想什么，你多么渴望在这里生活，并长眠在此。”天，他真是了解我。

爱丁堡市区内散落着几座墓地，对我极具吸引力。黄昏时分的墓园万籁俱寂，和北京的万安公墓不同，这里的居民居住的时间更加久远。那些高大如屋宇的墓穴、粗糙的石棺、风蚀的名字，那些骷髅、小天使、尖尖的十字架，在无遮无挡的天空下一个紧挨一个，强有力地连接在一起，组成他们神秘的王国。我沿着倾斜的山坡向上，一一问候墓主：你好，你好，你们好……奇怪，没有一丝阴森的感觉，恰恰相反，身心体味着一种特别的熨帖，原因很简单，是妈妈和爸爸，他们跨过了那道门，这里是他们的世界。

太阳缓缓地落到地平线以下，我继续爬坡，出了墓园的另一个门，沿着一条小径再往上走大约一百多米就到达山顶。小山顶上矗立着宏伟的罗伯特·彭斯的墓。罗伯特·彭斯，苏格兰引以为傲的民族诗人，爸爸的书柜里有很多诗集，其中也有他的。

亲爱的，我永远爱你，
纵使大海干涸水流尽，
太阳将岩石烧作灰尘，
亲爱的，我永远爱你，
……
珍重吧，让我们暂时别离，
但我定要回来，
哪怕千里万里。

站在这位诗人的墓前，我想到有一天我的躯体也会消失，化为无形，那时候大海仍然是大海，岩石依然坚硬耸立，而我呢，跨过了千里万里，已经回到亲人身边了吧。

编码二十六

我妹妹回国，带来一包她精心保存的东西，有照片，剪贴本，有爸爸的文章底稿，稿纸上勾划得乱七八糟，有一本妈妈画国画之前用铅笔打的草图，有我们小时候画的画儿，作文本，给爸妈写的信，其中最有意思的是一张小纸条，内容如下：

“妈妈，姐姐把她的鼻涕（鼻字写错了）抹在我身上，怎么办，让她拿己自（应该是自己）的钱给我洗，她说没门。你瞧她多坏，一会儿你回来你就打她，把她打哭了，一定！一定！”

这纸条把我们俩都逗笑了。我妹妹说：“看小时候你多欺负我呀。”我无法为自己的行为辩解，只得默不作声。

真要庆幸，我妹妹是个这么有条理的人，凡事有计划，酷爱收拾和整理，她接手了妈妈保存的大部分东西，而她自己学生时代的课本、笔记、日记、朋友们的信、贺卡、爸妈的信，我给她的信等等等等，都被她妥善保存，放在一个个密封的大塑料袋里，并放了干燥剂，其中她觉得珍贵的还扫描下来，保存在电脑和硬盘上。和她比我实在糟透了，很多东西收起来就很难再找到，和不收几乎没什么区别。这方面我像爸爸，他的剧作出过的各种版本他自己手里基本没有，只有“文革”后四川文艺出版社出的，乌泱泱堆在壁柜里。文稿也是东塞西塞，似乎找一个信封放进去就算是保存了，而信封又放到哪儿不在他的考虑之列。性格决定命运，也包括纪念品们的命运。

对妹妹带来的这些东西，我只是看，看过之后请她再带回去，因为我确信，保管的权利、任何事情的权利都只应该属于有能力有资格的人，否则不会有好结果的。

我烧开了水，沏了一杯茶，放到书桌上，然后打开电脑，点开正在写的书，找到我妹妹上一次看到的段落，一切准备就绪，“好，你来吧。”我说。于是我妹妹再次坐到书桌前，这正是她来我家的目的，来看我这段日子写出的文字。坐下后她说要几张纸，我就随手拿了几张白纸放到她手边，“怎么才两张呀！”她不满地大喊一声。我微微惊讶，她需要多少？我拿来一摞纸，还有笔。

接下来一个下午，晚上，她没有回她自己在北京的家，住在我家了，第二天一个上午，接着又一个下午，她面对电脑默不作声，不时拿起笔在纸上写点什么，我什么话都不问，但心里觉得是个好兆头。因为据我对她的了解，如果她觉得什么地方不对头，不合她意，会忍不住马上表达不满的，现在她一直很安静，看上去是被吸引住了，我暗自高兴。其间我们出去吃饭，晚上看了会儿美剧，洗漱，我把床让给她，我睡沙发。我们谈了共同认识的朋友去哪儿旅游了，看她在微信里发的照片，谈论乖乖的心脏病问题，谈到特朗普，美国加州的山火，眉州的醪糟汤圆很好吃，就是没谈这本书，一句都没有。

前后用了一天半时间，我妹妹终于看完这本书的以上部分。她把电脑前的椅子让给我，她坐到旁边，开始讨论她的意见，有十一页之多，纸上的字很大很潦草，只有她自己看得懂。部分意见是关于我打错的字，有的字是她认为我打错了，比如：困，想睡觉的意思。她说不该是困难的困，应该有一个“目”字旁，可我在键盘上打了：kun，中文简体字库里根本没有她说的这个字。我又从书架上抽出《新华字典》，在“困”的条目下找到了她说的那个字，被带了一个括号，表明现在不再这样写了，带目字旁的“困”已经废用。这个问题算是得到解决。更多的问题出在“作”和“做”，到底该用哪个，是“做梦”还是“作梦”？“做人”还是“作人”？一般我在不同的地方选择不同的“作”或“做”，根据的并不是语法规则，全凭感觉。我妹妹不认同这种随意性，非要辩个明白，要像一加一等于二那样明白。最后我只好说："你已经多年不用中文写字了，就别和我这个写作的人争了，好不好。"她迟疑了一下，总算同意了。

有一些地方她做了补充，比如我提到的老舍先生和她的南方之行，她叫他舒爷爷。他们同乘一辆轿车，舒爷爷坐在前面的副驾驶座，她和爸爸妈妈坐在后排，广东、福建跑了十几天。多么可惜她只有四岁，记不得大人的交谈，不然有可能写出一篇怎样丰富的回忆文章呀。

还有一处她提出疑问，在爸爸写给妈妈的信里说"你爱杨伯……"

"能不能不说爱？"她用商量的口气提议。

"那怎么说？"我问。

"喜爱？"

"不成。"我断然否定，"就是爱，说喜爱就不对了，不真实了，而且我心里也过不去。"看她沉吟不语，我又说，"爱，有各种各样的爱，有情爱，有恋爱，有精神上的……"

"成，就这样。"她截住我，意思是她同意了，不必再讨论。

在她看的时候问了我一句话："这本书叫什么名字呀？"我说不知道，没想好，让她也想想。她就继续看了。过了一会儿她像是自言自语，但声音挺大："我可能知道叫什么名字了。"我虽然听见了，但没有接茬。后来我们一页页解决了她提出的意见，有的我赞同，有的不赞同，谈话结束时她问："我的意见对你有没有帮助呀？"

"当然有啦。"我回答。然后我们从桌前起身，各自上厕所的上厕所，去厨房烧水的烧水，还一起逗乖乖玩，就在这时她说："我想出一个名字：接近真实。"

哦，这实在太好了！说句实话，这是她对我最大的帮助。不管这本书最后叫什么名字，现在我知道她接受了我所写的，并且认为是真实的。我要继续本着这样的态度写下去，不管这个世界怎么想。

我们坐在沙发上看小时候的照片。我们有很多照片，因为爸爸很早就有一部 135 的莱卡相机，在不知不觉的情形下他记录了我们不同年龄段的许许多多瞬间。

妹妹指着照片说：“看，多好，妈妈多幸福。”那是在北戴河，我们一家四口站在海里，皮肤晒得黝黑，海水齐到爸妈的腰，齐到我的胸部，妹妹光着小胸脯，还分不出男孩儿女孩儿，泳帽戴歪了，像个小顽皮。大海在阳光下闪耀，我们浸在一片明光里，四个人都不由眯起眼睛。

“你该写写妈妈幸福的时候，在北戴河，东湖，西湖……”我妹妹说。这不是她第一次提议，从我说要写这本书她就提议我写我们小时候，写妈妈对我们的爱。受妈妈影响我和她小时都爱画画，最早用蜡笔然后换成彩色铅笔、水彩，看到什么就画什么，图画本上也有妈妈画的小画，是我们母女三人的画册。妈妈还把我们姐妹俩在学校得到的所有奖励、小五星小红旗小火箭都贴在本子上，用彩色蜡光纸剪了花贴在封面，还有那些小纸条，上面是孩子歪歪扭扭的字迹，所谓的诗，妈妈都精心地保存下来，现在又由我妹妹精心保存着，它们都可以作为幸福的证据。

但是我妹妹是理科生，她有所不知，写幸福是很难的。幸福蕴藏在生活琐事、小事之中，身处其中时人并不知觉，墙上的钟嘀嗒嘀嗒，不会为幸福停留一分一秒。幸福是人生长河中星星点点的闪光，是某种温暖的记忆，想起来可能会喉头哽咽。幸福是梦，一睁眼就消失无踪。幸福是十六岁的乖乖趴在冬日的阳光里睡觉，腹部轻轻起伏，呼吸均匀，看着她的这一会儿就是幸福。幸福是……还是……让我再想想。

小时候，爸爸妈妈带着妹妹去了青岛，而我因为上小学了不能跟他们一起去。夏夜，我和婆坐在家门前的廊子上，婆坐在藤椅里，而我有一个竹子的小躺椅，月光洒下，画出雪白的方块，从地上一点点爬上墙。婆带着她的桐城口音教我唱《花木兰》，“唧唧复唧唧，木兰当户织，不闻机杼声，唯闻女叹息……”她一句我一句，我到现在还会唱。是的，那样的夏夜是幸福的。

上海的和平饭店，一座十二层的高楼，很小的时候我和妈妈爸爸在那儿住过。我已经记不起房间的样子，但是我记得楼道和楼梯，记得那些拐角，因为妈妈和我总是不坐电梯，我们沿楼梯而下，嘴里唱着歌，那支歌唱的是世间的各种花儿，走一层唱一样儿，九层梅花，八层梨花，七层桃花，荷花，菊花……那一级级的楼梯记载着我人生中的幸福时光。在蒙蒙细雨中的灵隐寺，我把妈妈为我新做的小大衣弄丢了，爸爸妈妈决定惩罚我，惩罚的办法是不理我。他们俩在前面走，一次也不回头，我跟在他们后面，不想跟得太紧，又怕看不见他们，有一会儿真的看不见了，我满心惶恐，血一下涌到头上，再一个瞬间他们突然出现了，我又看见了爸爸妈妈，眼泪不由自主蒙住了眼睛，那是一个孩子又委屈又幸福的泪水。

对了，幸福还曾被妈妈自己写在信里。

“蕴珍：得到你给欢欢的小暖瓶，如获至宝，宝贵的不只是小暖瓶，而是你的友情！……拿着这亮晶晶的可爱的小暖瓶，我给欢子又讲了一遍台湾孩子卖冰棍的故事，欢子听了很感动，她紧紧抱着小暖瓶，像抱着疼她关心她的陈阿姨。……方子总算省些事儿了，精力过人，玩起来不知疲倦，她同时是个书迷，最近给她买了一本安徒生的《海的女儿》的连环画，她可喜欢了，看了又看，她爱小人鱼，爱极了……蕴珍，我非常想念你，怀念你在我们家那短短的几天，真是没有过够。”

陈蕴珍是妈妈亲爱的朋友，巴金的妻子，信里说的小暖瓶、小美人鱼、卖冰棍的故事、好友到家中的时光不都是幸福嘛！而我却想不起来，为什么？

思考再三，我的幸福童年是被一堵高墙挡住，那就是“文革”。

它阻断了我的视线，割裂了记忆，此刻我竭力回想，集中全部注意力，那些可爱的时光才一点点从记忆的深海浮现而出。我妹妹却对那些美好时光一直念念不忘，我想是因为“文革”时期她还太小，懵懂无知，改革开放后又很早就出国留学，大环境彻底改变了，心理阴影自然随之消失。

不错，我应该多想想妈妈的幸福，想她曾安稳惬意地生活，照顾两个她那么爱的女儿，看我们一点点长大，婆负责管理家务，有保姆，爸爸在小书房里写作，妈妈坐在他对面负责记录。有一张照片拍下他俩伏案对坐的情景：爸爸的一只手支着头，妈妈附身在稿纸上攥着笔写着，木窗子漆得绿油油的，窗帘雪白，对不起，那是一张黑白照片，但我知道那些颜色。我还知道窗外有一畦晚香玉，是妈妈种的，花朵像一支支白色的小喇叭，朝着天，香气熏人。客厅的墙上挂着妈妈画的山水，竹子，熟朋友来了，看到，会忍不住向爸爸要她的画。晚上她和爸爸一起去看戏，我和妹妹不肯睡觉，趴在窗前苦等。卧室的窗户正对着院子的大门洞，门洞黑黢黢一团，每当有人开门街灯会倏地照射进来，映出归家人的身影。一次又一次失望之后，终于，爸妈的身影出现了，带着外面的寒气，推开家门，把我们拥进怀里。

有一张照片我印象很深，我穿着一条花格子的小裙子，爸爸抱着我坐在一把椅子上，妈妈紧挨着站在旁边，我们身后是一面窗子，是光源，拍照的人知道是反光，所以用了闪光灯，也许是想让我们显得高大，他采用了下蹲的姿势。于是我们的脸油光光发亮，下巴圆乎乎，满脸堆笑，而妈妈一只手叉着腰，显得很强壮，简直像个运动员。那副模样实在不像是她。

我说了，幸福来临的时候我们并不知觉，多年后回想，幸福已经变了味道，夹杂了感伤、遗憾、心酸，但毕竟我们幸福过。你们也幸福过，我相信。

编码

二十七

张自忠路5号，我的家。3号是中国人民大学旧址，当年我的不少小学同学都住在里面，门口的两个石狮子被我们爬来爬去，蹭得油光水滑。马路对面有一块空场，后面竖立着高大的影壁，就是在那个空场上爸爸教我骑自行车。我太小，坐着就够不到脚蹬子，只能站着骑，爸爸在后面费劲地把住车架，一圈又一圈推着我跑哇跑，不知跑了多少圈，不知什么时候他撒开了手，我已经会骑车啦。之后每天吃完午饭，睡午觉之前，我都请求去骑会儿车，得到允许就推着那辆26的凤凰牌自行车出大门，来到街上。

正午的张自忠路静悄悄的，看不到一个人影，也没有一辆车的影子，整条马路被树的浓荫覆盖。我跨上自行车，轻快地骑起来，忽明忽暗的光从身上划过，我就像一条在水底游泳的鱼。从宽街骑到十条口，再返回，从十条口骑到宽街，响亮的蝉声像是为我演奏进行曲，大街上只有我，一个骑自行车的小女孩儿。

如今张自忠路变成了平安大道，为拓宽马路南面的房子全被拆了，经过此地的人置身于车水马龙之中，能相信我的回忆吗？可我说的是真的，绝没有一丁点儿夸张。绿荫覆盖空寂无人的张自忠路就像我的童年一去不返，还有我的九条副食店，我的东四牌楼，我的城门楼子和城墙。这座古城已经面目全非了，属于我们的全世界独一无二的北京城就这么在地球上消失。是谁干的？谁说要在天安门上看烟囱林立？不是没有人反对，但都以失败告终，并且败得很彻底很惨。他们的代表人物是梁思成。我还想到一位外国女性，但不能肯定她是哪国人，也想不起她的名字，在百度输入这样几个字：保护北京胡同的外国姑娘。她立刻出现，法国人，名字叫华新民。1954 年出生在北京东城的无量大人胡同，那时胡同里还住着梅兰芳。一座座四合院的拆迁现场成了她的战场，为即将消失的院落和胡同她一次次抗争，伤透了心。

我会骂人，会骂不堪入耳的难听话，在东北插队时学会的，多年来我严控那些话再出口，但我会在心里骂，比如此刻。因为我太伤心了。首先是为了我的童年记忆，为了再也回不去的家，然后是为了被玻璃大厦包围，为了每个城市都长得一模一样，最后是为了我们的文明，在我短暂的生命中竟然眼睁睁看着那些美丽建筑被一砖一瓦地毁掉，作为一个文明人，谁能不痛心。

已经晚了吗？还来得及吗？

编码二十八

毁掉一个人可能有各种原因，比如疾病，比如药物。我在这里所说的疾病是神经官能症，药物是安眠药。

50 年代末我爸爸得了严重的神经官能症，住进北京医院。那时候我还很小，不记得是谁告诉我的，爸爸有种怪念头，当站到高处时会想往下跳，这样的事超出了我的理解范围。妈妈带我去医院探视，我觉得爸爸一点病也没有，干吗待在医院不回家呢。现在我当然知道神经官能症的可怕，它是一组精神障碍的总称，包括神经衰弱、强迫症、恐惧症、持续的紧张焦虑，患者感觉很痛苦，又无能为力，以至于不知所从，脑子里突然冒出哈姆雷特的那句著名台词“to be or not to be”，天哪，那位丹麦王子是否也是一名神经官能症患者？是不是也一夜夜地大睁着眼睛，被脑子里的万千思绪所折磨？那时候可没有安眠药来救他。

从我记事起安眠药就在我爸爸的生活里充当极其重要的角色，离了它他就无法入睡。一个不能睡觉的人最后会发疯，会活不下去的。有一种审讯方法不就是通过不让人睡觉而使人崩溃吗。在我儿时的印象里妈妈从来没有睡眠问题，一切正常，直到“文革”，丈夫被打入地狱，生活被压得粉碎，逼得她打破多年禁忌，又吃起药来，吃得比爸爸还凶。

他们俩不光晚上吃，白天也吃。为了药效不受影响，来得快，他们在吃饭前先吃药，吃着吃着饭两个人就失去知觉，嘴里的东西还没咽就趴在桌上昏睡过去。这情景我并没有看见过，是好姨的小女儿、我的表妹小三儿告诉我的。1969 年我被发配到吉林省扶余县当农民，后来去当兵，妹妹也去当兵了，小三儿那时候在黑龙江兵团扛麻袋，她到北京看望我爸爸妈妈，然后就住下来，陪了他们很长一段时间。好姨说她让小三儿留在我妈妈身边是为了看着她，这个“看”不是四声是一声，看着妈妈，以防她无限制得到有人给她的药，吃下去，但是小三儿被人赶走了，她的女儿被人半夜赶出我爸妈的家，东西扔到门外。好姨一次又一次和我说小三儿如何深更半夜坐在马路沿上哭，如何抱着自己的衣物从张自忠路走到北太平庄师范大学宿舍，大姨半夜起来上厕所听到门外隐隐的哭声，开门看到小三儿，收留了她。当然，如果我的孩子受到这样的对待我也受不了，这是好姨这辈子都不可能解开的心结。有些事情已经发生，心会刺痛，会流血，但是什么也改变不了，有些疑问只会折磨人，却永远也得不到答案。北京人艺去香港演出的时候去了好姨家，采访了她，他们拍摄了剧院多位老艺术家的纪录片，为我爸爸拍了六集，片子虽然完成了，但他们并没有停止资料的收集，目的是尽最大可能留下真实的记录，我不知道好姨是不是讲述了那段对她、以致对我都伤害至深的记忆。

妈妈和爸爸，两个人趴在饭桌上昏睡，发出阵阵鼾声，小三儿一个个把他们拖起来，拽着扛着，然后扔到床上。她费尽了九牛二虎之力，不是一次两次，也不是三次四次，那样的场面几乎天天上演。

我的心充满抗拒，抗拒那样的场面，因为它太惨太绝望，又有点滑稽。滑稽是最刺痛人心的，他们是我的爸爸妈妈，他们的悲惨显得滑稽，这让我无法忍受。对此我妹妹和我有同感，不想再回顾那段往事，可小三儿不一样，她是见证者，而且还被人狠狠地赶走，每次见面都忍不住要讲当年为我爸妈她是怎么做的，还模仿他们不堪的样子。我想制止她，告诉她我作为女儿的心情，甚至想爆发，行了吧，有完没完！但我咬住牙，什么都不说。

说到底我应该感激小三儿。如果没有她，趴在饭桌上昏睡的妈妈和爸爸可怎么办？会摔倒，会躺在地上吗？

会，会的。

还有一个更绝望、残酷至极的场面，它能解释为什么想到妈妈我就觉得痛苦。半夜，爸爸把小三儿从熟睡中叫醒，“起来，三儿，快起来，快……”小三儿爬起来，睡眼惺忪地跟着爸爸走进厕所，她说妈妈就躺在地上，躺在马桶旁边，裤子褪到脚踝上，浑身冰凉，身下是一滩尿，睡着了。

哦，我不是难受，不是心痛，是喘不上气，没有空气了，要窒息了。我急需空气，我要呼吸，我“啪”地合上电脑，扔下乖乖，出门了。

街上和往常一样熙来攘往，各种人各种口音各种交谈汇集成哄哄的喧嚣。没有人知道我内心里发生了什么，我是那么孤独。我走着，看着一张张迎面而来的脸，再一想，其实每个人都一样，心藏各自的伤痛走自己的路。

那么，写这本书究竟有什么意义？它无法把事情变好，却让人心碎。心碎有意义吗？有吗？还是把一切忘却了事。

那个晚上我妹妹住在我家，她坐在沙发上，忽然间我听见她问：“如果我没去当兵，妈妈是不是就不会死？”我沉吟，“有可能。”我终于说。

“那我怎么办？难道我要去死？”

我一时无法理解，“你为什么要死？”

“因为是我害了妈妈呀。”天，这想法实在不可思议，我不知道该说什么。

是，有自己的小女儿在家，妈妈大概不会那样躺在厕所地上。可我妹妹当兵去了，这才是事实，无可变更，也不容置评。有句话我不能肯定是谁说的，萨特还是黑格尔：存在即合理。我刚要说，还没说出口，脑子里的想法已经变了，难道我妹妹的话、她久久压抑的负疚感就不合理吗？同样合理。

对了，心碎的意义就在于此。我们为什么心碎？怎样可以不再心碎？为了不再心碎我们能做什么，该怎样做。所有的人都是一个一个的，但我们又是一体，有一个共同的名字：人类。

在街上走了一大圈，注意力渐渐被分散，或者说，忘却虽姗姗来迟，但总会到场。我用钥匙打开家门，进屋，却不见乖乖，找来找去发现她趴在柜子底下睡着了。她的听觉已经退化，没有听见我回来。我俯下身，轻轻趴下，整个身体匍匐在柜子前面的地板上，脸尽可能凑近，柜子下面很幽暗，乖乖的鼻翼微微翕动，哦，我的乖乖，我心爱的乖乖。这时候破碎的心已经又粘合起来。

二十九

一份 1967 年 1 月 18 日的《战报》，红色的大标题是：斗争彭、罗、陆、杨反革命修正主义集团大会在京举行。这份《战报》的出版者是：中央音乐学院毛泽东思想战斗团，中央戏剧学院毛泽东思想战斗团，中央乐团井冈山革命造反团，首都东方红红卫兵联合委员会。罗，是中国的大将罗瑞卿，当时他跳楼自杀未遂，摔断了腿，红卫兵用箩筐把他抬到批斗场上。那是在能容纳一万多人的北京工人体育馆，班上的红卫兵命令同学都去参加，我因此在场。当彭、罗、陆、杨四个人被押出来时，所有人都站了起来，为看个清楚大家跨过一排排坐凳，拼命向前涌，而我的位置在二层区域的第一排，前面就是铁护栏，我的身体被压在栏杆上，坚硬的铁棍正抵着腹部，很快我就觉得我的肋骨要断了，胃就要被挤破，我并没有想到死亡，因为我还太年轻，但是我感到一种实实在在的彻底的无能为力，就算我要被压扁我也没有一点办法，只能认了。幸而死神的翅膀在我头顶上扑扇扑扇扑扇，最终没有落下来，飞走了，来自身后的重压一点点减弱，我活下来了。我确实有可能在十四岁时就结束生命。

要说的是就在那场批斗会几天之前，我爸爸刚刚被战斗团的红卫兵放回家，红卫兵在抓彭罗陆杨的同时抓了一批人，我爸爸是其中之一。半夜，张自忠路 5 号门前开来一辆车，咕咚咕咚下来几个黑影，他们冲进院子，撞开我家的门，大吼：开灯！开灯！曹禺，起来！

我爸爸爬下床，就这么被带走了。妈妈一边把棉袄塞给他一边追着问：你们带他去哪儿？去哪儿？！没人理她。屋门大敞，冰冷的屋子里，她面对的只有床上的一个空被窝。这正是让他们最感恐惧的，随时随地，不管是什么人都可以把爸爸抓走，带到任何地方去。很久以后爸爸才敢说当时的情况，他被蒙住眼睛，汽车开啊开，开了很长时间，不知道到了哪儿，然后被揪下车，跌跌撞撞把他推进一个黑暗的空间，扯下眼罩。

当天蒙蒙发亮，他看出自己是在一间空旷的大房子里，周围的地上坐着一些灰乎乎的身影。冷极了，他呼出每一口气都化作白雾。天又亮了一点，这时他认出了身边人，原北京市市长彭真，彭罗陆杨中的“彭”，最大的黑线人物，罪该万死的走资本主义道路的当权派，还有副市长刘仁，他想这下完了，和这些中国头等的坏蛋一起一定是要被枪毙，生命走到了尽头。他想到妈妈，我们，眼泪流下来，只得拼命低着头不让人看到。

几天后他被放回家也是在半夜。我妹妹和妈妈睡在床上，爸爸突然出现让她们觉得像是做梦。一同进门的红卫兵说了一句“人送回来了”，随即对爸爸说：“你，什么也不许说。敢说出去小心你的狗命。”然后转身离去。

爸爸站在屋子里，动也不动，像被施了魔咒。我妹妹才十一岁，深更半夜只觉得很困，“吃药吃药，睡觉睡觉。”她说，直截了当的催促打破了魔咒，爸爸听话地脱衣上床睡下。多年之后只要谈起那段往事，爸爸必定要提当时小女儿的表现，“吃药吃药，睡觉睡觉”，这句话成了经典。

而我那几天不在家，在外地进行所谓的“革命大串联”，回到北京之后学校通知我去参加了彭罗陆杨的批斗大会。那是当年的一个大事件，周恩来总理得知红卫兵的抓捕行动，立刻过问，当他听说还抓了曹禺，就说：抓他干什么，他一个文人，和他们有什么关系。于是我爸爸才在深夜被放回家。我抱着试一试的想法在百度上搜索那个“文革”中的大事件，只找到了那张《战报》。它在孔夫子旧书网上，两张发黄的小报，标价1500元，品相：九品，快递费15元。下面提供两个选项，一是加入购物车，一是收藏。我一项也没有点，因为对我来说它不是一件物品，它是我生命历程的一部分，到死也不会忘。

一个晚上，那已经到了一九九几年，爸爸换上睡衣，吃了药，我站在一旁准备看他躺下盖上被子，帮他关灯。他在床边坐下来，我等着，就听他突然很快地说：“吃药吃药，睡觉睡觉。”我微微一怔，我们俩同时笑了。我们竟然可以笑对那个可怖的夜晚，把恐惧抛到了身后。不可思议。

编码 三十

我从来没有背叛过爸爸，我是他的女儿，我从来不认为这是可以改变的。他卑微我就卑微，他是坏人我就是狗崽子，我认。在我脑子里从没有站到他对立面的念头，一闪念也没有过。因为他，我成了一个心怀仇恨的女孩儿，有一段时间无论我走在街上，还是在马路上骑车，都会在心里用机关枪扫射四周的一切。我恨，并不确定这恨的来源到底是什么，扫射的想象源自一个女孩儿内心黑暗的脉动。

这个女孩儿是黑五类，狗崽子，每天去学校她都要经过爸爸的单位，经过满墙批判爸爸的大字报，她爸爸的名字被红墨水打着巨大的叉子。到了学校她没有权利进教室，只能和班上的黑五类同学提心吊胆地坐在教室外的屋檐下，不知道下一分钟红卫兵会发出什么鬼命令。一次她们被叫进教室，坐成一圈，班上的三个红卫兵站在圈内，左看右看，随意点名：来，你站到中间来！被点名的同学站到中间。学耗子叫！叫呀！你不知道耗子怎么叫吗！于是从那同学的嘴里发出“吱吱吱吱”的声音。三个红卫兵想出各种动物，甚至想出蟑螂，可蟑螂是不会叫的，那个倒霉的被叫到的同学憋红了脸，憋出十分诡异的怪声，她们三个被逗得噗嗤笑了，其中一个赶紧捂住嘴，然而还是忍不住，咯咯咯咯笑弯了腰。屈辱吗？说实话更多的是惶惶然，是怕。三位红卫兵其中的一位后来成了北京某大医院著名的心理医生，同学聚会她从不参加，只在一次校庆出现了，说说笑笑，但大家都觉得她是强装自然。

张自忠路 5 号的大门上也糊满了大标语，同样是打倒曹禺，同样打着大大的红叉子。回到家我会卸下我的机关枪，但心情依然低落，有时甚至更糟。家里的电话响了，爸爸去接，话筒里的不知什么人开口就骂：曹禺，你个大混蛋，反动透顶，你写的都是大毒草，同情资本家，歌颂妓女，你满肚子男盗女娼……爸爸老老实实地听着，一直到对方挂断电话他才敢放下话筒。我知道是怎么回事儿，我选择忽略，只当作什么也没有发生。

婆把几个白薯放到炉子上烤，香味在屋里飘散。她坐到桌前，剥掉白薯皮，招呼我们来吃，爸爸走过来，伸手抓起剥下的白薯皮放进嘴里，婆赶紧把白薯递给他：吃这个呀。不，他就要吃白薯皮，因为他是罪人。

好吧，你是罪人，我能有什么办法。因为你我的日子很不好过，我能有什么办法？你被人骂，像耗子一样躲在家里，我能有什么办法？但是有一条，不要让我看到你为我难过，我不需要！受不了！多年后我发现了一个本子，封皮上是爸爸的笔迹：十年浩劫回忆录。他写道：我的心痛极了，我有罪，把我抓去，狠狠斗死了，就算了，十来岁的孩子有什么错，为什么还要连累我的孩子们！真想紧紧抱着小方子痛哭，但孩子不干，她没有心情受任何人的爱抚，连爸爸也不能勉强她。但我知道她是爱爸爸的，她湿润的眼睛对我闪出怜悯的光。

他说的不错，我是爱他的，正是爱才使人更痛苦。

从家去首都剧场要经过一条叫“剪子巷”的胡同，一位大妈每天拿着大扫帚在那儿哗啦哗啦地扫街，我爸爸对她无比羡慕，想：能像她一样就好了，在胡同里有半间破房，一天天就是扫地扫地……可他没有这个权利。要是什么东西也没有写过多好，什么书也没读过多好，要是没上学、是个文盲、大字不识一个多好，那样他就能苟且偷生，就不会有人随时来抄家，在门上贴封条，不会有人半夜闯进家来把他带走。

下面的文字就出自那本“十年浩劫回忆录”。

“酷热的夏天，本来在我的小屋里就很憋闷，现在更加不能忍耐……半夜醒来，不知从什么地方传来一阵阵粗野的声音，那鬼哭狼嚎使我的胸口隐隐作痛。我胆战心惊。我觉得不久这群发疯的黑狼将包围我，抓着我，用黑爪子抓伤我的脸、我的背，我感觉自己已缩成一团。我不愿叫醒睡着的方瑞和小欢子，她们沉沉地睡在另一间小屋里。白发的岳母瘫在木板床上，一夜一夜地咳嗽。四面是乌黑的海，黑浪滚荡着，时而漂浮起几个没有眼睛、没有面目的人头，发出声声惨叫……这大约是梦，我惊醒了。我勉强安慰自己，用一颗安眠药只睡了两三小时。”

以家门为界，外面的一切爸爸都怕，恐惧步步为营，成了最大的赢家，一步步夺去他的生存能力，他变得行动迟缓，走路摇摇晃晃，精神恍惚，完全成了一个废人。他对妈妈哀求：“求求你，让我死吧。”妈妈的回答听上去真冷酷，但发自真心，她说：“你先弄死我好不好。”

老天爷像是跟爸爸开了一个荒诞的玩笑，不久之后他被关进牛棚，不允许回家，我去给他送东西，造反派让我在门口等，爸爸出来了，我很吃惊，他的腿脚想不到的利索，神情虽然微显紧张，但绝对清醒，只是在空旷的大屋子里显得很小，一个小个子的男人。我没有看到我想象中的惨相。晚上他和剧院的一干“坏人”睡地铺，白天扫大街，虽然有小孩儿向他们扔石头子，但他不再孤单，有了许多“同伴”，我想是人气儿救了他。

后来他去团河农场劳动，挖坑种树，扫猪圈，睡大通铺，不分好人坏人都睡在一起。熄灯之前仁慈的革命群众会给他发“小药”，在艺术剧院吃安眠药是可以被理解的。

每当星期六下午，天色近晚的时候，我就从窗子里看见他的小个子出现在大门口，抬起他那辆红旗牌二八自行车，跨过门槛，然后再骗腿骑上车，很短的距离，不到一分钟骑到家门前。直至今天我仍然能清晰地看到他在暮色中的样子，脖子上系着一条白毛巾，头上戴一顶蓝布帽子，脸上的神情有点惶惶然，又有一种松了口气的感觉。

1969年春天我去吉林插队，我自愿选择当农民，而不愿去黑龙江建设兵团做一名兵团战士，因为我能想象那会多么不自由。离开北京的那天爸爸到火车站送我，他是从单位请假来的，站台上人挤人，密密匝匝，我之所以能在人群中看到他，因为只有他脖子上系着白毛巾。当年有一首诗《这是四点零八分的北京》，写的就是我们，这些北京的孩子离开家的时刻。

这是四点零八分的北京，
一片手的海洋翻动，
这是四点零八分的北京，
一声尖厉的汽笛长鸣……

汽笛鸣叫，火车就要开了，爸爸困难地挤到车窗前，伸出手递给我一个袋子，里面是吃的，现在我只记得有橘子，随即他就被人挤开，无法再靠近车厢。火车开动了，站台上爆发出一片哭声，我没有哭，我心里并不难过，离开家对我来说不是坏事，甚至是解放，是奔向未知奔向自由。我极力回想爸爸的脸，但怎么都不清晰，爸爸的脸和数不清的脸化成了一片。脖子上系着条白毛巾，夹在哭喊的人群中，他是不是也流下眼泪？我想象他随着大溜走出车站，骑上他的自行车，一路默默骑着念着，他十六岁的小方子就这么离开了家，远去千里之外的不知什么地方，再想见就难了。他该多么难过呀。

还有一个场景也发生在北京火车站。1966年末，北京站前的广场上从早到晚聚集着全城的中学生、大学生们，在那里等待上火车去全国串联，我也是其中一个。整个广场人头攒动，黑压压一片，站累了的人就席地而坐。要想在人海中找到一个人简直像大海捞针，可妈妈却找到了我。就因为担心我可能会把十块钱和学生证弄丢，她带着针线和一块布，在我的衣服衬里上缝了一个口袋，看着我把两样东西放进口袋里，然后就走了，消失在人群中。多年之后，爸爸不止一次对我感叹："你妈妈，真不知道她是怎么找到你的。"我知道，是母爱的探测器，世间一定有这样东西。

可是妈妈，我又为你做过什么呢？

搜遍我的记忆库，想起来的是洗澡。当兵回家探亲，我带妈妈去澡堂洗澡。那时候她已经很虚弱，脱掉衣服之后身子瘦得可怜，澡堂里热气蒸腾，我给她抹肥皂，擦身子，她顺从地举着双手，一动不动地享受着。天哪，我只为她洗过一次澡，而那个澡堂清华园早已拆掉……哦，等等，我还给她做过饭，海带烧肉，也是我回家探亲的时候，我之所以记得是因为那时小三儿就住在家里，我和她一起在黑黢黢的小厨房里忙乎，妈妈守在一旁，小三儿忽然说，"看哪！好姨看方子的眼神都不一样，多爱你呀。"我扭头看了看妈妈，她对我望着，眼睛微微眯细，嘴角翘起，微笑着，多么温暖多么温暖啊！可当时却没有感觉，一切理所当然。我太年轻，而年轻人的字典里很难找到"珍惜"二字。

又想起一件事来。我和獐子岛的三八号渔船一起出海拉虾，在那艘六十马力的木船上和几个姑娘睡在抬不起头的底舱，风浪太大，船只能在海中抛锚等待，半夜我上厕所，八月十五的月亮把大海照得明亮刺眼，厕所就是在船尾伸出两块木板，跷跷板一样剧烈地上下起伏。一个星期之后终于有船来收货，我得以跟随他们返回陆地，下船时船长给了我一大瓢刚刚打上来的大对虾。我捧着大水瓢回到水警区招待所，交给食堂的小战士，随后就忘了。几个月之后我再次到獐子岛，小战士把已经晒干的大虾给了我。我把大虾寄回北京。

好大一包呢，当年可是太宝贝的东西。妈妈来信告诉我他们吃了，用大虾包了饺子，好吃极了。

说这些我心里能好过一点吗？子欲孝而亲不在，没有任何事能给我一点安慰。有时候我坐在家里，痴痴地想象，我让妈妈睡在哪个房间，盖着一床什么样的被子，有一个轮椅，当然还有一个保姆专门照护她，我们一起吃饭，晚上一起看电视，白天我写作的时候她就靠在旁边的沙发上小睡一觉，然后她醒了，叫我：方子……

你需要什么吗，妈妈？

爸爸叫我陪着他去银行，他怀里揣着户口本和两个银行的存折，他要把存折上的名字改过来，从曹禺改为方瑞。那应该是 1973 年，是个下午，天色有些灰暗，我们沿着张自忠路向西走了两站路，路上爸爸和我说：你妈妈，她对钱太不在意，银行里有多少钱她也不知道，从来不问。我把存折改成她的名字，你要记住，这种事她太糊涂。你知道吗，懂了吗？

我点头，表示我知道了，但是我并不真的懂得爸爸的心思。其实事情是明摆着的，他担忧妈妈，担忧他死后妈妈没有经济来源，怎么活，也就是说他觉得自己会死在妈妈前面。可我没这么想，我不会把他们和死亡连在一起，他们是我的爸爸妈妈，他们不该死。回到家没人和妈妈说这件事，这不是什么值得说的吉利事，爸爸已经拜托了我。

妈妈是 1974 年走的，那年她五十七岁。她走之后爸爸又活了很多年。他当然把存折上的名字又改回他自己，只是不用我陪他去了。

妈妈去世后的几年，爸爸靠安眠药活着。夜里上厕所，摔倒，头把书柜的玻璃门撞破，枕头被血浸湿，他全然不觉，早上起来满脸的血迹都干了。他曾三天三夜昏睡不醒，像一块石头。有一种可能，他会步妈妈后尘不知不觉杀死自己。我曾亲眼看见有人给妈妈带来一个小药瓶，里面是粉色的液体，一种叫作水合氯醛的镇静剂，她举起来凑到嘴边喝了几口，然后身体慢慢向后倒到床上，昏死过去。而那时我竟然没有觉察到危险，对一切无知到极点。

我从部队给爸爸写了一封信，十二页，用尽肚子里所有的好话和狠话，说服、寄予希望，各种的警告，威胁，指责他有多可悲，如果这样下去我会怎样伤心，多么看不起他。看了信，他冲动之下把所有的安眠药都扔进马桶里冲掉，接下来情况就失控了，他的嘴肿了，肿得可怕，身体颤抖不止，连站也站不住，身体的反应几乎和戒断毒品一样可怕，结果只有屈服。最近我看到一篇文章，观点是六十岁前最好戒掉安眠药，六十岁后要谨慎了。我爸爸的状况证实了戒药的可怕后果，他已经不能戒了。事实上直到他离开人世一直没有离开过安眠药。

我也看清了事实，失眠是一种病，吃安眠药是治病的方法，得病的人没有选择，没法子赢，他们是俘虏，只有安眠药在手才能免于睡不着的焦虑痛苦。

“文革”过后，爸爸恢复了职位和地位，继续吃药。在很多场合我眼看着他吃安眠药吃得晕晕乎乎，不成体统。为写《王昭君》我陪他去新疆采访，处处被尊为上宾，一次众人围坐四周等待听他讲话，他低垂着头，在众目睽睽之下奋力挣扎，嘴里吐出：这个……这个……这个……脑袋像瞌睡虫一冲一冲，怎么也抬不起来。我在一旁干着急，虽觉得丢人又觉得滑稽，之后每次和妹妹忆起那情景我俩就忍不住乐。还有一次他参加政协大会住在香山饭店，半夜我接到会务组的电话，说我爸爸突然发病，昏迷不醒了，他们派了车来接我。坐车穿过深夜的城市时我心里并不惊慌，因为我想到的是安眠药，他应该是吃多了。走进香山饭店他的房间，灯光大亮，几个驻会的医护人员都站在屋里，爸爸躺在床上毫无知觉，粗重但均匀地呼吸着。

结果正如我的猜测，到早上他醒过来，一切正常。参加大会的文艺界的朋友们纷纷议论曹禺前一夜曾死里逃生，我不知道他是怎么和朋友们解释的，也许根本不需要解释。

我早已不和爸爸斗争了。世上有些病是无法治愈的，只能和它们共处，寻求平衡。再说这种失控的情况在我爸爸和继母李玉茹结婚后极少发生。安眠药的故事是讲不完的，安眠药的作用和副作用也将持续。

编码

三十一

我的膝盖还没有出问题之前，有段时间我打坐，冥想，一面放着《十一面观音根本咒》，英文专辑名字是：*Inner peace*，是位女僧人的吟唱，确实，她有一颗宁静心。

沙发前有一块小地毯，我把一个大靠垫再垫在屁股底下，这样就一点不感觉硌了。当身体舒服了，渐渐沉浸于静态之中，直至完全静下来，脑海中就浮现出想象的情景。那是一座山中寺庙，万籁静寂，阴凉的大殿上释迦牟尼盘坐正中，目光低垂，通身散发着无限温存的气息。释迦牟尼的想象来自于书柜里摆着的一张明信片，云冈石窟第五窟前室北壁东侧坐佛，世间最美的面庞。随后妈妈就来了，走在通往寺庙的山间小路上。山谷倾斜而下，远处，阳光下的平原被一层淡淡的雾气笼罩，大约是下午两三点钟的光景，妈妈迈进庙门，巨大的银杏树树影婆娑，她悄无声息地穿过庭院，迈上台阶，来到释迦牟尼的坐像前，微微仰起头，不，也许是微微低下头。有风吹过，树叶窸窣作响，如佛的气息吹拂……

我的肉身随之渐渐变轻了，消散了，好舒服啊！虽然每次想象的情境并不完全一样，然而总是午后时光，山谷、寺庙、银杏树和微风，总有妈妈，总有释迦牟尼，她们气息相通。

世上有很多无法解释的事情，这是其中一件。其实我想也可以解释，但还是不要解释了吧。

编码

三十二

1975年我妹妹复员回家。她是卫生兵，被分配到北京宽街中医院工作，那时候我爸爸也恢复了工作，在首都剧场看传达室，接电话，收发报纸，父女二人相依为命，过着相对平稳的日子。吃饭问题基本由单位食堂解决，中午各自在食堂吃，再买好馒头或大饼带回家当晚饭。十条口有一家叫灶温的饭馆，是个老字号，有时候父女俩也会去那儿吃一顿。大厨李师傅和爸爸认识了，成了朋友，每次都抽空从后厨出来，站在桌旁聊一会儿。饭菜的价钱很便宜，平时没有的时鲜货清蒸鲥鱼是最贵的，十块钱一条，爸爸经常点的肉皮冻才一毛多钱一盘。我再举个例子说明那时的物价，我去同学家玩，两人一出门看见地上有一张两块钱的票子，捡起来直奔了她家附近的西餐厅——著名的新侨饭店，用那两块钱点了红烩泥肠、奶油汤和黄油面包，美美地吃了一顿。

我妹妹是唯一吃过我爸爸做的饭的人，可惜的是她毫不领情。一天早上她被一阵咣啷咣啷的动静吵醒，外面天刚蒙蒙亮，爸爸起床给她做早饭，却看错了钟，她气呼呼埋怨自己被吵醒了，自此爸爸下决心再也不干这种傻事。

不久爸爸在首都剧场待不住了。一个日本访华团经过王府井大街上的首都剧场，认出了他，回国之后日本的报纸上登出消息：中国的莎士比亚在看传达室，他就被调到史家胡同56号的北京人艺宿舍，还是看传达室。56号传达室里电话格外忙碌，因为那是整个大院唯一的一部电话。铃声丁零零丁零零响起，爸爸抓起话筒问对方找谁，随后放下话筒走到门外，高喊：某某某，电话！往往需要一连喊很多声，实在没人答应他才告诉对方要找的人不在。后来传达室配置了一个手提小喇叭，就省力多了。传达室的小屋里总有很多闲人，串来串去，东拉西扯，大伙对爸爸的态度很随便，不知是谁开始叫他曹头儿，“头”并不是领导的意思，是老头儿的意思，后来叫他曹头儿的人越来越多，几乎变成他的官称。

现在的东单大街有了另一个名字：银街。一条条胡同被拆平，竖起摩登闪亮的大厦。万幸，史家胡同没有划进拆迁规划内，幸存下来。如今政府建了一座史家胡同博物馆，我去参观过，迈进门的瞬间一股怀旧的暖流涌进心中，博物馆收录了胡同里四季的各种声响，声音，竟然具有如此巨大的魔力，能使时光倒流，使灵魂出窍，去旧日徜徉。

从博物馆出门，往东再走两三百米就是 56 号大院，现在的史家胡同 20 号。院子里盖了小楼，已面目全非，但传达室却纹丝未变，多少年过去了，看到它竟然那么亲切。已近黄昏，小屋里亮着灯，透过油漆剥落的窗子看见有人坐在那儿，但不是爸爸。门敞开着，我向里张望，一个中年男人坐在桌前，另一位跷着二郎腿坐在靠近门的椅子上，角落的一张单人床上堆着被褥，两人不知道在闲扯着什么。传达室落寞了，如今人人有手机，再听不到丁零零的电话铃声。我拍了几张照片，边拍边想起另外一张照片，就拍摄于这个传达室，不知当年哪位异想天开拍下它：我爸爸坐在桌前，身上穿了一件汗背心，手里拿着一张摊开的报纸，身后墙上布满大块大块潮湿的霉斑，咧嘴笑着，一副开开心心的样子。那年头报纸上会有什么让他咧嘴大笑的好消息吗？我不信。他笑是因为要表现得高兴，否则就是对“文革”不满。现在屋子还在，桌子也在，墙也还是那堵墙，你在哪儿，爸爸？时代变了，一切都在变，风暴远去，可我仍然能感觉到空气中颤动的余音。是我的错觉吗？

记忆是不可控的，有的越来越淡，越来越轻飘，以至消散了，有些却相反，越来越浓，越来越挥之不去，以至深入骨髓。哪有人会喜欢痛苦，不过是无法忘记。

编码

三十三

2018年12月13日，有风，很冷，是爸爸的忌日。二十二年前我和爸爸隔着从家到北京医院的距离，需要骑车、坐公共汽车，需要打电话，现在什么都不需要了，只要在心里轻轻呼唤。人的年岁越长感觉与死者的距离越接近，越容易和他们取得联系。

今天该做点什么呢？点一根蜡烛，买一束花，不，这不是我的风格，我要继续联系他们。我要追忆一件幸事，无论对我、对爸爸、对生者还是死者，无论昨天、今天，以至未来，都是幸事。

那件事发生在1976年10月6号，发生时没有几个人知道，全中国人民都还蒙在鼓里。大约10月9号或10号，宿舍熄灯后，我藏在被窝里打开我的熊猫牌半导体收音机，是爸爸给我买的，比一块砖头略小，有黑色的人造革套子，很长时间以来我都这么干，偷听敌台。1975年蒋介石去世的消息我就是在獐子岛听到的。在海岛上找到“敌台”比较容易，在沈阳难多了，需要用短波慢慢、慢慢地调，反复地调来调去。那夜，在一片沙沙沙的杂音里忽然听到一个男人用中文播报，在北京，江青被抓起来，和她一同被抓的还有张春桥、姚文元、王洪文……声音随即被杂音吞没，消失了。他说的什么，是什么意思？怎么会？！顷刻之间黑夜裂开了一条大缝，传出轰轰雷鸣，天地倒转，如果我的耳朵没有听错，如果那个男人不是在说疯话，是在报道消息，天！无论如何要证实它，会有另外的声音，一定会有！我捏住旋钮，一丝丝一丝丝地转动，拧哇拧哇拧哇，一缕缕音乐飘忽而过，有那么多人在读《圣经》，在传教，有贝多芬、莫扎特、勃拉姆斯、肖邦……不，我死也不罢休，在这个世界上只有这一件事，其他都无意义，都不存在，终于一个女性声音通过电波穿透无垠的暗夜，再次告诉我：在北京发起了一场政变，江青、张春桥、姚文元、王洪文被抓起来。

我发现自己在发抖，浑身剧烈地哆嗦，牙齿磕碰牙齿，这生理上的反应根本无法控制。我颤抖着掀开被子，颤抖着下床，颤抖地穿上鞋，颤抖地走向房门，拧开把手，来到幽暗的走廊上。整幢大楼都在睡觉，只有我醒着。走廊尽头就是创作组的办公室，我奔到门口，用钥匙开门，再开灯，冲向报刊架。架子上七八份报纸夹得整整齐齐，我抓起《人民日报》，抓起《参考消息》，抓起《解放军报》，抓起《光明日报》，哗啦哗啦地翻哪翻，没有！没有他们的名字！几天的报纸上都找不到他们的名字！真的，是真的，美国之音，BBC，他们说的是真的！

在北京，那天我妹妹去她的一个好朋友家，朋友的父亲在外文出版局工作，下班时带回了这个消息。晚上妹妹回到家里，爸爸已经躺在床上沉沉睡去，她用力把他摇醒：爸，爸，咱们有救啦！她的眼睛闪闪发光，爸爸望着她，像是傻了，以为自己没有醒，在做梦。他后来回忆："我不信，不敢信，怕，怕不是真的。"他的脑子完全乱了，不知道该怎么办，怎么动作，怎么呼吸，结果就跑出家门，跑下二楼，跑到街上。那会儿已是深夜，他走啊走啊，在楼群里打转，看到多少家的窗口亮着灯光，不，整座整座的楼都是亮的！"哦，我忽然感到难以支撑，靠在一棵树上。"他难以支撑地靠在一棵树上，"我觉得自己的心脏的承受力已经到了极限。"他的心脏跳得让他难以承受，"老天爷啊！没有经历过的人不可能明白，"老天爷啊老天爷，"那种深重的绝望把人箍得多么紧！我想我从大地狱里逃出来啦！"

爸爸，我能看见你的样子，我能感到你的心跳，在那个无人入睡之夜，我们像是重新活过来，对吗？

如果人生有改变命运的时刻，当然有，那么那一天就是。无数人的命运将改变。1978 年我复员回北京，先当编辑，后来成了编剧、作家，我妹妹考上医学院，1985 年出国留学，我爸爸重又戴上了一顶顶桂冠，所到之处被簇拥着，就像个大人物。生活一层又一层地覆盖上来，我们被编织在一刻不停地扩展着的历史画幅上，有地狱，有天堂，有昨天、今天和明天，有那些已经离去、正在离去和终将离去的生命……当我扭头望向窗外，2018 年的 12 月 13 日已经过去，又是新的一天了，窗外，柳树光秃秃的枝条向着一个方向疯狂地飘动，风仍然没有停，也许明天会停。

2018 减 1976 等于 42。再有十几天 2018 年就过去了，那么 42 就变成 43。四十三年还不够对一个时代告别吗？二战已经过去了七十四年，德国人还在告别。人类向浩劫告别究竟需要多长时间？多长时间合适？我写的一出话剧《冬之旅》中，老金这个人物有一句台词，他说：人类如果没有遗忘，早就互相杀光了。

遗忘，我真的要对记忆力的衰退心怀庆幸吗？我还是记得一些人，都是我认识的人。焦校长，我上的女十二中的校长，现在的 166 中学，小小个子的女人，戴副金丝眼镜的老革命，“文革”中被红卫兵关押、鞭打，因内伤而死。三姨，三公公的小女儿，“文革”中开煤气自杀，丢下自己十岁的儿子，三姨夫从此不再开口说话，十几年把自己关在一间积满尘土的房间里。孙维世，同住在铁狮子胡同 5 号的阿姨，现在被号称“红色公主”，她满脸阳光，笑声特别爽朗，“文革”中死在秦城监狱，死得极惨。巴人，我妹妹的同学王高潮的父亲，1967 年被赶出北京，赶到乡下老家，死前已经神经失常，死的时候孤零零身边没有一个亲人。哦，对不起对不起，我不愿再想下去，就这样吧。

人，不是记忆的主人，某种程度是被记忆控制，甚至塑造。换句话说，记忆就是经历，而人生除了拥有经历还拥有什么呐？我羡慕今天的年轻人，羡慕我的儿子，有些时候他不能理解我，在有些问题上我们很难沟通。可我又怎么能要求他和我一样？他用他的眼睛看世界是另外的样子，他们的脑细胞接受的是不同的刺激。

其实，同一个世界是不存在的，这让我既觉得失望又不由怀着希望。

编码

三十四

我又来到首都剧场，迈上台阶，手里攥着戏票，检票后把随身携带的包放到传送带上，过安检，然后走进剧场。以前可不是这样。那时候我和爸爸来看戏，汽车停到剧场门前，他急匆匆下车，我赶快去扶他，剧场里也有人迎出来，和我一左一右搀着他上台阶，他是那么着急，差点在台阶上绊倒，在门口没人跟他要票，我们一行急匆匆穿过前厅，奔向休息室，奔向他的目的地，厕所。他上了岁数，急于上厕所是可以理解的，就像他回家第一件事总是上厕所，首都剧场也是他的家，所以他也照样行事。

我爸爸一生有太多的头衔，可笑的是有些连他自己都不知道就被人戴到他头上了。当红皮烫金字的聘书送到家里，他微微吃惊："啊？我居然是……"

不管怎样吧，我想说在所有的头衔里有一个他最在意，那就是北京人民艺术剧院院长。他和北京人艺的关系从这个剧院出生开始，直到他离开人世，无论好时光坏时光，始终连在一起。

有一点可以肯定，我爸爸绝不是当领导的料，从头到脚搜遍浑身，即便用 X 光机也找不出一粒管理者的细胞，他当院长只因为他懂戏，热爱戏剧，是无可争议的内行。他这个院长没有办公室，也不需要天天上班，我所知道的他的几个办公地点，一个是史家胡同 56 号、党委书记赵起扬的家，数不清有多少个星期天的上午我是在那儿度过的，爸爸和起扬叔叔在客厅里商谈剧院的事情，我和他家的小燕儿在院子里疯玩。另一个地方是首都剧场的小黑屋，就在观众席后面，舞台上在演戏，爸爸牵着我的手钻进小黑屋，里面亮着一盏幽暗的小灯，两三个叔叔从小小的窗口望向舞台，爸爸和他们交谈起来，说的都是舞台上正在发生的种种情形，好，还是不大好，或是怎样更好。我还小，心想：他们在干什么？照在演员脸上的光怎么就像他们说的那样变亮了，难道他们身上有一根线和舞台连着吗？真是神奇。

再有就是侧幕条了。他常常会站在侧幕条看戏，有时会带着我。从侧幕看戏有种特别的感觉，和台上的演员离得那么近，甚至能听到他们的呼吸，这些人既是你认识的人又不是，仿佛眼看着一个个魔术师，他们变的魔术叫作：创造角色。

谢幕完毕，化妆间里灯光明亮，演员们坐在镜子前卸妆，抹了凡士林的脸上油光光乱糟糟的，爸爸走进化妆间，大家聊起来，被一种热烈的情绪裹挟，每个人的声音都不由自主地提高了，谈刚刚的演出，谈各自的感觉，聊得尽兴，一颗心全在戏上。回想起来，亮堂堂的化妆间里，多么美好幸福的一屋子人哪！

剧院的叔叔阿姨们，很多人家我都去过。每年大年初一爸爸都要给大伙拜年，他们住在城里各处，一早爸爸就带着我出门，一直转到中午。每家人都乐呵呵地迎出门来，每家的桌上都摆着糖果花生瓜子儿，我的口袋里总是揣得满满的。

排练场爸爸从不带我这个小孩儿进去，直到我长大成人，才和他进了排练厅。我跟在他身后，规矩是要蹑手蹑脚，溜边走，绝不能弄出一点动静，有人让出椅子，我们坐下，排练始终在进行，那是一种让人肃然起敬的气氛。

有件事从记忆中冒出来。一次在剧院看戏，想不起是什么戏了，我坐在观众席里，无意间回头，看到两个人影从太平门走进来，快快地移动，一时间觉得有些眼熟。两人来到我后面的一排，在观众中间坐下，啊，是周恩来总理。身边的观众发现了他，心里也许一喜，随即就专心看戏了。戏比天大，没有谁比戏更大，这是规矩。当然，平日遇到这种突如其来的情况家里的电话就会响起来，告诉爸爸总理来看戏了，爸爸立刻出门，直奔剧场，看来陪领导看戏也是规矩。

“文革”时期爸爸天天在剧院接受批判，参加学习班，他害怕，只能硬着头皮出门，没有别的路可走。他曾回忆：“那些人你说是人也好，是鬼也好，是神也好，反正我惹不起，我就是孙子，也不是孙子，就是一条虫，随你们怎么踩。”所幸的是他在剧院的人缘从来不错，所以没有人打过他。只有一次，一个外调的人在剧院办公室审问他，他答不出，那人厉声呵斥：摘下眼镜！爸爸摘下眼镜，准备挨嘴巴，坐在一旁的剧院造反派微微摇头示意，结果那人就没有扇他耳光。北京人艺最著名的造反派头子蔡安安如今不知在什么地方，而当年的保皇派头头、保我爸爸的林兆华，已经成了大名鼎鼎的大导，当年他排的实验戏《绝对信号》剧院里很多人不接受，甚至反对，爸爸的支持起到很大作用。

十年河东十年河西，听起来有宿命的味道，有点轻慢，事实是熬过了“文革”，各种官衔又回到爸爸身上，说家里宾客盈门似乎有点夸张，但门铃确实每天都会响。听到铃声我去开门，管他是谁都是客人，只有剧院来的人除外，他们是自己人，那感觉是不一样的。那时候爸爸年岁已高，除了看戏，很少再去剧院，有事情大家就上门，没有什么寒暄，不需要那套假招子，上来就谈事儿，有什么说什么。偶尔也有人单独上门，和爸爸关起门密谈，我猜想可能涉及私事吧。他是他们能倾诉的朋友，在这里总能获得理解。谈话未必能立竿见影地解决具体问题，但曹禺院长的理解自有价值。

再后来爸爸有病住进医院，病房里依然访客不断。他反应迟缓，说的话也很少，像一尊雕像坐在沙发里。我去看他，看到我的那一刻他脸上的表情忽然亮了，眼睛里两簇小火苗忽地蹿起来，随即熄灭，大多时间因为没有力气，并不说什么话。然而有几次我亲眼看到他突然间康复，像没病一样，人艺的于是之院长、刘锦云院长走进病房，所有衰竭的精力瞬间在爸爸体内复活，他高兴地笑着，眼睛熠熠发光，连牙齿都在闪亮，问这问那，声音中气十足，关心正在上演的戏，最关心的是票房，观众多不多，喜不喜欢看，如果听说票房不好就立刻忧心忡忡。看到他那么忧虑，别人就扯开话题，说点好消息，看得出他们既把他当作敬重的老院长也当作一个生病的老人。

我在一旁看着，心里微感惊异，是什么力量在控制这一切，让病症忽然离爸爸而去？我知道它们并没有走远，一会儿就要回来，可这一会儿多么好啊！让我多看一会儿吧。

人走了，病房空了，虎视眈眈守在一旁的病立刻反扑回来，以加倍的重量把爸爸压倒。“来，我要躺躺。”他说，他实在是连坐都坐不住了。我们扶他躺下，他闭上眼睛，呼吸粗重。

那年，在爸爸快八十岁的时候，他做了一件让我想不到的事。我家没有过生日的传统，因为爸爸从不重视自己的生日，甚至很多年都没有过过生日，而那回他竟然要送自己一件生日礼物。他买了一本精美的中式册子，锦缎的封面，厚而软的宣纸一页连一页地折叠着，他把剧院的苏民叔叔请到家里，两人在客厅里聊了半天，苏民叔叔走了，带走了那本漂亮的册子。

从苏民叔叔开始，那本册子在剧院朋友们的手中一个传一个，于是之，蓝天野，郑榕，蓝天野叔叔告诉我为这件事爸爸专门给他写了封信，希望剧院的每个人能画的画能写的写，包括食堂的大师傅、剧场的服务员，他一一列出名字，哪怕只签个名。就这样，厚厚的一本册子画满了写满了，最后送回到爸爸手中。八十岁这年，他得到了这件对他来说意义非凡的生日礼物。1996 年他走之后，整理他东西的时候我看到这本册子，忍不住拿回家，打算自己珍藏起来。对我来说那册子上的每一页不仅是一幅画几行字，那是一位位活生生的亲切的人，我认识他们，翻开册子就等于打开记忆。更重要的是这是爸爸的宝贝，他这辈子没有多少宝贝，少有珍藏，这一件我要保有它。事实是我只保有了它很短的时间，当北京人艺要在首都剧场建立博物馆，我立刻想到这本册子，我当然可以继续保留它，因为它是私人物品，也可以捐出去，让大家看到。我权衡再三，掂量着留在我手里的意义和价值，我很自私，很想留下它，但是我听见爸爸的声音，“不要这样，我的小方子，让它有一个更适合更好的归宿吧”。现在这件珍贵的生日礼物就在首都剧场四楼，北京人艺博物馆的展柜里。

2010年在我爸爸诞辰一百周年的时候，北京人艺开了纪念会，出了专刊和一本厚厚的书，演出了他的四部剧作。关于他和北京人艺很多人说了很多，该说的都说得差不多了。我说的只是我所看到、感受到的，主要是关于爱的，爸爸说过：我是爱北京人艺的。

我又来到首都剧场，我知道今后我还会一次又一次地来这里，在灯火通明之中迈上台阶，检票之后走进剧场，踩着通道上深红色的地毯找到自己的座位，坐下。四周传来微微的嘈杂，一种开演前熟悉的声音，再过一会儿，钟声响了，一遍，两遍，三遍，剧场安静下来……

剧作家曹禺说：“舞台是一座蕴藏无限魅惑的地方，它是地狱，是天堂。一场惊心动魄的成功的演出，是从苦恼到苦恼，经过地狱一般的折磨才出现的，据说进天堂是美德的报酬。天堂是永远的和谐与宁静。然而戏剧的天堂却比传说的天堂更高，更幸福。它永不宁静，它是滔滔的海浪，是熊熊的火焰，是不停地孕育万物的土地，是乱云堆起、变化莫测的天空。只有看见了万相人生的苦和乐的人，才能在舞台上得到千变万化的永生。”

首都剧场[◎]

编码

三十五

偶尔回想往事，有个情景让我觉得有趣，那就是“马桶间聚会”。是这样，陈蕴珍阿姨是上海《收获》杂志的义务编辑，她到北京来约稿就住在我家，她的笔名：萧珊，她的丈夫巴金原名李芾甘，我们叫他李伯伯。爸爸第一次见陈蕴珍是李伯伯让他见见自己的女朋友，他们来到约会地点，女朋友还没来，等了一会还是不见人影，李伯伯不由四下张望，这时一丛小树后面突然跳出一个人来，一下子跳到李伯伯面前，吓了他一大跳，正是陈蕴珍阿姨，随即她就笑开了，笑得前仰后合，笑得止不住，笑声像一串串清脆的银铃。爸爸说他当时真是吃了一惊，老大哥的女朋友活泼又天真，简直像个女中学生。

陈蕴珍阿姨从上海到北京出差，住在我家，每天晚上爸爸、妈妈和她都要一通神聊，不是在客厅，不是在书房，也不是卧室，是厕所，上海话叫作马桶间，这样的夜晚就被他们笑称：马桶间聚会。有一天我忽然想到这个问题：厕所？为什么要在厕所？

我家住的平房曾经是一家日本医院，一进门是客厅，一侧是卧室，另一侧就是厕所。厕所挺大，甚至比卧室还大点儿，里面有洗手池、马桶，报废的浴缸里放满杂物，一面墙摆着大衣柜和一摞箱子。不用多想我就明白了，他们仨一定有一个在上厕所，另外两个是陪客，而坐在马桶上的不可能是别人，只能是妈妈。妈妈坐在马桶上，陈蕴珍阿姨坐在一张小板凳上，爸爸靠坐在浴缸沿，他们聊哇聊哇，聊得高兴极了，聊得忘了时间。妈妈也忘了自己在上厕所。陈蕴珍阿姨的声调比爸爸妈妈要高，听上去特别年轻，像唱歌一样。妈妈从来不善交际，来往的只有那么几个亲戚，是蕴珍阿姨让她享受到友谊的亲密，让她有很多的话想说，快活地咯咯咯笑出声。我躺在卧室床上，门缝底下透进一线光，隔着门能听到他们高高低低的笑语，那是大人的世界，我听不懂，因此那声音就像是好听的催眠曲，陪伴我进入梦乡。

爸爸呢？他是一个爱交朋友爱热闹的人吗？其实并不是。虽然有的时候，当很多朋友聚到一起，他闹起来常常最疯，一瞬间像个敢于捣蛋的男孩儿。但深入到他的内心，还是会看到“孤独”二字。

他真正的好朋友、一辈子的朋友只有一个，巴金。他们结缘于《雷雨》的出版，抗战时期，李伯伯又出版了我爸爸的剧本《蜕变》，并写了“后记”。

“从《雷雨》起，我就是他的作品的最初读者，他的每一本戏都是经过我和另一个朋友的手送到读者面前的。他相信我们，如人相信他的真实的朋友。……我最近在作者家里过了六天安静的日子，每夜在一间楼房里我们隔着一张写字台对面坐着，望着一盏清油灯的摇晃的微光，谈到九十点钟……”抗战时的江安，没有电，无边的夜晚漆黑寂静，对于那六天，爸爸也有回忆：“巴金这次来江安，我们谈得太投机了，每天都谈得很晚很晚，虽然是冬天，小屋里只有清油灯的微光，但是每次想起来，总觉得那小屋里很暖很暖。”

我始终认为，在人与人的关系中最有引力最牢靠的不是别的，是共同语言。抛开工作、干事情不谈，人和人如果聊不到一块何苦见面。有意思的是与此正相反，同时我又觉得最好的朋友是能够坐在一起，一句话不用说也觉得很自然很舒服的。有这样的朋友是一种幸运。

1942 年爸爸离开剧专到了重庆，应聘在复旦大学讲外国戏剧，教英文。大学教授听上去应该是个不错的职位，然而事实上呢？“在重庆时，我穷得不得了，有时一天就啃两个大烧饼，有时连烧饼也啃不上。在这种时候，我就跑到巴金家里，又吃又住。我住在他家楼上，他和爱人住在一间十平米的小房间里。他家里经常有一桌穷客人。其实他并不富裕。有时候他手头宽裕，就约我到宁波馆子去打牙祭。巴金对朋友永远是那么厚道、宽容、友爱，他永远是我的大哥，我敬重的兄长。”

上海徐汇区武康路113号现在是巴金故居纪念馆了。小时候我曾在院子里的草坪上玩，草坪上有一架秋千，我坐上去荡呀荡呀，爸爸和李伯伯坐在宽大的廊子上谈天，妈妈和蕴珍阿姨在屋子里说她们的话，到吃饭的时候两家人就一起热热闹闹出去吃饭。李伯伯来北京时，我们一家就去他住的宾馆，记得一次在华侨饭店，他们从上海带来了螃蟹，几个大个儿的挣脱了捆绑在厕所的澡缸里乱爬，蕴珍阿姨慌得叫起来，又叫又笑。

“文革”十年爸爸过的是囚徒的日子，哪儿都不能去，“文革”结束他第一个想去的地方就是上海，去看李伯伯。阴冷的天气，两个人穿得厚厚的，一起去逛城隍庙，然后一大桌子人在一家老字号聚餐，好像是老正兴，但我不敢肯定。回想起来虽然他们自由了，但沉痛的不堪回首的劫难仍然像一层无形的罩子笼罩着他们，一时摘不下来。爸爸再也见不到陈蕴珍阿姨，李伯伯再也见不到方瑞，她们俩都去了另一个世界，天国。

社会秩序恢复，李伯伯开始来北京开各种会，每次必见面，两个人又老了几岁，话说得没有过去那么多了，似乎只要见面就很好。那次李伯伯住在北京饭店，两人想出去走走，就沿着王府井大街从南往北一直走到东安市场，市场门口有卖冷饮的，也卖冰棍，爸爸提议吃根冰棍吧，李伯伯赞同，于是一人手里举着根冰棍，慢慢悠悠，边走边吃，像两个孩子。后来爸爸再婚，继母李玉茹是上海京剧院院长，因此爸爸有很多时间待在上海，见面方便了。我有机会从旁观察，武康路 113 号，一楼客厅里的气氛随意而安宁，两个老人各自坐在沙发里，隔半天才说一句话，我对他们的感觉有所感觉，就像莎士比亚在《一报还一报》中的台词所言：

你既无青春也无老年，
而只像午后的一场睡眠，
把两者梦见。

再后来我爸爸住进北京医院，李伯伯住进华东医院，写信成了他们之间唯一的来往方式，当然也有例外，那就是通电话。北京医院的电话间在一条很长的走廊中部，很小，小得只能容下一个人，如果两个人就关不上门了。接打电话的方式像当年史家胡同 56 号，电话铃响了，需要等待护士来接，然后她们再去叫人。春节或中秋是爸爸和李伯伯通电话的日子，像必定举行的仪式，一种期盼。有时候爸爸打过去，有时李伯伯打过来，如果是李伯伯打来电话，病房里就会刮起一阵旋风，爸爸挣扎着，急切地想从沙发里站起来，做不到，照顾他的小伙子小白把他从沙发里拉起来，围巾在哪儿？帽子在哪儿？走廊上凉，对他来说感冒是非常危险的，可他已经等不及了，“快，快……”说着忙不迭地向门口移动，我和小白赶紧去扶他，他的腿有点迈不开，脚步踉跄，总像是要摔跟头，于是一行三人，不，一行四人，爸爸，李玉茹，我，小白，稀里呼噜穿过走廊，奔向小小的电话间。电话间亮着灯，电话在一张小桌上，桌边是一张凳子，他一屁股坐下，喘着。我们都站在门外。

他抓起话筒：“喂，老巴吗，我是家宝！”他们互相问候，说说各自的情况，越是听不见听不清声音就越大，“你说什么？咱们干什么？什么……好！好！咱们共吃一个月饼……”电话那头围着李伯伯的家人们被逗得大笑起来，因为李伯伯其实说的是“咱们共有一个月亮”，很有诗意，而我爸爸想到的是吃。

李伯伯用他的四川口音重复再说，爸爸终于听清了，笑出声：“对呀对呀，太好啦！咱们共有一个月亮！”声音大得几乎像喊，满走廊都能听见。挂断电话之前两个人总是约好什么时候见面，春天，我去看你，秋天，我们在杭州见，说的时候信心满满，觉得他们能做到，一定能做到。

芾甘：

回沪后一定十分忙碌，文化生活社的事情不知安排得如何了？新政协闻可能九月初旬开，你务必来平，怎样忙也来一次。如不为这件事，我也早返沪了。蕴珍和小妹都好吧？译生也惦记不已。

有一件事请转告家璧。

昨日见着钱俊瑞，上次在莫斯科由郭沫若茅盾诸公签名寄老舍的信是寄往巴黎孟邻野君转，孟君并不识老舍，他也托人转。寄给谁钱俊瑞不得而知。于是这封信转来转去还是莫名其妙，弄到哪里去了。不过信是发了的，请老舍速回国的意思也是普遍的。所以请家璧速函舍予先生请他回一封信吧。

你来前，告我一声。我好接你。

问方叙好。

家宝

1949 年 8 月 16 日

芾甘：

健吾来信，告知你病了，已经割治，不知最近病况若何，我们非常惦念。大约不十分重，这类病很多人有，只在老年人痛苦些。你的身体素来结实，多养息几天，不立刻工作，一定很快恢复健康。

能提笔，写几个字给我。不然，请蕴珍告诉我们你的近状。

前两天，翰笙谈起你没能来参加文教会，因为太忙，言外之意还是希望你能来开会。就来一次北京吧！我想，你病愈后，再遇开会，无妨来一趟，住在我家，开销自然不大。文教会虽然没有经常事要办，主持人总是希望你能到场。

我每天是开会忙，还没工夫写戏。我连续收到你主编的译作丛书，不知销路如何。听说最近文艺书不易卖，老舍先生的版税简直没有多少，他大感困难。你现在生活如何，版税情况还好吧？

关于你，我只偶然在《小说》上看见你开座谈会时的几句话，报上偶尔报道你在华东区文教会上的职务，其余便不知了。有工夫，我们真该写写信了！

祝好！问蕴珍和小妹好。

家宝

1950 年 3 月 21 日

芾甘：

到了北京，正下大雪。这两天处理一些事情，大约十天后可以返沪。我求你办一件事。新华书店唱片部（南京路，电话九八九六）现卖捷克手提快慢两用的电唱机，售价三百五十元，需作家协会出信证明，得公安局准许，即可买，此事我曾托孔罗荪兄代办，他说，可交作协秘书去买。此种唱机曾在京卖过，一两天内被人抢购一空。因此，请告知孔兄可否立刻代为购置。价款，是否请你仍代付给他。我回沪后，可一并归还。感谢。

译生问你和蕴珍好，她说前次寄来小孩们用的东西，都好极了。

祝好。

家宝

1957 年 1 月 4 日

我曾用曹禺名字在新华书店唱片部登记过。我建议你也买一只，确实非常好。如购得，请函告，我便不在北京想办法了。孩子们的相片已给译生，她说都长大了，姐弟都像妈妈。

行前译生寄一封信，信中有汇票四百元。曾托老朱连我的印件，一同交给你。如已收到，请托九姐代取出，即以此款购买唱机。谢谢九姐。信留在上海，候我回来看吧。

以上三封信曾在《收获》2010年第六期发表。那个时候正是我爸爸诞辰一百周年，李伯伯逝世五周年的日子。《收获》在那一期发表了从1949年到1996年他们两个人之间的八十六封信，包括以上三封，注明是选发，就是说并不是全部，但我觉得也差不多是了。我爸爸可不是一个有条理的人，甚至可以说是个马大哈，他自己的文字极少保存，但是他居然把李伯伯的信都有心地保留起来，可见珍惜的程度，而李伯伯也把他的信一封封都保存得好好的，现在看实在宝贵。下面我要节选一些我爸爸写给李伯伯的信，原因很简单，通过信可以了解一个人的所思所感、生活中很多不可能被记录的细节、他如何看待自己和他人、和世界的关系，很多话他只向这位老朋友倾诉，别人听不到。我也会挑选几封李伯伯的信。

1978.1979 年间

老巴：

不知说什么好，在飞机站上看见你和我招手，还是觉得你老了一些。我心里难过。我们两个老友，分别了，我总以为不知何时相见。其实，京沪两地相距不远，只两小时距离，但还是有些说不出的滋味。此次赴沪，你几乎整日陪伴我。虽然话多余，我心中是十分感激的。但愿你不再见老，坚持多创作些好文章、好小说。希望保佑你活到一百岁，看到2000年的中国……

回家，很累，但又是一大堆事和信，并且还要讲话。真是老驴推磨，不知何时才算推尽？但是我听你的话，一定找时间休息一段，不然，很快，这点气力就要挤干净的。

茅盾前辈送我手书小条幅一帧，我将裱它一下。你是否也用宣纸给我写一条幅，我将藏起来，盼极！

孃孃、九姑妈、萧荀，均请问好。到你家，看见她们，如同见到自己的姐妹一样。明年春末，有时间，当再到上海，与你同赴西湖一游，不知可否？或者黄山也可，桂林？庐山？你又送我的 Shakespeare 已放在书柜上，见书，如见你。

老巴：

读了你的怀念萧珊的文章，我痛哭不止，再也想不到她是这样凄凉、孤独地死去。她受了这许多罪，为你受了这许多痛苦。你也为她受尽了人世间想不到的苦痛。我想不出你在暮年会遭受这种不可形容的煎熬，苦难。我也想不出萧珊那样坚强，那样深切地爱疼你。她是个了不起的母亲，又是你真正的好朋友，好妻子。一个女人会那样伟大，她就在我们一闭眼就看得见的地方。你说她临终时，她的眼睛“很大，很美，很亮”，她最后一句话是“找李先生”，而不是“找医生”，我从心里看见了，也听见了。从前我只觉得她天真、坦白、热情、爽直，我没有看到她是这样一个伟大妇女。

我读你的怀念萧珊的悼文，一连好几个夜晚，我的泪水从眼角流下去，流到耳朵里。我仿佛又到上海看到你桌上放着她的相片，而她又像是那样深情地望着你。

我看见她时她似乎是一个中学生，我现在才明白她那时便是那样深情地望着你，而我和靳以都觉得她是一个小孩子，可见知人是如何地难啊！

以后她逐渐成熟了，但她的眼睛却如你所说的“很大，很美，很亮”，看出她心底总是那样明亮的。正因你我是好朋友，你又是我的老哥哥，萧珊之死我的心是说不出的痛刺，你说你若永远闭上眼你的骨灰将要和她的骨灰掺和在一起，我以后要非常之孤独寂寞，我将什么都不想。在这人世上我还有什么？还有什么？！

你叫我写些东西，我一定听话。但如若你永远闭上眼睛，我就不知道怎样过下去，还谈什么写些东西。我的老哥哥，我的老巴，你懂不懂我这些幼稚的话哟！我想我要死在你的前面，让痛苦留给你。这是多么自私，又多么幼稚的想法，……我简直不知说了些什么，又像一个十几岁的孩子乱讲的，老巴，原谅我吧！

芾甘：

得信并照片。幸得我二人同照一张，置诸桌面，如相见。你我都有些老，你尤甚。远行巴黎，切望不可久住，家中人，国内人，都惦念你！早早回来，免得人着急。今年我也可能出国。何时何地尚不可知，许多事知其不可行而行，这是一件……

明日入三九，天气冷，请多穿些衣服，不要又感冒，真是惦念之极。告小林，《收获》稿，常在心中，然这些日，常来"苛捐杂税"，只有瞎写。为《收获》文，定会写得长，请你修改。我有些东西常是你改的，想起来又是几十年前事，颇有些感慨。总想到上海去，见你和其他老友。想来，越过越有些多情，有些冲动，有些伤感。难道是"回光返照"么。

不知再说什么？但我确有一肚子的话，不知从哪里说起。

芾甘：

我即将赴英，行前，必须向你，我多年的兄长，告诉你一件事，不然是过不得的。

我已和李玉茹结婚了。我早该告诉你，并且事先商量。

我多次想和你说明白，我不好意思说。因为自从方瑞去世后，我也想不再结婚。后来，发现自己几次突然晚上犯病，叫不了人，几乎死去。感到需要，但仍不觉得什么！还是可以挨过去的。“死”就死了。孩子们曾劝我结婚。我也觉得很难寻伴侣，我怕高级知识分子，也怕那些家庭妇女。实在不易找。很有几个人为我介绍，我看了，都不行。去年，忽然看见玉茹，我才想起这个念头，因为我认识她在三十多年前，那时她便对我谈过她的出身与境遇。她也认识方瑞，恭敬她，称她为“方先生”，方瑞也觉得她人好。

我说这些，不是要为自己解释。对别人，我是不在乎的。只是对你，我必须讲一讲，我应该使你明白我与李玉茹相守的道理。我69，她56，前些天，才登了记。对外说，我们前半年已登了记，免得搞“吃糖”，乱哄哄，使人害臊的这一套。

其实，你早已看出，但不对你讲明白，我的心不允许我。这个人是好的，对我是十分体贴的，是心地善良的，是受苦人出身，经过旧社会的侮辱，知道人生很不容易过下去的。她老了，原不肯再嫁。我也老了，也不想再惹麻烦。在“文化大革命”中，她吃过大苦头，心已死了，我们原只想再做做朋友就算了。但是不行，社会不允许，人言可畏，必有个法定的手续才能相守。有人说玉茹嫁我，是她做了一大傻事，因为我比她大十三岁，我早死的可能性较大，我还有较重的心脏病。她是很健壮的。我想过这个问题，但是我很爱她，她很爱我，我们真说得上来，也就不管这许多了。

如果发生什么意外，这也叫作“命该如此”！

我这一生犯了多少错误，犯了多少自己都不能原谅自己的错误与过失，埋在肚子里，也很难过，但我却敢同玉茹讲，多少讲一点。自然，这不是政治上的大错误，和对不起朋友的事情。因为自省一遍，我没有。芾甘，我有错，你总是对我指点，对我劝告。我是感激你不尽的。

你永远不能知道，我对你的感情是多深，多恭敬你。我与玉茹结婚后，我还是想写东西，不负许多朋友的盼望。尤其是你，我的兄长，十分偏爱我，多年偏爱我的兄长。

我要写，一定写，但是写得好坏，便很不敢说。我感觉肚子空了，有时，确实有点“丧气”，觉得自己不行了。但我仍然想写，只要上天允许我多活几年，我一定开始想东西，写东西，并且尽可能关门，不再应酬了。这种社交来往，只有坚强的人能避开。这种无休止的“叩门”声，我现在觉得不是什么洋人、陌生者，而是“死神”的低声召唤。因此，我这次下决心不开门了。

芾甘，我敬爱的兄长，我说了许多，仅为了玉茹和我的事，请你原谅我，我实在闷不住了才这样写，向你啰唆。请原谅我吧！无论你认为我做得对，或者不对。

家宝：

信收到。我返沪后身体一直不好，又在写些东西，因此没有给你写信。

我了解你的心情，但希望不要太激动，年纪不小了，应当保持冷静。我的意见在北京时对你讲过，我认为你们两个都是有才华的艺术家（当然你的才更高，还不曾完全发挥出来），都有自己的艺术生命和前途，你们的婚姻是不是会给彼此带来家庭幸福，我有点怀疑。但你既然决定了，而且做了，你有这权利。我没有理由反对，我只应祝福你们。我希望你们好好安排生活，使所有关心你、关心你们的朋友、读者和观众都放心。

你、你们好好地生活吧，我相信你们这次的决定，也相信你们会好好地安排一切。只要你们过得好，过得幸福，我还有什么不高兴的？应当勇敢些，高高兴兴地向前看。既然自己考虑过了，决定了，还怕别人不了解干吗？还怕别人议论干吗？你有很高很高的才，但有一个毛病，怕这怕那，不敢放胆地写，顾虑太多。你应当记住，你心灵中有多少宝贝啊。不要说，你“感觉肚子空了”。连我也感觉到心里有扑不灭的火呢！你可以慢慢来，不用急。

你不久便要出国，出去看看，扩大眼界看看新东西，也好。你高高兴兴地、信心百倍地完成这个任务吧。回来建设你们的新家庭，以后你会写出好作品来。

想说的话多，来不及一一写出，反正我的心意你全了解，不写了。

1981年间

芾甘：

读了你的信，看见你的字写得更小了，我很难过。……你的“芝麻”大的字使我感到异常，我认为你应该问问专家，这究竟是什么缘故。只要是因为老，写字写小了，这是自然的衰退，是不可抵挡的，芾甘，你就认真休息，不要再工作，不要写到深夜。我深深晓得你有一肚子话要说，要迸发出来。你也应该讲出你这一生所受的种种苦恼，压迫，折磨与你短暂的快乐。

但是芾甘，你现在只有休息，把身体真正养好，你才能动笔。绝不可因为时光易逝，硬挺着写文章，这是不合算的。今天我看见周建人先生（在北京医院同看病），他九十三岁了，除耳目不大好，听不清楚，看不清楚外，没有什么大毛病。你在十年浩劫吃了太大的苦，但你的精神与心情是永无衰老的。你会长久地工作下去，会写比你所宣布的，还要多的文章，只要你——我的芾甘！我的兄长！——在目前是真正处在安闲、舒适的状态中。

写着，写着，我又看一遍你用极大力气写的那蝇头大小的字。我敬爱的芾甘，你使我不安极了。

不谈这些话了！今天我在《人民日报》看见一篇关于你的一小篇文章，也许你已读过，但仍然寄给你。

芾甘：

收到你一月十五信，我因赴天津开会，回京又料理杂事，直到现在，才写信给你。

你说“快到灯尽的地步”，你心里的火永远不会熄灭的！

……想想萧伯纳，九十多岁还在写文章，写戏，写了《苹果车》，那是多么有劲的一部作品，多么有益于英国社会的一部作品！

你，也会如此。

我也要学学你，写点东西。也许把《桥》续写，也许是写点与现实有关的东西，但是肚里空空，我将寻找！寻找使我真能喷出熊熊火焰的东西！

我赞成你主张办一个现代文学资料馆，可惜，我从前不好留稿子，但今后，我写点什么，一定留底稿（当然较像样子的底稿）。老巴！我的老朋友，我的老哥，祝你身体好，祝你春节愉快。

1982年间

芾甘：

又许久没给你写信，惦念至极。那天井上靖到我家里，谈起你在医院，气色比平时好，他很放心。

目前，人大开得很有精神，讨论新宪法，大家十分热烈。昨日，听了赵紫阳的第六个五年计划报告，有内容、有办法，我很高兴，我们这个民族这个祖国、这个社会确有可能富强起来。想想几十年我们盼望着、盼望着。受苦受难近百年的中国老百姓有一天确能幸福，过着一个真正像“人”的生活，有一个理想为之奔走，流汗、流血，而不至于白混一场！这岂不令人兴奋。当然，这要用极大的韧性、干劲与确实可靠的措施才能保证其实现。然而，这要时间，也许我们都不能看到了。但能望见这个远景，也是极大的安慰。

我像是大做宣传，但我不想宣传，我确感到这样热烈的空气，这样的决心！活着太不容易了！多少风风雨雨，经过来了，然而前途光明，还是需要真正的人去做，去认真地干。不为自己，为了大家，为了祖国，甚至是为了人类，从我们这方面说，大约就是写一点像样的有益于人民的东西。

也许我们的子孙会出现一些如莎士比亚、如托尔斯泰、如曹雪芹、如关汉卿……这样的概括人类的才智与想象的人。然而目前的眼光太窄了，气魄太不宽阔了。也许我举的，如许多挑剔者所说的，都太陈腐了，太旧了，日后伟大的作家是我这种无知的梦幻者不可能想象的。那确实是有这种可能的。

1983年间

芾甘：

今天起得早，才四点四十分，也许你还在睡，也许你已经醒了。昨夜降温，大风，说夜半将零下十四度，医院的温度已不算很暖，想起华东医院，暖气每日只放两次，天气预报，华东降雨，温度也随之下落，不知你在床上又冷得如何？

……昨夜又读《探索集》（随想录之二），你说，说真话得自卢骚。他是你的启蒙老师。你今天的种种真话，想亦可启发众人说几句心里话。但也未必，世风如此，恐未见得有此神效。一呼百应，固然听来顺耳，然千呼不一应者，亦大有人在。

我在医院，仍旧日日忙于求得一点知识，忙于办事，尤其使多年相处的北京人艺能得一个好书记，好的第一把手，做今后的领导，不然这个老剧院也是岌岌可危，苟混时日。然至今，无着落。真是“上穷碧落下黄泉，两处茫茫皆不见”，不是真不见，而是无人真关心，遇事掣肘，都不顺心，一个小小的剧院，改革一下都如此困难，大机构可想而知。也许，这种想法还是不对，大有大的“好”处，众目睽睽，不得不变。大约，小有小的“难”处才是真的。

《文艺报》登了唐弢的《我爱原野》，据说写得好。《原野》久不得认识，倒无所谓，只是曾与《苦恋》同在文学家们面前共在一上午同放该电影以便批判，此一着，诚属意外，数十年前旧作，也拿出来“鞭尸”，威风凛凛，真是得意至极！

芾甘：

《真话集》尚未收到，我和玉茹急等着读。你知道，有时，我们感到不愉快，尤其是我，时常有些感伤，甚至是气馁，拿你的随感文章读几篇，便快活，便振奋起来。

我仍好做梦，梦境总是考试不及格或一生无路可走，住在穷窄的小店里，前途暗淡，再便是与方瑞东奔西走，被郑秀追逐。醒来，虽然感到松快，然常一天不悦。梦真是怪。曹老靖华总梦他和人打架或与特务拼搏，我绝无这类有战斗气势的梦，即在梦中，我也是一个孱头！

上次曾向你谈起我一生曾做过两三次彩色梦。在医院中，居然梦起孩童时游玩，走入美丽的森林里，那真是破天荒的奇迹。我写表态文章总“雄赳赳气昂昂”；卧梦中，便显出原形。一个人表起态来，可以有七十二变化。但梦中，却似被金箍棒打醒，真面目出现，我常因此十分讨厌我自己！

我总希望我能如你所望于我的，今后能写点东西，然提起笔来，总是茫茫然。也许我正在头脑发懵的时候，不知哪天，有一个小神仙飞到我面前，用棍子一点，我突然开了窍，就像山洪暴发一样，我走笔如飞，写出些像样的东西，我觉到那时，我见你，才不至于羞惭。虽然，我非常明白，我便今后一字写不出，你也不会发恼！

芾甘：

汗流浃背，我在酷热的北京小屋夜灯下给你写信，我心中愉快，背上的汗像一道道雨水流下，一直流到屁股上。

我听说你已经写文章了，而且发表在报刊上。我多想读到你在病后，又执起你真实、热情的笔来为人类写出最诚挚、炽烈如火的大文章！快寄给我一份，我想读，急于想读。读你的文章，就像见着你。你知道，我多想见你，多想拥抱你！我们二人几十年的友情，我却从来没有拥抱过你，大约，你不大喜欢太表面的情感表示；再，中国人不习惯这种表达感情的方式，而我每总想拥抱你一次，或亲亲你的发丝如银的白头。我爱你，又十分敬重你，以至不敢，或者不好意思这样表示！

不要忘记你快八十，我也七十三岁，我们能相见几次？一想到这个，我不是酸楚，而是悲哀！认识你，很不容易。你是一个不好外露的人，我却像一个九岁的男娃娃。记得么？有一次在你的客厅里，我忽然跳跃起来，甚至于滚在地上，那才倾吐出我的喜悦，而话是表现不来的。

听说你还急于你的病伤好得不够快，上楼不方便。你好得够快了！人老，不能性急，徐徐地缓缓地生活。你能长寿，你能活到一百岁。那时，我九十四岁了，我们见了面，真正拥抱一次，并且要为这两个老头照一张相，庆贺我们活得那样长，而多少有一点贡献。

我的兄长，我的芾甘，我有些感伤，而你不太欣赏我这一点的。但即便你不欣赏，我也欢喜你这样的不欣赏。这个世界，能有比真诚还幸福的么？

1987年间

芾甘：

返京，没有什么可谈的，反正一大堆无聊的事又堆在身上。我已能游泳，去了三次游泳馆，与方子及孙子蓬蓬（方子的儿子）同玩，大感到天伦之乐。小孩子真可爱！我想到端端与晅晅（查了字典，原来音“选”），你有这两个宝贝，也是一大乐事。

我现在有时，上午常坐着就睡着了，而夜里虽吃安眠药，都常醒，有时还做梦。天天有人来，说些淡话，就是消磨时间，如何得了？

家宝：

信收到，方子来沪，我已见到了。我只能对她笑笑，因为我精疲力尽了。

以上是将近一个月前写的，一搁就是几个星期。我仍然是个报废了的老病人，却始终摆脱不了各种杂事的干扰，还有人为杂七杂八的事情找我，不让我做自己想做的事，也不让我休息。说实话，要多活也不容易，还需要自己有办法，有决心。我写完五卷宣布搁笔，有人不相信。最近摔了半跤（给抽屉挡住了，未倒下去），又因拉肚子住院一星期，前些天为《随想录》合订本写了一篇不到五千字的后记，说是最后一篇文章，别人还是不信，有什么办法呢？我现在的确看穿了，要活下去必须保重自己。我小病很多，但心、肺、肝、胃都好。经常挨骂挨批却始终不倒下去。既然不死，就不必顾虑太多，所以我常常乐观。

常常想念你。很想和你多谈谈，但见了面也谈不了什么，你耳朵有毛病，我的听力也差了。对这个“老”字我们都无能为力，你的才华、我的热情也起不了作用。我想来想去还是不能放下我们的笔！活下去就得写下去。但是写，也不容易，多困难，需要多大的精力啊！你我都老了，不承认老是不行的。在银屏上常常看到你，感到亲切。可惜常常只是短短的一瞥，留不住。

感到累了，不写了。祝好。

芾甘：

收到你的信，我读了许多遍。睡觉前，或起床后，都看。

我总想和你静静地谈些闲话，甚至于默默地看着你，因为我耳聋听不见你讲的话。你有时讲得快，我真听不出，往往靠玉茹为我大声讲一遍。有时回到家里，叫玉茹再叙述一遍，你讲了些什么。老了，二人都老了，太费力，不如多看你几眼，尤其当你在笑着的时候。我在上海时，我只允许我一星期看你一次。我怕你累着，多说话总是累人，而我又好激动，谈谈就莫名其妙地激动起来，我怕你受不了我有时候的大喊大叫。耳聋人的声音总是大的。

……你信中有几句话给我很大力量，你说："经常挨骂挨批，却始终不倒下去。既然不死，就不必顾虑太多，所以我常常乐观。"

…………

我总在想在我最后的几年中写出点东西，哪怕是极不像样子的，也要写出来。只是拿不准，什么时候可以成形。这远不如从前你和靳以在几十年前，约我写稿子，我写戏一月一幕，像写连续小说似的，按期寄出去，绝不误期的。说了一大堆，还是要保重身体，要活下去，要写点东西……

你的信，我放我卧室桌面一张塑料纸底下压着，我可以随时看看读读。这是几年来你写给我最长的一封信，其实不到六百字。你每个字写得多吃力。我收到这封信，我既欢喜又吃惊，你的身体已经好多了，你已经可以写出这样长的信了。信中的"心"为着你多年喜爱的老朋友在一下一下地跳动。我感激一个老朋友的热诚。我万分后悔多少年你给我的信，我没有好好保存起来。

写这封信，中间又有人来打搅我，所以更证明我说的话对，就是狠狠地关上门，插上门闩。当然，世事不可能完全如此，但我们老了。除了死神以外，一切都可以挡驾。我要做到！你要做到。

芾甘：

……你的"六十年创作生涯纪念展览会"，我去了两次，一次与方子，我们是第一名，签在簿上。许多青年和我们一道看。很高兴。第二次，是程世鉴和我去的，带了照相机。那是“傻瓜”机，一闪光，就把相片前的玻璃照成一团白雾似的大团团，蕴珍那张照片，就因为这个原因，没有照好，这是最可惜的。还有你和蕴珍的，你和一家人的，你身旁的人都照出来，你反而看不见了。但我在你大照片前立着的，非常好。最可爱的是你和母亲一起照的，与你头上一撮桃子头发的小时照片。天气冷了，你要多注意，别冻着。看你寄来的相片，似乎一切都好，你文章不瞒人，你的相片也不瞒人。

1988年间

家宝：

信收到。我把它放在口袋里，准备随时回信，可是一直到今天我才有时间拿起笔先写好信封上的地址，然后在纸上写你的名字。没有想到我几乎捏不住这支小小的笔，多么吃力！我怎么这样衰老！……我有多少话要对你说，可是见了面，我讲话有气无力，你听我讲又听不清楚，话再多也讲不痛快。奈何，奈何！……我在荧光屏上又看见你了。你还在发言，显得年轻，我真想为你鼓掌！

知道罗荪的情况，放心多了。你记得吧，有几年我到北京，我们三个人常常在一起有说有笑，仿佛有使不完的劲！那些记忆是不会消失的。

1989年间

芾甘：

又好久没通信，前些天听说你跌了一跤，后在报纸上又看到这个消息。兆和三姐讲你的软组织受了伤，现找了一位中医治疗，不知最近疗效如何？我非常惦念，希望你不至于太痛。本早想给你信，一则我总在低烧，终日疲乏，住院已有五个月，精神不佳。偶尔出面，都很强勉。

按中国老算法我也进入八十，其实才七十九，总之，颇感到老弱，你比我大六岁。我想起半个多世纪以来，你对我极深的帮助、友谊。你介绍我入了文艺界，你不断给我似火的热情，我有许多缺点，你总是真诚地指出来。回想许多事，我能有你这样兄长似的朋友，我是幸福的。我只是惭愧，你希望我再写些东西，我至今望着白纸，一个字也写不出来。

我很想念你，不知今年能否到上海看你。从复兴中路到武康路，坐一站公共汽车，再走几步就到你的家，看见你和全家人，这是何等的亲热，何等高兴！我真想立刻到上海，再看看你！我想定能去，也许过两三个月就能出院了。

家宝：

信收到。那天在荧屏上看到你，感到意外，但又非常高兴。你精神不好，我觉得难过。这些天，我天天想你，希望能有机会和你多谈谈。但你在医院，我也在医院，只好在梦里见面。我只有一句重要的话：保重身体，为了我们再见。

我仍然住在上次我们一起住过的北七楼病房。腰痛得厉害，靠助步器练习走路。每天走到你从前住的房间门口，好像看见你一样。

芾甘　口述

八九年三月廿四日

芾甘：

这些天，时时想给你复信，却不知怎样下笔。我不知如何说出我的心情。只是望着我心中在华东医院北七楼的你，望着你扶着助步器，一步一步地从病房走出，过了我从前住过的病房，还是艰难地向前迈步。你吃苦了，又一次吃苦了！多少年了，不断地病痛，跌了，起来，跌倒，又起来。我不明白为什么你要受这许多折磨？……前天，有位孙越崎先生，特来看我，他说他现在是九十五岁五个月零五天，而身子骨挺硬朗，声音气力都很足，当时就想到你，你若有他一半的健康会多好！

这两天，我回忆我一生多少次受你的真诚、热情的帮助，从我作为一个大学生认识你，三座门，南京，上海，重庆（尤其在抗战中的文化生活出版社，经常在那可爱的木楼上与下面，吃、住、谈天，见着许多文艺界朋友。）……一直到我们共同在华东医院治病，每天能见几次面，晚间我能和你在甬道上，慢慢随着你走路，到客厅，与病友们一同看电视，真是想念啊……

你不要回信了，我看你写的"芾甘口述"这四个字就很高兴了。

家宝：

你那两句话太使我难过了。我不得不亲笔写两行告诉你：

一、你好好保重身体；

二、我争取活下去，再写一本小书给你看。

祝好！

芾甘

四月十八日

家宝：

电报收到。玉茹来谈了你的近况。我多么想能像从前那样同你畅谈半天！……不管怎样，你的面貌永在我的眼前。三十年代，四十年代，五十年代，六十年代，七十年代，八十年代，我们在一起经历了种种奇怪的日子，你怎样悲痛地跟方瑞告别，我默默地把萧珊送到火葬场……想起你我只有一个愿望：不要放下笔。我不断地对你说：你要写，要多写。然而今天我却要对你说："要保重，把身体养好。”你安心养病吧。你的存在就是一种力量，千万不要轻视自己。我经常从你那里受到鼓舞，这是真话！

1990年间

家宝：

感谢你的长信，四十年的往事无法谈，无法写，我们都老了！你的信到了我这里已经一个多月，我读了不止一遍，后来我忽然觉得这信也像是我写的，你我的处境、心情、想法完全一样。

……今天我又在《日中文化交流》上看见你在医院里会见杉村春子，明明是你常有的笑容！……我们不用悲观，不用感伤，最好安心做到我们应当做的一切，也就是我们能做到的一切。跟疾病作斗争，我们就只有这一条路了，这是人人都要走的路。……我有时也还有点幻想：天暖和了，我的身体会好起来，我会见到你。你的健康也可能逐渐恢复。多多保重，继续跟疾病斗争，坚持也就是胜利。

芾甘：

从你给我复一封长信后，有半年我没有回信。原因是少见的疲乏，看来，我出院的希望只是幻想，说不定今生再见你是不可能的。心里乱糟糟的，时常想念你，我的兄长；想念我们曾在一起欢聚的情景，想起靳以，念起许多见着萧珊的场合，重庆的文化生活出版社，上海武康路的你的家，甚至想第一次我和靳以在兆丰公园见着十几岁的萧珊的笑脸，笑个不停的少女声音。

我念起那篇文章描写她去世的状况，小林喊："姆妈！姆妈！"的哭声；小棠一直诧异为什么妈妈不来看也在病中的小棠，我不知为何那样酸楚，我不敢再看第二遍，而经常那样想细细再读一遍。

我觉得许多往事使人流泪，使人高兴，使人那样渴望它再现。大约我这一生快走到尽头；回顾这一辈子，可想的事情不多，错失确是不少。自己想算算总账，我欠人，欠这个世界的太多，太多了。

（注：据信中所说爸爸第一次见蕴珍阿姨不仅是他和李伯伯，还有章靳以。）

1991年间

芾甘：

……午饭后，睡着了。仿佛一个小女孩叫我到你家里吃饭，我看她十分好玩，问她："你是巴老的第几代？""走吧！"她拉着我的手，快活地叫着跑着，"第三代！"到一间相当大的饭厅，你已坐在大圆桌旁，连续有人来坐。你吃饭很好，鱼特别吃得多，我说："老巴，你身体真不错啊！"你笑呵呵地应着，眼神是那样慈祥！

……我写信给你，告诉你，我想你身体一定很好，精神也好，我想你也为国内这次大水灾着急。这次水灾，实在太大，万分令人着急！

家宝：

十二日信收到。你的梦太好了，我真想到你身边，和你畅谈，而且我还十分想念我那个给她妈妈带去美国的小孙女，你居然也梦见了她，那太好了。可惜梦只是梦，梦醒后反倒使人更加怀念一些不能忘记的事情。

…………

芾甘：

我矛盾、踌躇。疾病捆着我，终于我不能不说：我不能到南方看你了。医生们早已对我说，不能行路，我现在每夜离不开氧气，饭食需要医生定下，不可乱吃。我只能说希望以后再能见见，我已经八十一，过几天，就八十二了，又有这个讨厌的肾脏病，还有心脏病，看来这个美好的期望，可能落空了。

我经常回忆我这一生，我太不勤快。你一直热情地劝我多写点东西，我却写不出一个字。小林也约我为《收获》写点散文，五百字也成。她真是和你一样的诚恳，要我写点文章，这是一位热诚的编辑的好意，我却做不到，我惭愧极了，不安极了！

家宝：

……小林夫妇和他们女儿这次都见到你，还给我带来你的近照。他们说你身体好多了。我羡慕他们，你和他们谈得多高兴。小林要你为《收获》写篇短文，我看只要方子帮点忙（提醒你），你一定办得到。几百字到两千字，都可以，分几天写，不必放在心上，也不要勉强，更不要紧张。文章能写成，可以加强你的信心。

芾甘：

……你叫我写点东西，我想不到我就写出来，不止玉茹惊异，连自己也吃惊。我对你的感情都在这篇文字中表达了，我在末尾，抄了一段你的信。这给全文添了有力的结尾。是你鼓励我要写，你终身都如此真情地告诉我。我觉得我有了“信心”，这却是你信中早说过的。

我感谢小林，从上海来了电话，要我如期发稿，我做到了，这不使我愉快，不使我真有信心么？！

家宝：

信稿都收到。你可以想到我们的高兴。你那篇散文写得好，小林很满意，已把它编入本年第六期，十二月出版。像这样的散文你还可以写一些，倘使你高兴写。慢慢来吧。

方子写你的文章我读后很感动，我觉得好像我的孩子在写我，我想得很多。很奇怪，你也在想托尔斯泰出走的事。

问候玉茹，你的病情好转，也得感谢她。

1992年间

苇甘：

今天（1992，一月廿五日）收到你的信，我非常欢喜，这些天不见你复信，我总怕你进医院，……其实，我有时常想你或者我，一天忽然一高兴就走了。我觉得这也不坏。这对身后，尤其是爱我们的人会相当痛苦。然早晚有一天，大家也渐渐习惯起来。

……这些天，我感觉好些，也就乐观一点，但一累，便立刻要吸氧气。我想告诉你，我现在安眠药吃得少多了，然而那剂量对任何人说，还是惊人的。……我最大的苦恼是自己由心里得不到安静，时时刻刻折磨自己，用往事折磨自己，甚至于以偶然的话语说错了，对人态度不对了……种种折磨自己，这就使我沉默。而我的沉默中，经常心中翻江倒海，时而又像老了的色黄的蚕吐出细弱的丝，那样无尽无休地缠绕着自己，苦恼着自己。我知道这是病态，也许因为长住医院，也许因为本性如此，真不知如何是了。

……路还很长。这长路，要人忍受得住。长有长的苦，虽然谁都不愿意死，但活得长，也是要把力气。……玉茹在英国时，我很寂寞，但快回来了。她在英国还教了京剧，录像，看戏，很忙，也很高兴。

1994年间

苇甘：

小棠过京，你嘱咐他来看我，他带来好看的花和好吃的杏花春（楼）月饼。我们谈得很高兴，问起你的起居生活，九点半上床，第二天七点起身。如果早醒了，就在床上听半导体。吃饭很香，耳朵比我好得多，能听人讲话，而我现在当面都听不出朋友的讲话，必须大声叫，才听得见，这不叫讲话，这叫喊话了。……我们也说到“西湖之梦”，西湖，这个多情的地方使你留连不已，我多么羡慕这样的好时光，何时相与游玩在西湖，也许明年，也许我永远不能去了，我的苇甘！

1995年间

家宝：

你好！收到你的信，很高兴，我也很想念你。我现在还不能坐起来写信，只好请端端代笔。这次我又住在北七楼，我在这里天天都谈起你，就像当年我们一起住院一样，我们还是在一起。这感情是不能用文字表达的。我现在讲话还困难，也就不写了，希望你多多保重，我整天想的就是希望你长寿。

问候玉茹和万方。

苇甘

九五年一月七日

（端端代笔于华东医院）

苇甘：

前天采臣来看我，从他言谈中才知道你的健康日趋好转，穿着钢板背心，已能起床走路，每天在过道中上午走两趟，下午走一趟。

……方子写了小说《珍禽异兽》，小林为她修改提出很多好意见，小林洋洋洒洒，写好长好长修改的文章，我很感动，也佩服她们之间的友情。

我这里除了偶有朋友来探视，没有什么可讲的。现在玉茹又要回上海治疗，我更加孤寂了。

我写不动了，不写了，问全家人好！

这封信里爸爸提到我的小说《珍禽异兽》，我有话想说。这些话不可能在这本书里独立成章，我决定就在这里写出来。

我的第一篇小说《星星离我们并不遥远》是在《收获》杂志上发表的，李伯伯的女儿李小林是我的编辑，那情形很像当年李伯伯发表爸爸的第一个剧本《雷雨》。我不会那么狂妄，拿自己的小说和《雷雨》比，我只是想说世上确实是有缘分这回事儿。在此没有必要关注《珍禽异兽》的内容，要说的是这篇小说我写了近十万字，而小林要求我压缩到六万字，就是说要删去四万字。作为责编，她掌握着发与不发的生杀大权，我知道我必须按她的要求做，她是不会因为我爸和她爸的交情而放松对稿子的标准的，虽然我们俩曾挤在一张床上叽叽喳喳说笑，那时她刚上大学，暑假来北京玩住在我家，我刚上初中，我们俩不知聊什么聊得那么高兴，笑啊笑的，可那也没有用。我也不会要求爸爸替我说话，他也不会替我说话，即便退稿他也觉得很正常，理所应当，只说明一件事，我写得不好，不够好。这无关友情。

要知道删去四万字有多难啊！都是我苦思冥想、字斟句酌写出来的，拿掉一句都舍不得，都心痛，就像割肉。第一刀下去了，很疼，咬着牙再来第二刀，第三刀，一刀又一刀，想得到吗，我渐渐有了一种顺手的感觉，越割越顺手，以至感觉到痛快，因为我渐渐看清了我割掉的都是赘肉，终于有所悟，学到了写作的一项重要本领。洋洋洒洒是写作，但是不要一个多余的字更重要。为此我要感激小林，要不是她的逼迫不知道什么时候我才能懂。

然而非常可惜，小林的那封长信早已不知所踪。

下面还有几封爸爸和李伯伯的通信，这时离 1996 年 12 月 13 日已经越来越近了，爸爸已经是一个衰弱的老人，写信对他来说变得日益困难，因此信都很短，看了让我难过。时间在慢慢静止下来，或许他们进入了一种更深的沟通，谁又知道呢。

时间依然是1995年。

家宝：

你好。好久不得你的信了。很想念你。玉茹在上海时常到病房来看我，她会把我的病情告诉你。

我从医院来杭州相当顺利，算起来已经五十多天了。本来打算住一个月，后来听从上海作协朋友的建议决定在这里过暑假，希望把身体养好一点回家。

你我同样怕写信，不过你学过书法，字写得好，不像我连笔画也摆不匀，因为太念你，不怕你见笑，给你寄这封短信。祝你身体健康，请多多保重！

芾甘：

十分想念你，忽得你的信，其欢喜可想而知。应早复，却浑身无力，现在才能执笔，请你原谅。

你的病情时由玉茹讲来，你赴杭休养已见效。听说十月才回沪，那更是好事。收到你给我补品并《再思录》，我十分感动。看你写字很吃力，终于给我写了信，我甚是感激。

小林托我给在杭的朋友熟人写字，都写好交吴殿熙寄给你，不知你看了觉得合适否？

写字困难，不多写了。你更要保重身体，一定养好身体。衷心盼福，问全家人好！

1996年间

我爸爸在世的最后一年。

家宝：

书收到，太高兴了！谢谢你，请多保重。问候玉茹和方子。

祝健康！

巴金

九六年四月

芾甘：

收到你最近编的书，足见你体力日趋好转，十分宽慰。

谢谢你。祝全家好。

家宝

96.4.20

中国文联转李玉茹、万方，请不要悲痛，家宝并没有去，他永远活在观众和读者的心中！

巴金

1996年12月15日

编码 三十六

北京医院的阳台很宽大，也很长，一天中大多时间里空寂无人。爸爸坐在一张藤椅上，太阳光照着他的头顶，稀疏灰白的头发在阳光里显得干枯而脆弱，脸上的神情很安详。有时候我走到他面前，他并不察觉，依然闭着眼睛。我注视他。他的头靠在椅背上，我知道他并没有睡着，脑子里不知道在想什么，或许什么也没有想，但愿如此。忽然他睁开眼睛看见了我，脸上浮起微笑，“你来了呀，我的小方子……”说着举起一只手，意思是让我拉住他的手，然后他用两只手攥住我的手，俯下头，嘴贴在我的手背上，鼻子用力地吸气，好像我的手很香很香。意思是他爱我。

我和爸爸，我妹妹和爸爸，我们都习惯肌肤之亲，抱一抱，亲亲脸蛋，摸摸脸蛋，不分长幼，谁都可以摸谁的脸蛋。有时我想为什么我没有和他更多地聊聊天呢？是他没有力气了还是没有了兴趣？不，他不是不想交流，很想，可是……谁又能和他重温旧梦？能有共同的回忆是多么重要，活着当然好，但是如果你比有共同记忆的人都活得更久，那也是一种不幸。我爸爸爱说人真孤独，我想就是这个原因吧。

李伯伯的信里说读了我写爸爸的文章很感动，觉得像是他的孩子在写他。是的，他们是一代人，有共同的记忆，现在爸爸和李伯伯已经走了很多年了，他们那个时代的人都走了，那个时代也随他们而去，越来越远，终有一天无法辨认，被遗忘。会吗？我们会不会想唤回他们，再看看他们的样子？我们和他们之间究竟隔着什么，让我们变得如此不同。我们进步了是吗？进步得太快了，是吗？我们是被剥夺还是被赠予？那个全能的造物主啊，你都对人类做了些什么？

爸爸和巴金[1]

编码 三十七

2018年的冬天没有下雪，一粒雪也没有。干枯的草地变得越来越坚硬，干脆变成了光秃秃的地面。草都死了，不知道春天还能不能发芽。各种消息纷沓而至，有好消息也有坏消息。我暗自庆幸，无论地球上出了什么事，只要进入写作状态心就变得专一，身体也觉得舒服了。

今天是寒冷的一天，最高温度零下五度。早晨出门遛乖乖，瞬间感受到小时候的那股冷劲儿。那是一股干冷干冷的劲儿，吸口气都会感觉噎了一下似的，刚出门并不觉得多么冷，可待上一会儿就觉得冻脚，抬头看天上有云，淡白色的，被风吹得一道道横在淡蓝的天空上。这是我熟悉的北京的冬天，白天天空透亮，映着光裸的树，枝杈微微发亮，到黄昏降临，西天静静地散发着金粉色的光辉，树影变暗，变作黑色的剪影。没有雾霾，小时候就没听说过，雾霾是什么？是妖怪吗？

冬天是从气味开始的，每当闻到糖炒栗子的香味我就知道冬天要来了。对，还有大雁！大雁一点也不大，很小，是一些在高空中移动的小黑点儿，天空是淡青色的，大雁们排成一行行，从看不见的地方飞来，又飞得看不见了，不知道为什么它们总是在黄昏的时候飞过城市，那嘎嘎嘎的叫声使天地变得无限辽阔。

一队又一队的雁阵布满天空，我被吸引，久久地仰头目送它们。天就要黑了，妈妈叫我回家吃饭，我向她提了一个问题：天都黑了，大雁会迷路吗？妈妈给我讲了候鸟的知识解决了我的疑问。

一天，从灰蒙蒙的空中飘下一些细小的凉凉的东西，我惊喜地发现下雪啦！雪花轻悠悠地飘呀飘，似乎不想一下落到地上，先在房顶上、树上，在那些高处先歇息歇息，然而不一会儿，它们变得急切起来，一股脑地扑向大地，一眨眼工夫窗外已经变成一个雪白的世界。我冲出屋子，妈妈叫住我，给我戴上帽子围脖，把用细绳连在一起的棉手套挂到我脖子上。在雪地上踩出的第一个脚印多么令人欣喜啊！然后就是打雪仗呀，堆雪人呀，扫雪呀，不管干什么脚下始终伴随着可爱的咯吱咯吱的声音。我的脸蛋像涂了两个红疙瘩，呼出的热气在眉毛上、前额的头发上结起一层晶莹多芒的霜。直到晚上睡觉的时候雪也没有停，炉子里压了两块蜂窝煤，用铁盖子封上，屋里的气温因此降低了许多，鼻子尖凉飕飕的，妈妈把大棉被给我盖好，在脖子那儿掖了又掖，然后关上灯。

夜那么静，仿佛能听见雪片落在地上的沙沙声。黑暗中铺天盖地的雪像大棉被一样把城市盖得严严实实，平生第一次我感觉到了世界这个概念，一个平安的世界，下一分钟我就睡着了。

说不清从哪天起，空气中兴奋的分子在身边开始聚集，我开始期盼，盼着过年。妈妈从绸布店买回格子布，一条条粉色和浅灰色的格子细密地交织着，她给我和妹妹每人做了一件新罩褂。灯笼和鞭炮也买回家来。灯笼是一个扁片，把一层层折叠着的棉纸轻轻拉开，就能拉成圆形，长圆，长方形。我拿灯笼当手风琴拉着玩儿，妈妈柔声制止，“别拉坏了，等过年再玩”。

这等待既心焦又愉快，还有半个月就要过年了，还有一个礼拜，还有三天，明天就要过年啦！除夕的太阳升起来了，一天都喜气洋洋的，我一心盼着天黑，天总算黑了，时候到了！在灯笼的底座上插一根手指头似的小红蜡烛，“刺啦”划根火柴把蜡烛点亮，小心翼翼地把灯笼拉起来，拉到最大限度，竹竿早就准备好了，挂上就行。我的灯笼是粉红色的，妹妹的是橘黄色的，现在要到院子里、到黑夜里去了！

黑夜是毫不含糊的黑夜，没有霓虹灯，昏暗的路灯彼此隔得很远，一些人家门口挂起一对红灯笼，在冬夜里显得那么美丽。我提着一团粉粉的光，和妹妹那团温暖的黄光，来到街上，微弱的光只能照亮一小块空间，发亮的小空间在兴奋的小手下晃动。街上可以看到路灯，看到灯笼，看到月亮，还有突然一闪又一闪的鞭炮，它们各自发光，互不干扰又互相映衬。谁舍得把一串鞭炮一下子放光呢，我们把编成辫子的爆竹拆散，一粒一粒地放，听那一声声清脆的爆响，多么完美的除夕之夜啊！一切的等待都是值得的。入夜我躺到床上时，新罩褂已经套在棉袄上，摆在床头了。我喜滋滋地想着明天，懵里懵懂，只觉得一切都温暖又美好。

时光飞逝，很快就要到2019年的新年，随后就是春节，四下里已经开始弥漫起期待的气氛。我熟悉那气氛，但它已经和我没什么关系，那气氛属于屋外，属于大街上熙熙攘攘的人流，他们远离家乡一年了，恨不得时间过得快点儿再快点儿，恨不能马上飞回家。而我呢？我有那粉粉的红光，它依旧美好如初，不，更加美好，是一切美好的象征。

雪，最后还是下了，2019年立春之后下了两场雪。

编码

三十八

回顾成长的经历，我感到欣慰又觉得奇怪，我的青少年时期竟然没有过逆反，没有和妈妈爸爸闹过，吵过，和他们对着干过。这可不大像我。

认真想想也并不奇怪，妈妈走得太早了，爸爸那段时间自身难保，而我十六岁就离开了家，不过这些具体情况都不起决定作用，关键是在我成长的年代，我不是我，你不是你，他也不是他，男女老幼统统被洗脑，必须以统一模式改造自己，做所谓的革命人。这才是决定一切的。

人生最爱美的少女期我热爱的是军装，我羡慕死了那些父母是军人的孩子，世上没有任何衣服比他们身上的旧军装再牛逼的了，而我不可能有。穿新衣服让我觉得耻辱，无产阶级是贫穷的，没有新衣服可穿。记得上小学时妈妈给我买了一件粉色衬衫，我先洗，在搓衣板上搓了又搓，再晒，就为了能显得旧一点。这仅是个小例子。总之，我被改造过，不想做自己，要追求和众人一样。但是说到底那怎么可能，每个人生下来就打了烙印，只有属于自己的指纹，骨子里我永远是爸爸妈妈的孩子，不管走多远必定会回来找他们的。

我的审美是妈妈给的。改革开放后我也追过港台的时髦，穿喇叭裤戴蛤蟆镜，什么流行穿什么。说不清从哪天起，我走上回归之路，向妈妈靠拢，有了对简洁古朴的欣赏，对奢华的不欣赏，甚至不适，崇尚本真自然。我从没见过妈妈化妆，她没有口红没有胭脂，没戴过一件首饰。然而她对美非常敏感，家是她实践审美的地方。

小时候，我记得很清楚，一天下午爸爸带我出门，先去小吃店吃点心，然后去公园，牵着我的手在湖边散步，边走边讲故事，闲聊天，那个下午我们走了好长的路啊，天都快黑了还在兜来兜去。我忍不住问：爸爸，咱们干吗不回家呀？他这才告诉我出门的真正原因，因为妈妈在重新布置家，他是带我躲出来的。

晚饭的时候我们终于回家了，家里变了样子，小书柜从东墙挪到了西墙，沙发从门背后挪到了窗子下面，墙上挂起新的画，饭桌也挪了地方，就像有了一个新家。我觉得真好，而爸爸呢，他无所谓，当然他也觉得挺好，现在和原来都挺好，如果让他选择，他宁愿躲出去。

我爸爸，他对物质的要求实在很少，吃穿都非常随便。他不是不懂，他当然懂得美，懂得精致、讲究，但是他不需要用生活里的手段取得满足，写作会让他满足。只要棉袄里没藏着耗子，穿什么他才不在意呢。

爸爸给我的是最重要最宝贵的东西，生命的核：自由的感觉。他从没有对我用过“自由”这个词，在抚育孩子这件事上他是自由的行动派。

小孩子到了晚上总想再玩一会儿，不想上床睡觉，妈妈好不容易把我和妹妹哄睡着，爸爸从外面看戏回来，情绪高涨，他才不管孩子睡不睡觉，滚到床上，没头没脸地亲我们、胳肢我们，大家尽兴地欢闹一场。白天，他坐在客厅的沙发上看书，我在地板上“放羊”，一抬头看到他这座“山”，山顶上还长着“草”，对！我要割草！于是揪着他的裤腿开始爬，爬上大腿，拽着胳膊爬上肩膀，奋力爬到头顶，一把一把地割起“草”来，割呀割，割了个够，再顺原路下山喂我的“羊”，“山”始终一动不动。

大约四五岁的时候，我站在游泳池边不敢下水，爸爸反复劝诱都失败了，一把抱起我扔进泳池。我玩命扑腾，怎么也够不着底，喝了好几口水，他才把我捞起来，我气得用拳头打他，他快活得大笑。

我和爸爸坐在东湖边钓鱼，大半个下午只钓上来枯树枝和一只鞋，但是我们有了一个鱼爸爸和鱼妈妈的故事，之所以钓不到鱼是因为鱼妈妈带着孩子们找爸爸去了。姐妹中我排行老三，爸爸编出一个三公主和四公主的故事，这个三公主缺点多多，很懒惰，还欺负四公主，总是做一些不讨人喜欢的事，我越听越生气，强烈抗议，之后三公主就变好了，当然，有时候还是会变回去。

厕所在我家有多重功能，可以作为聚会场所，也可以读书。只要上厕所我必定抱着一摞小人书，一套套《三国演义》《水浒传》《红楼梦》大都是坐在马桶上看完的。一家人围着饭桌吃饭我也举着一本书，《林海雪原》啦，《青春之歌》啦，边看边吃。成年以后爸爸和我聊天，提起往事会说："你小时候一吃饭就把一本大书挡在面前。"话音里却听不出批评的意思，只是有趣。

港台风刚刚盛行，好姨给我带来一件后背镂空的衣服，我迫不及待地穿上出门，美滋滋骑着自行车，招引了众多追随的目光。我明明知道自己的穿着不合爸爸的口味，却一点不在乎，因为我知道他不会说我的。事实是他说了，背地里和我妹妹说："你姐姐，真是怪味鸡呀。"说完噘嘴一笑，那意思有点讥嘲有点无可奈何，说老实话，我认为还有点儿赞赏呢。

没有什么是他不能理解的。谈恋爱，陷入爱情的旋涡，离婚，再结婚，他和我的两任丈夫都是朋友，他们之间的谈话是男人对男人的，丝毫没有辈分之分。他和我也一样，是人对人，也没有辈分之分。他给我充分的自由选择做自己想做的事，再加上尊重和信任。

信任，尤其对孩子，其实很不容易。他行吗？他懂吗？能做好吗？一连串的问号在做父母的心底咕嘟咕嘟冒泡。可在我爸爸这里情况截然不同。我带儿子到北京医院看他，他从病号服的口袋里摸出一张纸，笑盈盈对我儿子说："小蓬蓬，我给你作了一首诗，你要不要听听？”小蓬蓬那时候是个三年级小学生，对公公的提议微感诧异，但觉得有趣，大眼睛忽闪忽闪，点点头，“好，好呀。”

公公就给外孙念了自己作的诗，是这样的：

“你的身体里流着我的血，
也流着另外一个人的血，
如果你长大了很聪明，
那是我的血在作怪，
如果你长大了是个白痴，
对不起，那是另一个人的血在作怪。”

随着公公嘴里吐出每一个字，我儿子脸上的表情在发生变化，眼睛里的笑意越来越浓，直到听完公公的诗，他已满脸带笑，既是小孩子觉得好玩，又深谙其幽默，明白这不过是公公的一阵忽发奇想，和他开玩笑呢。而我爸爸对小外孙的理解力从没有一丝怀疑，两个人是那么的心满意足。

回想起来实在很有意思。

凡到过我家的同学，小学的中学的，都对妈妈有同样的记忆，都说：你妈妈，真温柔，说话总那么轻声细气的，听着好舒服。许多时候和我接触过的人对我也有相似评价，平和，低调，好吧，还有温文尔雅。说实话我年轻时可不是这样，爱热闹，表现欲十足，情不自禁要吸引别人的关注，跃跃欲试，按捺不住。坦白地说，曾经的那个我真让我很难忍受。

说不清从什么时候开始变的，我变了，变得极彻底。现在的我完全像妈妈，不擅交际，一点也不喜欢热闹，怕被关注，甚至有恐惧心理。如果必须在众人面前讲话我的头会痛，这可不是形容，是真的。曾经有一次去电视台做访谈节目，我头痛到吐了，所以我再也不难为自己，不做让自己难受的事。我愿意用文字表达，或者倾听，听别人表达。

可这绝不是全部。只有我自己知道我心里隐藏着什么，有种种决绝的冲动，莫名的感伤，时有耀眼的光芒射进，但大半是灰暗的，很难被穿透。此刻我审视自己，我感到妈妈和爸爸在我身体里混合，也许爸爸更多一些。不，不是也许，是当然。

遗传之外还有一个重要因素，自从妈妈走了，实际上不管爸爸是自觉还是下意识，他都充当了父亲加母亲的双重角色。下面的两段文字摘自爸爸写给我和妹妹的两封信，时间是 1974 年末和 1975 年初。

妈妈故去快五个多月了。我整整哭了两个多月，泪像是哭干了，然有时也还哭一两次。其实她死了，也一无所知，哭也无益，但终于要流不少的眼泪，我想无产阶级不会像我这样没完没了的想念着她，而想念着比她的死亡更重大的更艰难的事业。最近我倒是不大感觉寂寞了，但总是想念她对我的好处，其他一些关于她的琐碎的事就都不想了。十分可怜的妈妈哟！从明天（元旦）起，我要振作起来，以此来纪念我的亡妻！你们的母亲！

第二封信很厚。

孙阿姨不断提醒我，要给你们在春节前寄点吃的东西，不然两个没妈妈的孩子，春节时没有家里寄来的东西那是多么可怜哪！我写到这里，我的眼泪又夺眶而出，古人说人可以痛断肝肠，原来是真有这种感觉。孩子，我的两个最小的女儿，“每逢佳节倍思亲”，第一想到你们的妈妈，第二便想到你们失去妈妈是多可怜，尽管咱们有党会教育我们，使我们感到温暖，但如何把妈妈再找回来，这真是万万不可能做到的事情。一念到此地，我忽然气短起来，似乎不能再做出什么来了。我体会到为什么方子一连三次在一天里给我打电话，我听到你的声音就像你在我身边。我也不知道你如何发展，但你说你同我说话，就像你们还在幼儿园时候似的，这句话说得对。你的心情我多么懂得呀，有个健康的妈活着时候我是多么不感到自己还年轻，而现在却真有些感到老了。

不谈这些吧，你们要好好保重自己的前途，要改造世界观，使自己成为一个坚强的人，万不可像我这个旧知识分子，入了党，没有改造好自己，还会伤感起来，这真不好啊！方子欢子，你们这两个小姐妹呀，你们量不出一个父亲如何疼爱两个没有妈妈的孩子的心啊！

你们小时许多事使我怀念。方子好用小手打开脸盆上的水龙头，玩弄水，李大姐涂上红药水在水龙头上，你就不敢再弄水玩了。欢子刚生下来，从医院进家头发已乌黑黑，平常刚生的小孩都是秃子。还有可怜的小方子，在西湖边上不知道为什么惹气了我们，我们就不理你，一直走，你在屁股后面紧紧跟着追，说什么也不离开我们。我的小丑孩，现在想起来多么怀念啊！还有小欢子的诗，在青岛，在广东，写的那是多么好啊！

方子，我的爱方子，千万不要犯错误，多向领导与群众听取意见，这是年老的父亲的话，我也知道这是保守的，不成大事，但我真愁你如何写下去。你真能写出不犯错误的剧本么？我担心极了。你担的责任重大，你这样的小肩膀能承得住么？向我谈谈你究竟如何办呢？我觉得我在拉你的后腿，但是做一个父亲我就管不住这样那样地为你着急。

欢子，我的小欢子，我总觉得你像吃奶的小婴儿，何时你能叫我放心呢？上午我看见放在桌子上的欢子最近的相片，我不知为什么哭泣起来，我喊我的孩子，我的亲骨肉啊！什么时候才能看见你们哪？有时忽然觉得自己很老了，真不知何时才能看见你们。

爸爸死后我整理他的信，一封封打出来，奇怪的是每一封都像是从未读过，像第一次读。在信里，他把一颗父亲的心剖开来给我们看，而那时候的我无知无识，随波逐流，根本就是个傻瓜蛋。现在我多想写一封信，用我练就的最好的文笔、心底最深的情感回复爸爸的信，可是寄到哪儿去呢？我有他的骨灰，有一双他的袜子，一条他去世前贴身穿的睡裤，薄而柔软，一直放在卧室五斗橱的抽屉里，偶尔翻找东西时就会看到。我还有很多很多的记忆，俯拾皆是。

有段时间为儿子上学我住在木樨地爸爸家，在书房里支两张行军床。我感冒了，吃了药昏昏沉沉躺在床上，听见有脚步声走过来，走进书房，我非常难受，连眼睛都不愿意睁开，就听那脚步嗒啦嗒啦又走远了，去了客厅。过了不一会儿又走进来，走得很近，没声儿了，我睁开眼，爸爸就站在床前看着我。

“怎么？”我问他。

他低头对我望着，长长地叹了一口气，“儿啊，我真是担心哪，我就担心你走在我前头，那你可让我没法受了。”

听到他如此的感慨我能说什么，完全无话可说。我只是感冒，可他已经想到哪儿去啦！然而我明白这就是他，我的爸爸。“爸，我死不了。”我告诉他。他转身走出书房，他当然知道我死不了。

爸爸和我的儿子苏蓬

编码 三十九

早上天还没亮，我被一阵奇怪的声音弄醒了，屋子里很暗，窗帘上透进微光。瞬间的懵懂过去，我意识到是乖乖，她在咳嗽，不光咳嗽，还像是呕吐。我伸手拧亮台灯，乖乖的样子很痛苦，想吐又吐不出，喉头一阵阵痉挛，而我什么也做不了。

去了医院才知道她的这些症状是心脏病引起的。超声显示乖乖的左心室左心房严重扩张，二尖瓣膜增厚，脱垂，反流，闭合不全，瘤样变，总之心脏出了问题。之前膀胱、肾都出过毛病，摘掉了子宫、卵巢，现在轮到心脏了。

黎明时的那次发作大约一两分钟，很快就恢复正常。中午又开始咳喘，持续了十来分钟，我抱起她：我们去医院。我儿子立刻去穿外衣，说：我和你一块去。我的儿子，他对我们的乖乖不光有感情，还担着责任。

车在医院门口一停乖乖就开始剧烈哆嗦，既不咳也不喘了，全部力气都用来哆嗦。剃毛，准备量血压，儿子命令我：你出去。确实，我在场乖乖越发激动不安。我退出治疗室，站在走廊上，从门上的小窗子偷偷看着，乖乖把头埋在她哥哥怀里，不再挣扎。测量结果很吓人，血压 190，然后她就被抱走做各种检查去了。

我和儿子坐在前厅里等待，身边都是爸爸妈妈和他们的毛孩子，很多焦急和担忧，很多的抚摸和爱，我感觉到一种别的地方所没有的温暖。

李大夫，一位戴眼镜的年轻姑娘，给乖乖开了四种药，用她的话：终生服药。我直截了当地问：像乖乖这种情况，还能活多久？李大夫微微迟疑了一下：维持得好，还能有几年吧。

几年？！我没有听错吗？但我没有追问。因为我知道或者说感觉得到，李大夫的回答很大程度上是为了安抚我。虽然是冬天，我一直满身是汗，头发根儿都汗湿了。然而当我问吃了药她的心脏病能好转吗，李大夫语气坚定：不能，她的心脏病是退行性的，不可逆的。就是说只能越来越糟。

我能接受这个事实吗？这是个愚蠢的问题。事实，只要是事实，其实就不存在接不接受，因为只有一个选项：接受。接下来的几天，尽管吃药是件很困难的事，但我和乖乖，我们做到了。与之前不同的是我会经常注意地看她，在她睡着的时候看她肚子起伏的幅度大不大，节奏快不快，夜里如果我醒了，会去摸摸她的小鼻子，确认鼻息。某一刻脑子里忽然冒出一个问题：人是知道总有一天自己是要死的，狗狗知道这点吗？知道与不知道太不一样了，我希望她不知道，我觉得她不会知道，然而我不能肯定。

我的宝贝，她的生命已经走过十六年，算起来她比爸爸都要年长，快一百岁了。我接受了所有她带给我的快乐，我也要接受她离去的悲痛。妈妈走的时候我没有任何准备，我不认识死亡，对它茫然无知。我不确定该用“它”还是“他”还是“她”，死亡是否也有性别？后来爸爸老了，在医院里住了好几年，按说我心理应该是有准备的，然而理智和情感根本不是一回事儿，我从来也没有正面地认真地看向死亡，死亡仍然像一道闪电，黑色的闪电。我的丈夫，他得的是癌症，九个月的时间我不得不看着他经历正在死去的过程，前半段他自己并不知道，而我知道，根据我国的惯例大夫只告诉了家属。死亡是那样地冷酷，穷凶极恶，那个过程的每一分钟我都不想再次经历。那是另一个故事，不是我要在这里讲的。

好吧，从今天起我要开始为乖乖而准备，好好地准备，要和以前有所不同，要有进步。但是，当那一天来临，准备和没有准备真的会不一样吗？

我怀疑。

编码

四十

北京十月文艺出版社准备出《曹禺全集》，为提供信件我和妹妹又一次找出当年爸爸写给我们的信。我手里的信已整理过，有电子版。我妹妹手里的信是原件，一百多封，她全部扫描了一遍。她说再读爸爸的信她哭了好几次。确实，爸爸那么疼爱她，简直为她操碎了心。

我问：我可以把爸爸给你的信放在我这本书里吗？她的回答毫不犹豫：当然可以。我之所以要征得她同意，是因为爸爸看透了自己的这个小女儿，知道她的毛病，性格里的问题，生怕她会吃亏，过得不好，忧心忡忡，在信里一次次指出，小心翼翼地劝诫，说了又说，没有几个爸爸像这样的苦口婆心。

小欢子：

前信想已见到，久不得回音，心中很是焦灼。你最近如何？家中安排是否妥帖？你的功课如何？是否过于劳累？或是累病了？各种梦想，萦怀不止。星期六如再不来信当电话询问。老父远念，欢儿当牢记在心，速给我几个字。告方子也要来信。勿以我不在身边，姐妹二人又忘记写信了。

这些日子你又有什么考试，有工夫玩否？最重要的你与××感情如何？常常相见么？家中有什么事情，大大小小的事情，都望你在读书的空隙中告知爸爸。

……

小欢子：

又好像许久没收到你的信，其实不到半个月的时间，你现在还是每星期回两次家吗？我十分想知道你的近况。

好欢子，小女儿，你只有读书，将来到医院吃苦耐劳，由实习大夫到住院大夫一步一步地实践，成为一位妙手回春的好大夫！学问是一点一点积累而成的，经验也是如此。千万相信自己的能力！宝贝女儿，我相信你。

……

小欢子：

得你信，欣喜非常，我的儿居然学得“不埋怨”，要自己打开一条道路！我一生从你口里听到这样话真是第一次。

我以为人活着总有一点理想，有个比较可以自豪的内在的理想。如果只比地位与日后的舒适，则今后的日子即便比往日好些，自己也会不满足的。其实说说你不知是否听的进去？我总想在你大有可为的时候对你多讲讲，不然真到了中年，自己还在埋怨这个行业如何辛苦，而看不见工作中的光明与理想，岂不更苦。

……

写这些信的时候我妹妹已经在首都第二医学院读书，而做出这个决定是怎样地艰难啊！如果有一项人类耐心奖，我爸爸当之无愧。学医还是学英语？学英语还是学医？一天又一天我妹妹在沙发上挤坐在爸爸身边，“你说我学什么，爸，你说呢？”如果今天两人经过一番讨论做出决定，决定学医，那么过两天我妹妹就会觉得自己更喜欢英语，那就再讨论，尊重她的爱好再做决定：学英语。但是可以肯定，过不了几天对医学的兴趣又会超过英语。眼看着她把大摞大摞的医学书搬上她的小书桌，没几天又搬走，换成英语书，反复轮换。问题始终是一个：“爸，我到底学什么，你说呀爸！”

我知道爸爸的期望，她也知道，他希望我们当科学家。他相信只有一加一等于二是可靠的，文字是多么地不可靠，多么危险。他怕他的女儿再因文获罪。1966 年“文革”开始我只是个初中生，然后去农村插队，再当兵，和科学家的距离相差着十万八千里，他的希望自然落在小女儿头上。但是无论怎样被磨，被缠，他都深信一条，选择必须靠自己，绝不能勉强。另一方面他也是拿他的小女儿没办法，或者说他知道没有别的办法，只能陪着她，一步三回头，磕磕绊绊去找她自己的路。而且他知道这还只是开始。

欢子：

最近，我十分认识到一切事情要办好，无论求学与工作，都需要愉快的心情。不要以为“心情”本来就“坏”，怎么就会好起来？我的经验（最近得来）是愉快的心情，可以由自己争取得的。大约，必须钻进工作或学问中去，不要皱着眉，总以为是苦差事，不要钻牛角尖，死死地认定学医治病很困难，很苦，这是与自己故意为难，越过越苦恼。你总以为自己可以学文学，这就有出路，有闲工夫？欢子，我的好孩子，不可听些懒人，或者那种文艺味道、浅薄而自觉十分神气的人的话。要有学问有成就，这是苦的、累的，但是苦中有乐。干，苦干，就会从中得到兴味，对学问的爱好，对工作的感情。

爱因斯坦说：“热爱是最好的老师。”他说自己一生的成就便从这句话得益最多。我要加一句：“着迷是最好的朋友。”孩子，好孩子，我这方面说得太多了，只希望你认真读两遍，真正想一下。

关于你赴美留学，待爸爸回来，欢子，我们俩再仔细研究一下，其次你日后学医学的哪一门学问，咱们也研究。也许我领你去看一两位医学科学家，替你想出一个道理。

孩子，刚收到你的信知道你在想我。你的车子坏了，闸不好，一定不能骑。孩子，你设法买一个新车，爸爸给你钱。妈妈也赞同极了，现在只是车票问题。你的车没有修好闸，万不可骑。想想高潮的死，你一定小心，小心，加倍小心。

爸爸

这里我爸爸提到的王高潮是我妹妹最好的朋友，同一个幼儿园同一个小学，在北京师范大学读书。一天中午她骑着自行车兴冲冲去给男朋友送电影票，在学校门口和一辆军用卡车撞上。我爸爸去参加了她的葬礼。

而信中提到"那种文艺味道、浅薄而自觉十分神气的人"是有所指的，有段时间和我妹妹走得很近。几十年过去，果然是个一事无成且十分无聊的人。

小欢子：

读你最近的信，你提到自己能在急病室算一个角色，应付许多病症，自己觉得这五年的学习苦工夫没有白干，我确实为你感到欣慰。

欢子，你逐渐成一个大人了，今天无论在何种岗位只有能力强，不辞辛苦，有耐心的人，才站得住脚。我担心你的身体，希望你身体好，更担心你的犹豫不决。凡事多番考虑是对的，但如果总是从日后小家庭的幸福考虑，今后的舒服日子考虑，则日后必不得幸福与舒服。因为你眼光近了，心底窄小了，你怎样也不会满足。自己有干货，真学识，才会有真机会来。我说的可能一点你都听不进去，觉得是"空中楼阁"，但是谁不是先有个"空中楼阁"，然后从实践中一点点建造起来，时刻想到你，才不觉说了许多。

我真是爱你啊，小欢子！

欢子：

方才通了电话，听了你的声音，欣慰万分。你说的分配问题，我也在考虑。你的脾气我知道一点，反复犹豫，总在想着，挑着。任何事情总有好与坏的两面，看你从哪方看。我父亲说：“不要见异思迁”，总是不安于自己正在做着的事。你不愿意在医院看病，那是不能勉强的，但研究医学这个天地十分广阔，够你发展。我的儿啊，个人的快乐享受是无止境的，我不是说你要做个苦行僧，但必须自己有志气，再，你的打算要符合实际。我等你的信，谈谈你现在难于决定的困难，具体一点，详细一点。

欢子，任何人不能为你选择！只有自己看清楚，自己选择。有了自己的决心，有了自己的选择，才能找到机会。但“机会”总多少有些碰大运，主要在于下决心为自己选择了的道路去奋斗。……什么是前途，前途是真正在工作中有“安于”的精神才找得到。我爱你，欢子，只有说真话才是真爱你的。

爸爸

昨天和我妹妹通 Face Time，她说：“爸爸始终觉得我是小孩儿，没长大，把我当小孩看，他觉得你才是大人。”她的话一点不错。在爸爸眼里我妹妹怎么也长不大，即便她是大学生了，工作了，出国了，也还是那个让他不放心的、缠他的磨他的小女儿。

1985 年 8 月 9 日我妹妹去美国留学，下面是爸爸写给她的第一封信。

小欢子，我的爱女：

前天上午送你上飞机，看着看着，你就没入人群中，怎样踮起脚望你也见不着你了。空空的家，没有你，太难过。姐姐拿出你收着的童年的糖纸，各种小证书，小玩意，给我看。我真觉得你简直不是大人，你不过是十五岁的小女孩儿。到了当天晚十一时，我就想：小欢子到了旧金山，见着林登伯伯，大约林伯伯带你逛金门大桥，大约已定好第二天飞 Atlanta 的机票了。

从昨天你走后我在家里几乎时时刻刻念着你，我坐在客厅里，有时姐姐从门边走过，我就以为是你，只想再听你喊一声。屋子空洞极了，午睡后，我坐在客厅里问妈妈："那个小鬼呢？"妈妈不知问的是谁，我到书房看见姐姐躺在竹席上醒着，我望着姐姐，"现在你升级了，你就是那个小鬼了。"

Georgia 想必是美丽的，人也是美丽的，都会欢喜我的小欢子的。你一定要安心读书，保养身体，慢慢把午觉的习惯取消了，设想闭眼十分钟，集中意志静下心来，那就等于睡个好午觉。吃的好，把自己喂得胖起来，不要把自己饿出病来。我的小欢儿，小爱欢儿。

……

如果有一个杯子、一个碗、一个容器是用来盛父爱的，那我爸爸的感情早已满得溢出来，不是吗？

小欢子，寂寞在国外是难免的，你要利用寂寞，使它变为快意的读书时间。那位英文教授说你的英文好，那是好心的鼓励，以后你写英文试卷或论文必须勤查字典，请英文好的朋友帮助你修改，然后自己查验一下自己究竟错在哪里。这才有进步。

小欢子，一个人住要当心，生人敲门就不能使他进来，多交几个热诚正派的美国女同学，如能常参加（自然在学习之余）各种小茶会，多习惯于美国风俗，那就好了。我赞同你找一个美国家庭，做房客，但找恰当不容易，最好是老夫妻嫌寂寞，愿请中国学生一同住的人家。

小欢子，离上课地方近很好，但你一定要记着访问任何外国人都要先电话约好，不可随时就去。

小欢子：

女子必须自立，无论在工作上、情感上都要有自己的真认识。你也不小了，也要考虑今后结合的事。你要谨慎，要识人，要自重，自重才能使人尊重你。只有长与人相处，才能看出人的性格，不要轻信，也不要随便失去机会。想来想去，即便你在我身边，也是靠你自己，你如不肯独立拿主意，认真考虑，爸爸有什么用处。

小欢子，你真不该买"按摩机"，你说要它代替你给我捏手，我觉得难过。好孩子，以后再也不许这样花钱。难道你不明白我用你辛苦劳动赚来的钱买的东西，心里会难过么？好孩子，千万不再买了。

我的儿，我现在血色素已经11.5，已经不是贫血，你放心。妈妈在上海患病住院，家里有方子夫妻日夜照顾我，家用由方子管，她很辛苦，世鉴也很辛苦。我觉得很好，并不孤独，只是想你，太想你，想听听你的笑声，想听你叫一声"爸爸！"你喜欢给我掏耳朵，现在方子替你掏了，她掏得不重，不痛，而且掏出两大块"耳屎"。她还为爸爸剪指甲，帮我洗澡，一直到看我上床睡觉。

欢子：

我实在想念你。今天是一九八七年元旦，一出门看见一个小孩随着她的妈妈蹒蹒跚跚地走，一摇一摆，像个不倒翁。我突然想起你婴儿时在冬天的模样，穿得像个胖雪人，走不了道，要人扶，要人抚爱。我一直跟随这对母子，又赶到她们面前问，"她几岁了？""两岁半，"那个小丫头立刻叫了我"爷爷"，太可爱了。我真想抱她起来亲亲，可是看她的妈妈非常宝贝那个孩子，我就一直遥望着她们走远，直等妈妈抱起孩子在街头远远离开，走向我看不清楚的人群里。儿童、青年、中年、老年，在我心中转来转去，缠绵不止。欢子，我多么想过去你小时候的小模样，忘记不了你那红扑扑的脸。

小欢子：

听了你的声音，我是多欢喜！你说我的声音大，中气足，我是太高兴了！听见你小孩子一般的小声音，我似乎又回到几十年前，你刚从幼儿园大班回家时叫我"爸爸"，我怎么能不大声叫你啊！我的小欢子，迢迢万里之外的小欢子，你的声音还像从前，那嫩嫩的小而甜的声音！那时你口里说不清楚，把钟表说成"七八"，我的小血缘，小小的，只懂得喉咙里发出"七八七八"的小婴儿啊。

现在我想起来了，其实是不该忘的，那时候我们真穷，打国际长途是件太奢侈的事，而且用家里的电话是打不了的，只能去西单电报大楼。当妹妹从美国打来电话爸爸激动得要命，不由得高喊起来：小欢子，我的小欢子……

确实，就像爸爸信里说的，事情总有好与坏两面，正因为打不起国际长途，只有写信，才留下这些文字，不然这些热乎乎的充满爱的语言就会消失在空气里，无处寻觅了。还有一点值得庆幸，我妹妹遗传了妈妈的细心、对旧物的珍惜，而这又是爸爸不具备的。生命的结合很是奇妙。

信，如今几乎绝迹了。当然我说的是纸质的手写的信件。

如今我和你可以随时随地联系，不分东半球还是西半球，白天还是黑夜，可以听到彼此的声音，也可以面对面交谈，你的脸会出现在不同型号的屏幕上，我的也是同样，说话的声音也可大可小。多么便捷呀！再也不必写什么信了。但是，很遗憾，我也不会那么地想念你了。

◎一家四口

编码

四十一

天色昏暗，我站在街边，一个穿着旗袍的女人从不远处走来，我的心不由一紧，她步态匆忙而坚定，很快走近，边走边扭着脸看我，我刚开口："请问……"她已经从我身边走过去，根本没打算理我。她是谁？来到我的梦里。

我已经很久没有做关于妈妈的梦了，回想一下从开始写这本书妈妈就不再来，我也不再找她。那么这个梦是什么意思？在梦里我要问的是什么，还是在找妈妈吗？

我不是没想过，现在就在想，为什么我不能编一个梦，这很容易，本来我就是个编剧。在梦里我终于找到了妈妈，见到了她，我可以任意想象她的样子，是老了还是很年轻，或者是中年、当了妈妈的时候，见到我、我们母女相见会怎样，也许不要多么激动，自然一点儿，就像从来没有分开过更好……

下一分钟脑子里忽然空白了，接着我骂自己，你！你这个猪脑子在想什么，要干吗？写电视剧吗？

我彻底明白了，不可能，根本没有任何编造的可能。如果我编造，我要骗的是谁呢？这个世上有值得我编造梦去欺骗的人吗？没有，谁也不值得。而且欺骗是可耻的。

妈妈，对你，我没有什么漂亮话可写。你走得太早了，我还没有成熟，没有能力救你，生活没有给我机会为你做什么，甚至连放声大哭的机会都没有给我。除了想念我什么也给不了你，而且，其实你早已不需要了。

当这个念头出现，我忽然被吓住。这是真的，是最大的真实，一切将化作尘埃。那……接着我问自己：那又怎样？那又怎样？！我等待着回答，在等待的同时意识到一切仍在进行，不会改变，于是乎我慢慢地又放松下来，不再忧心悲观。不管怎样，人聪明还是愚蠢，所有问题都是可以交给时间的。

编码

四十二

这本书已经写了一年多了。我没有计划，只要有感觉就往下写，一切服从感觉，剩下的全部努力就是怎样准确地把感觉用文字表达出来。一般我只在上午写作，因为那时候脑子最清醒，精力最充沛，端一杯咖啡在电脑前坐下来，随着手指打出第一句话，思绪展开，延伸，流淌，这种一以贯之的写作状态开始时像约会，接着谈起了恋爱，情投意合地结了婚，渐渐变为亲情，化作习惯。如今我的身心已经沉浸于这习惯之中，爱上了它，不想走出去。但是我又不能停留，写作是一个进程，必须走向结束。我越来越感到怅惘，深深的不舍，想到即将到来的终点，再回想写这本书之前多年的顾虑和畏惧，真不可思议，内心竟然发生了如此的巨变。它是怎么发生的?

记忆，是所有苏醒的记忆陪伴我，使我免于畏惧，免于懦弱，免于愚昧。现在我听到一个声音，是爸爸的在天之灵，他说：有很多关于我的事情你还没有讲呢，要讲，一定要讲。

放心，我会的。

我妹妹曾和我说："我觉得爸爸有点怕你。"我明白她的意思，但是，怕，这个字她用得不准确。就像爸爸把我看透，他觉得我也能把他看透，这才是事实。我了解他，或者说我太理解他了，无论他做什么都没问题，我知道他内心的感觉，正是出于这个原因他才不止一次地说"我四个女儿里你最像我"。我始终感觉《北京人》里每个人物，曾浩、曾庭、文清、江泰……都有他的影子、他生命的印记。我爱爸爸，就等于爱人性的弱点，等于爱我自己。爸爸先知先觉，而我是在他走后才日益强烈地意识到，在这个世界上只有爸爸能明白我，明白我所有的所思所感，而唯一的这个人不在了，我将孤独终老。

很多年他没有再写剧本，不是不想写，事实是写不出来了。有人用“江郎才尽”来形容曹禺，他们大错特错，曹禺的才没有尽，他写《北京人》的时候才三十岁出头，还要怎样年轻！还要怎么才算正当年！一个剧作天才怎么可能在三十岁就完蛋了。

关键是他开始怀疑自己，他的根基被动摇了。我爸爸并不特殊，不是个例，我因为是他的女儿而具有一种特权，能贴近地看到他、他们，如同看着众多的中国文化人，当然我不能把他们之中的任何一个等同于另外一个，但他们的命运确有共同之处。加缪说：“诞生到一个荒谬的世界上来的人唯一真正的职责是活下去，是意识到自己的生活，自己的反抗，自己的自由。”而我，看到他们活着，却已经不再是自己。曾经我写过一个话剧《谁在敲门》，试图写一个充满创造力的人，有过了不起的创作，后来创造力消失了，但奇怪的是一顶闪光的帽子始终戴在他头上。在“文革”中，这顶帽子被揪下来，连同他的脑袋一起扔进了屎坑，运动结束后，帽子和头再次被安放在他的身体上。这种现象极端反常然而却是现实，戴着耀眼的“桂冠”，而随时可能连脑袋一起被摘除。

生活在当今的年轻人也许无法明白我在说什么，既不相信也不接受，因为他们从来不知道发生过什么，没人告诉他们。可我一定要说，如果不说出来就不可能理解我爸爸为什么再也写不出东西，还有沈从文，钱钟书，一长串名字。长久以来，他们都被告知他们的思想是需要改造的，这种对灵魂的改造有时候是很极端的行动，像脑页切除术，有时候像输液，把一种恐惧的药液输入身体里。那是一种对自身渺小卑微的恐惧，我经历过体验过，非常严酷。我为年轻人感到庆幸，庆幸他们活在今天，拥有全新的世界。

我爸爸他不是一个斗士，也不是思想家，他生性脆弱，极度感性，时刻会被美好自由的感觉所吸引，内心却又悲观，是一个彻头彻尾、如假包换的艺术家。他胆小，在各种政治运动中说过许多错话，假话，违心话，但是他的心始终真诚。如果只用一个词形容他，那就是这个词了，真诚。

为什么这么说？

很简单，看他的作品。他只会用一种方法写作，就是把全部真诚倾注到作品里，当不能真诚表达自己的时候他就什么都写不出了。他不是没试过，不是不尽力，他写过知识分子改造的戏《明朗的天》，60 年代初受命写抗洪，写模范售货员，去小副食店体验生活，卖酱油醋。英国作家毛姆说：“作家写作就像贝母酝酿珍珠。”可惜情况完全不是这样。

情况是……有一些人，永远的极少数，为了说真话，为了心中的信念，需要付出自由，甚至生命的代价，他们就那样做了。而我，我们爱自己胜过爱自由。

“文革”结束了，我爸爸和他的作品都恢复了名誉，他不再是反动文人，《雷雨》也不再是大毒草。到这时候他还对自己抱着希望，想写东西，写一部戏，再“爽”一次。那阵子家里各处放着一些本子，有活页本，很小的笔记本，也有学生用的横格本，本子里内容纷繁，记下他脑子里随时冒出的种种想法。

他想写“斗战胜佛”孙悟空，写如来，外加一个大学者，而大学者的脑子和心都空空如也。还想写一个戏，一个人物叫“胆大”，另一个叫“胆小”，“胆大”好冲动，自以为是，偏说别人不敢说的话，“胆小”事事害怕，处处设防，唯恐戴上枷锁，再有一个人物叫作：神。“神”冷酷、专横，把胆大和胆小都压在大山下面。在宇宙洪荒之中，大地震怒，把神也压在了大山恶石之下，胆大、胆小和神要进行一场对话，想法到此戛然而止。还有一个《黑店》，有了一张人物表：童五、张俭、刘恭、刁仆和童柳氏，有他们的性格描述和各自的身世，还写出一段文字："天地造物，有如蚊虫，有如雪豹，有如豺狼，有如狐狸，但有的是人，更妙的是真人。风暴中有静静的草舍，雷电中有安静的美好的心，它似高山岩石，似野天信鸟，它忠诚，却忘记人间如何丑恶。黑店是人间，是人住了一生的地方，平和静穆是一切事物，但事物的内中却疾风暴雨。"在一本蓝色塑料皮的活页本里，一页纸的顶端写着"张好好"三个字，这张好好是个歌女，"她双手像两只飞动的鹞子，奏出明快而略带哀伤的音调，唱：'扑嗒嗒，泪如梭，有情偏被无情磨……'"可除了这一段歌词再没有别的。独幕剧《外面下着雨》，想写一对老夫少妻，下雨天在屋子里如何共度时光，写了几段对话，又是不见下文了。有段日子我看到爸爸一小时一小时地趴在客厅的方桌上写，写，写，我手里有一张纸，他在上面写着："为什么一个字也写不出？天沉着脸，像是又要下雪，其实方才还是亮晶晶的，怎能一转眼就变成这样一副讨人嫌厌的样子。这个天就像我，一天能几个神气，说明心中有怨气。但天不应该有什么内心的活动。我是人，人却不能不有各种变化。譬如我总像在等待什么，其实我什么也不等待。"

他当然在等待，期待奇迹出现。可奇迹迟迟不来。在他心灵的大厅中，他既是讲述人又是听众，捕捉到的却只有四壁间的回声。我问过他为什么写不下去，他说也不是害怕，就是觉得不对头，觉着可能出错。我能理解，但也有所怀疑，这是不是他下意识为自己找到的一种借口呢？难道他真的就不能战胜内心的魔鬼？不能解放自己，重获自由？

在一片此起彼伏的想法之中，他抓住了一棵救命稻草，抓住了《桥》。

我爸爸去世后整理他给我和妹妹的信，很多信是 80 年代上半叶从上海写给我们的，那时候他准备把解放前写了两幕的未完成的剧本

《桥》写出来。在信里他说："这几年，我要追回已逝的时间，再写点东西，不然我情愿不活下去。爸爸仅靠年轻时写了一点东西维持精神上的生活，实在不行。"又说："爸爸最近才悟到，没有一定的工作方向，随遇而安，这是最可怜的，想起来甚至觉得惨痛。只有在暮年猛追一阵，补去已逝的时间。但创作真是极艰苦的劳作，时常费日日夜夜的时间写的那一点东西，一遇到走不通想不通的关，又得返工重写。一部稿子不知要改多少遍，现在爸爸连一个草稿，不，一个真正的大纲都没有搞成。当然真有一个结实的大纲与思想，写下去只是费时间，倒不会气馁。"那一阵子，他找了好多人谈话，搜寻材料，"我现在为了自己最后的创作下了大决心，坚决搞下去，只有乘这股热气、这点灵气好写下去。我多年没有这种感觉，没有这种创作的欲望了，难得能写，想写，这对我来说是一刻千金的时候。"在这段话之后他加了括号，括号里写道，"我也许搞不出来，但这个戏的大纲必须乘这段时间弄出来，因此北京人艺三十周年、全国文联开会都不能参加。这个创作不能放下，我知道一放下就完了，而完了，我最后的机会也就完了，我的生命也就等于不存在了。"

1983年年初，在给我妹妹的信中说："我正在写作，每日夜二时或三时四时起来不等。干上四小时，头昏眼花，只好搁笔，但总算有点进展。写作之难，大约不亚于你在医学院攻读医学。时常干了一个月的工夫，写好的东西，现在一看，不成样子，又把它完全划去。去年春日、暑期的计划与大纲，今日看来绝不能用，太浅，太俗，也太无意义，只好全部作为废纸。然而这一个多月的努力像是站得住！这一点看来站得住的东西，确实由于我这一两年下的功夫得来的。虽然这一两年的稿子终成了废稿，但没有这些废稿中的思想感情，经过一再筛滤，扬弃，是不可能造成现在这点比较站得住的东西。我觉得以往用的功夫与精力并不是白用的。"

1983年4月5日的信："人生只此一次，若不战胜私念，决心想为人做点有益的事，则日后心感痛苦。无论学医治学、写作都是一个道理。不悟出自己活着的使命则一事无成，势必痛悔为何早不觉悟。爸爸近来异常奋发，又万分苦恼，就因早未觉悟，早未明白，在私念中浪费大半生命。”4 月的又一封信，他说：“目前我确有些气馁，但我终不认输，只能向前干，向前干。”1985 年 2 月 25 日的信：“最近读了《贝多芬传》，这位伟大的人激励我。我不得不写作，即便写成一堆废纸，我也是得写，不然便不是活人。”1985 年晚些时候，在他的信里我看到这样的话，“心事并不颓唐，还想有所作为，只是年老体衰，何日大去是不可测的。”

最终，《桥》没有写出来。

孤单，寂寞，像一个罐头抽尽空气，
我在压缩的黑暗中大喊，没有声息。
孤单，寂寞，在五千丈深的海底，
我浑身阴冷，有许多怪鱼在身边滑去。
孤单，寂寞，在干枯无边的沙地，
罩在白热的天空下，我张嘴望着太阳喘气。
孤单，寂寞，跌落在深血弥漫的地狱，
我沉没在冤魂的嘶喊中，恐惧。

这是他在另一张纸上所写下的。

其实从 20 世纪 80 年代开始，我爸爸还过着另一种生活，繁忙的生活。他的头衔越来越多，我说过，多到他自己都不知道有多少。卧室门外的小柜子上摆着电话，电话旁边摆着一个带日历的大本子，眼看着时间被各种各样的活动填满。会议，会见，看戏、发奖，一般他都是重要角色，出门之前常有一阵小混乱，扣子扣得不对称，解开重扣，胸襟上的污迹赶紧拿湿毛巾擦掉，检查皮带是否系紧，以防裤子在行走时脱落，皮鞋上的鞋带儿更要检查，系紧。活动完毕他总是急匆匆一阵风似的进门，胡乱地脱去外衣，上厕所，然后往沙发上一倒，满脸疲倦，有些说不出的沮丧，当然也有挺得意的时候，但那样的时候毕竟很少。他心里很清楚是怎么回事，和我说，“我是用社会活动麻醉自己，我想写，写不出，痛苦，就用社会工作来充塞时间。”重重地叹一口气，“这么下去怎么得了！”

当夜晚来临，电话不会再响了，一切都静下来。安眠药下肚之后他大大地放松，种种潜意识变成话语，像地下的泉水一股一股往外冒。

“今天那个大使，说什么伟大的作家，了不起的作家，狗屁呀！我听着一点不高兴，我想得太大了，我想但丁，想托尔斯泰。”憋住一口气，用力吐出来，“都七老八十了，还成什么呀！我呀，在这个世界上白白过了一辈子，但我有一个最大的所得，我悟啊！这个世界实在不高明，我太不快乐了。我老觉得我现在被包围着，做人真难哪！”

许多这样的夜晚，我看着他上床，在床边坐一会儿，听他自由地倾吐。“人哪，是个丑恶的东西，我最恨那些所谓的正人君子，没有一个没坏心眼儿，禽兽比他们好，恨就恨，爱就爱。我要坦白出来，我怎么自私怎么坏，我要说心里话，说世界上任何人都不敢说的话。”他用力抿紧嘴角，眼睛瞪得大大的，在床头灯的直射下亮得吓人，忽然抓住我的一只手，“小方子，你逼我吧，不逼不行啊！我要写东西，非写不可！我要做一个新人，忘掉过去的荒诞和疑虑，我要沉默，我要往生活的深处钻，放弃这个‘嘴’的生活，用脚踩出我的生活，用手写真实的人生。”话像文章一样，顺口流出。

然而到了白天，只要电话铃声一响，他还是会听从召唤出门去。一次活动回来，他衣服一脱瘫在沙发上，人像被抽空了似的，我跟过去在他身边坐下，“真够忙的。”我说了一句。他缓过点神儿来，回答我：“无聊就是了，一天到晚瞎敷衍，说点这个说点那个，没法子，就是浑蛋呗！”

我听惯了他骂自己，就笑笑。过了一会儿，见我还坐在旁边，又对我说："告诉你，每个人都有一本账，我写不出东西是我自己的账。你别以为我苦恼，你苦你的恼吧！"

千真万确，人人都有自己的苦恼。从爸爸身上我觉悟到一点，看出人生可以分为两个世界：乐观与悲观。乐观是一个世界，悲观是一个世界，而你属于哪个世界是由性格决定的。我爸爸，不管他曾经做了什么，忙碌的日子，轻松的时候，写作或投入于感情生活，都有一个占统治地位的隐身人，名字就叫作痛苦，他从来不能享受"知足常乐"或"随遇而安"的福气。也许这是上天的礼物，没有痛苦怎么能创作呢？但是很少有人像他这样被痛苦持续不断地困扰着。我曾经反复琢磨这份痛苦在他现实生活中的含义，痛苦大约像是一把钥匙，惟有这把钥匙能打开他的心灵之门，他知道这一点，他感到放心，甚至感到某种欣慰。然而他并不去打开那扇门，他只是经常地抚摸着这把钥匙，感受钥匙在手中那份沉甸甸冷冰冰的分量，从某种意义上说，这甚至成为一种独特的游戏。真正的他则永远被锁在门的里面，也许里面已经人去楼空，他不知道，也并不真的想知道。但是痛苦确实是痛苦，绝没有掺一点假。

有的白天电话长久不响，家里很安静，他坐在桌前翻手边的东西，毫不相干的杂志，过一会儿站起身走到书柜前，漫无目的地找书，读出一本本书的名字。他在屋子里东走西走，他的脸这时候绷得紧紧的，我注意到了，走过去摸摸他的脸。他站定，松懈下来，对我说："不行了，孩子，不知道什么时候再出来那个劲儿，可是像是不大行了。"那一会儿我们互相看着，我多么地理解他因而可怜他。事情是多么明白啊！我本想安慰他，才摸摸他的脸，可是我什么也没能做到。

一天晚上我已经睡下了，忽然听见爸爸大声喊：小方子！小方子！我一骨碌爬起来，跑过去推开他卧室的门。

他躺在床上，大睁着眼睛，知道我进了屋，可是并不看我，直愣愣盯着房顶，“我不成了，又来那个劲了，吃了安眠药也不成，你要不来我就跳下去了。我什么也不想，只想从窗子里跳下去。”他仿佛鼓足了劲才说出这些话，说得上气不接下气，身体平瘫在床上，我是说他根本不可能跳下去，他整个人已经快要进入睡眠状态了。但我相信，他的灵魂刚才是站在窗台上的，感受着外面巨大的黑夜和冰冷的空气。我走到床边，坐下，只听他呼哧呼哧喘着，“我痛苦，我要写一个大东西才死，不然我不干！”我说：“那你就写呀！”大约是我的话来得太快，说得太轻巧，他长长地出了一口气，背朝向我翻过身去。等了一会儿，他喉咙里发出鼾声，我轻轻站起身走到门口，忽然又听见他很大的声音，“我就是惭愧呀，你不知道我有多惭愧！真的，我真想一死了事。我越读托尔斯泰越难受……”他的枕边放着托尔斯泰的评传，“托尔斯泰，”他说，“他一辈子要弄清为什么，他几十年痛苦，他想像农民一样生活，一天走三四个小时，然后写作，大吃，能吃极了，八十二岁还要吃一大碗生菜，他每天又快乐又痛苦，真是一个伟大的人！”

我一声不吭，等着他说，他什么也不再说了，这回真的打起呼噜来。躺回到床上，我想，爸爸叫的是小方子，叫的是我，我出现了吗？不，出现的应该是另一个他自己。那一刻脑子里鲜明的幻象和激烈的情绪让他的身心承受不了，必须有另一部分生命分担，我承担了那个部分。其实他是向自己宣告：我是多么苦闷啊，痛苦到想死！你知道我的内心，只有你知道！说出来之后情绪得到平复，甚至得到某种安慰，就睡着了。

第二天早上他对我说：“跳楼，只是那么一想，你不要说出去啊。”他还是有点怕。

曾经有个白天，上午时分，爸爸坐在客厅的沙发上看报纸，屋子里安安静静的。我从客厅门口经过，忽然听见一个怪异的声音，我惊疑地望去，声音正是爸爸发出来的，不知道他看了什么文章，引起何种感想，就用一种怪声唱了起来："可怕呀，可怕呀……"他把腔调拖得长长的，像唱戏一样，我盯住他看，他愈发提高嗓门儿，还是唱同一句："可怕呀，可怕呀，真是可怕呀！"

我笑着走过去，问："爸，什么可怕？"

他把一句"可怕"唱完，回答我："可怕，什么都可怕。不是吗？"

他就是这样的人，心里的快活和悲哀就像地下的泉水，有一点点压力就止不住冒出来，无论是哪一种都极具感染力。在家里，如果他遇到什么满意的事，心里生出美滋滋的感觉，会突然扭动胖肚子，两只胳膊举过头顶，小而柔软的手灵活地上下翻动，跳起舞来。他的眼睛闪着自得的光，宣称自己跳的是新疆舞，有时是日本舞，后来又变成迪斯科，只要他高兴你就不由得跟着欢乐。然而来得容易去得快，片刻的喧闹过去，他气喘吁吁瘫坐下来，刚刚的场景坍塌，不复存在。他变了一个人，被疲倦、恍惚的暗流带走，带到不知什么地方去了。

他就是这样的人，骨子里真诚到极点。有时候他的真诚会以一种不可思议的形式表现出来。家里的绝大多数客人都是有目的而来的，邀请他做这做那，他很烦恼。我们就说，就说你身体不好。于是在客人面前他真的就病得很厉害，连说话的力气也没有了，也听不见别人说什么了，完全不成了。客人走后我开玩笑，"爸，你演得过了。"想不到他说："我是真的难受，胸闷极了，就这儿。"他指指胸口。奇怪，这是真的。他的真诚表现为他自己无法掌握的一种能量，超越他，在控制着他。在不同时候、各种场合，对不必忧虑的事情的忧虑，在不得不讲的情形下讲的溢美之词，他那出了名的过分的谦虚，请相信我，都是真诚的。这种真诚总是能对我产生影响，使我在该生他气的时候不再生气，因为我知道自己没有被欺骗。被欺骗才是最令人愤怒的。

◎爸爸站在舞台上

编码

四十三

这几天温度上升得很快，今天的最高温度到了 14 度。一个用得很多很俗的句子在脑子里浮现而出：春天的脚步越来越近了。语言是人的创造，所以不管形容什么我们都会想当然地拟人化，其实春天怎么是走来的呢，春天是风，是气流，是散布在万物间的种种诞生。灰褐色的土地上露出星星点点的绿，脱得一身精光的树木鼓出小小的蕊，空中出现了小飞虫一闪而过的影子……不记得在哪儿看到过四个字：猛如春天。说得真好！现在背阴处水面的冰还没有完全融化，但是快得很，迎春花玉兰花梨花桃花海棠花会在眨眼间盛开，在阵风中互相碰撞，春光如炸弹一般四处爆炸开来，随后又在你不留意的瞬间消逝。

“日月忽其不淹兮，春与秋其代序”，四季轮回，周而复始，然而生命的春天走了就不再来了。

北京医院的午饭时间，爸爸趴在桌子上吃饭，我坐在旁边看着他吃，他一边吃一边漏，我抓起纸巾给他擦了擦嘴。他想到什么，说：“上帝这个东西真没办法，他安排得多妙啊！小孩儿也让人累，可是他可爱呀，怎么看怎么可爱，让人高兴。老人就不同了，丑，没有一点可爱的表演。人老了，上帝就把你的丑脸画好了，让你知道自己该死了，该走了。”我爸爸从不忌讳说死，我完全习惯，就对他说：“你也可爱呀！”他看着我笑了笑，叹口气：“那你是我女儿，没有法子。”

是的，谁都没有法子。衰老一点点夺走人所有的能力，包括思想的能力，包括痛苦的能力。痛苦也是需要能量的，而他已经没有劲儿了。偶尔他说："我当初应该当个老师，当个好老师，真有学问，那就好了。钱钟书，人家才是真有学问。"他想到清华的这位同班同学，随即检讨自己："我太不用功了，从没系统地看过书。"

他平躺在病床上，枕着一个薄薄的枕头，使肚子显得比原本要大，那样子说不出为什么像个孩子。空间在一点点缩小，但好奇心仍在，"给我说点儿什么呀！"他要求道，我就说说儿子考试得了多少分，表现如何，或者说说朋友间的来往。很多时候他离得很近看着我的脸，却已经不再听了，在我们说话的时候他可以任意出入，经历了漫长的人生岁月，在衰老的帮助下他渐渐抵达了一种自由境界。

我该回家了，如果天气好，陪护小白就用轮椅推着他把我送到医院门口。他很愿意送我，接下来他就留在医院的大门口看人。偶尔，并没有经过医生的批准他也跃跃欲试："咱们去公园看看吧，行吗？"小白略有顾虑，但还是会满足他的请求。

隔着一条小马路，医院对面就是东单公园的后门，我也陪他去过。最高兴的是碰上一场交谊舞会，年龄各异的男男女女跳得一个比一个认真，我爸爸看得津津有味，悄悄指给我看一个油头的男人脖子上系着的花围巾。我想起来了，那时他还没有住院，夏天的傍晚，夕阳的余晖洒在马路上投下高楼长长的影子，晚饭后我陪爸爸出门散步，忽然我发觉他不见了，不在身边了，赶紧回头找，他落在后面，我叫了一声：爸！他背对着我，没有反应。

我朝他走过去，"你看什么哪！"他依然不回答，顺着他的目光有一对年轻情侣正相拥走远。他终于回过身来，喃喃地："没有比青春再好的东西了！"

他能闻到青春的气味，能闻到各色各样的人的气味，人！对人的兴趣已深入他的骨髓，用他自己的话说："人这个东西是非常复杂的，人又是非常宝贵的，人是多么需要理解，又多么难以理解。没有一个文学家敢说我把人说清楚了。”

走出一段距离，我回身向爸爸招手再见，可他的注意力已经被街上骑自行车的人吸引，不再看我。我一步步走远，忍不住回头看他，一个身穿病号服的老人，无声无息地坐在轮椅里，被高大的水泥门洞衬得那么小，孤零零的。

编码

四十四

1974 年我妈妈去世以后有不少人为我爸爸介绍对象，对不起，虽然有点可笑，可想来想去只有“对象”这个词合适，有留美学者，有比他年轻得多的演员，他的前妻也想和他复合，甚至亲自上门，但被他无情地拒之门外。“无情”，似乎是个贬义词，可我认为“有情”“无情”其实是衡量感情关系的标尺，感情的有、无应该是决定婚姻有无的关键。妈妈去世后的六年，没有其他女人进入爸爸心里，直到 1980 年，和李玉茹结为夫妻。我想说，爸爸真厉害，他太知道自己要的是什么，他要的是互相理解，心心相印。

我对中国戏曲是个白丁，直到我爸爸和李玉茹结婚我才对京剧有所关注。少女时代李玉茹是中华戏曲专科学校的“四块玉”之一，后来在舞台上光彩四射，是红透了的名角，和我爸爸结婚时是上海京剧院院长。在婚后的十七年里他们或在北京或在上海，有时候也不得不分离。当他们不在一地我就担负起陪伴爸爸的责任，这让我亲眼看到爱情的力量。爱情，是春药，是杀手，一笔抹杀掉年龄，让春天猛扑回来，请相信，我这么说没有一点夸张的成分。

木樨地家中，我和爸爸一起坐在客厅里看电视，屏幕上播放着一个美国爱情片，女主角是当年红极一时的波姬小丝，具体情节我已经不记得了，不外乎两个年轻人爱得昏天黑地，不顾一切，奇异的是我感觉到爸爸渐渐产生了一股不满的情绪，我试图弄明白原因，也确实明白了，他不满，甚至微微气愤是因为他觉得波姬小丝的爱情不如他的爱情，甚至构成了对他的爱情的冒犯。天呐，我心里不由好笑，你多大了？

歌德，赫赫有名的文豪，古稀之年，七十四岁，爱上了十九岁的少女乌尔丽克，爱得神魂颠倒，不能自拔，像个情窦初开的少年。我完全相信是真的，因为我看见了。经常天还没亮，我爸爸就已经趴到客厅的方桌上写信了，四周是黎明前的黑暗，只有台灯的一束光照着他，他是那么一心一意，把所有思念的煎熬一股脑倾倒在信纸上，他叫她玉妻，玉伴，好妈妈，恨不得把生活中的一万件小事都诉说一遍，仍然吐不尽分别之苦。他心神恍惚，除了写信就是盼信，睡觉时把妻子的来信压在枕头下面，随时拿出来读一读，或者用手摸一摸。他害上了相思病，信是他不可或缺的药。陪他去邮局寄信，他的信很厚，如果邮局人员告诉他需要贴两毛钱邮票，他一定贴一块钱的，无理可讲。我爸爸和李玉茹的通信已经出版，书名是《没有说完的话》，感兴趣的话可以找来一读。什么是婚姻的基石，没什么新鲜的，和所有人与人的关系一样，是理解。从爸爸和李玉茹身上我看到一对知己的夫妻，互相理解，无话不谈，不管美或丑都毫无隐藏，无论对于男人或女人这都是极大的福分。我爸爸确实有福，三段婚姻，三个女人，都爱他。我不相信这是运气，我相信这是有原因的，无论他做过什么，毕竟值得这样的爱。

“爱情是永存的，哪怕没有情人，重要的是，要有这种对爱情的癖好。”这句话是法国作家玛格丽特 · 杜拉斯所说。我想是这样的，我爸爸就是证明。他爱女人，像干涸的泥土地需要水，他需要爱更需要付出爱，蘩漪，愫芳，陈白露，她们都是他的心尖儿，他珍爱她们，疼她们，多少男人里才有一个会这样地爱女人啊！这些女人已经进入了他的生命，也许一个真正的好作家就应该是雌雄一体的吧。

四十五

时间到了1996年，我爸爸在北京医院前前后后住了八年。这是他的最后一年。但是没人知道，没人这样想，只要一息尚存，我们都宁愿相信那就是永久。

北京医院的高干病房有长长的走廊，地上铺着紫红色的地毯，天花板高高的，一走进来不由会有种宁静的感觉。那时医生已经不同意爸爸再到室外去，他自己也没有力气，不再要求了，所以经常是小白推着他在走廊上走走，透透气。走廊又宽又长，总是空荡荡的，偶尔有身穿白衣的护士经过。那是一个下午，我们把爸爸扶上轮椅，我推着他从405病房出来左转，向西，因为405病房在走廊的东部，所以朝西走可以远远望着走廊的尽头，缓缓接近，更有散步的感觉。轮椅的轮子从地毯上碾过，没有一点声音，静悄悄的，推着有一点点费力，但是正好，正好有种实实在在的连接感。

不管走得多么慢我们还是到了尽头，没关系，转过身再往东走。爸爸一直在做腹部透析，人非常疲乏，越来越少说话，所以我们只是默默的。走着走着，忽然听见爸爸叫我："小方子……"后面的话我没听清，俯下身凑近他："你要说什么？"

"你的小说写得怎么样？"他问。

那时候我正在写小说，准确地说是在构思一篇小说，我一时不知怎么回答，就告诉他正在想。他又问："是写什么的？"好吧，我就开始给他讲，讲我想到的人，故事，并不完整，但可以讲个大概。他听得很仔细，不时提个问题：她多大了？这个男朋友是干什么的？

好像我和他说的都是真实存在的人，他不由关心，想知道事情怎样发展，遇到出乎意料的地方他微微向后扭头，语调有一点兴奋，“哦，想不到，她说走就走了，离开家了？”我就接着往下讲。

我们从东走到西再从西走到东，一次次经过405病房，过门而不入，经过一扇又一扇朝北的大窗，穿行于时明时暗的光线，轻声低语着。当这次走廊散步结束，我并没有什么感觉，只觉得是一次普通的陪伴，陪爸爸度过了一个下午。之后的某一天，我忽然间有所感悟，这段时期爸爸说话很少了，也很少表现出对什么事有兴趣，然而那个下午我们边走边谈度过了多么美好的时光啊！越想越觉得美好。说到底我讲什么并不重要，我的小说也不重要，重要的是那种氛围，通过我，爸爸感受到了很久以来没有体会到的创作的心境，那么熟悉，亲切，尽管他浑身乏力地坐在轮椅上，可心还是不由自主地跳跃起来，跳得更有力了一点儿。我根本不知道自己在做什么，这是上天的安排，在我和爸爸相聚的最后日子里赐给我这样一段时光。所以人要感恩。

铁狮子胡同3号，家门前有一棵巨大的海棠树，我和院子里的孩子把皮筋拴在海棠树上，边跳边唱，“一五六一五七，一八一九二十一……”我们欢悦的声音传到小书房，爸爸正趴在桌前，书桌上放着一大盆冰块，他光着膀子，汗珠如小虫顺着脊梁往下爬。我还看到过他脸色阴沉沉的，在书桌旁转来转去，突然抬起手剧烈地挠头，就像脑袋里憋着千头万绪，只有拼命地痛快淋漓地挠头才能把它们梳理清楚。我还听过他朗读，他喜欢把自己写的台词读出声来，“美，美丽的大火啊！”“玉人，我正要去找你，你却来了。”他的朗读与众不同，甚至可以说不同凡响，打动了我一颗孩子的心，令我不忘。现在想来那是因为他根本不知道声音的存在，一切只发自心底。

“方子，你不能再玩了。你要观察，体会身边的一切事物、人物，写出他们，完全无误，写出他们的神态、风趣和生动的语言，不断看见，觉察出来，那些崇高的灵魂在文字间怎样闪光的。我的话不是给木头人、木头脑袋写的。你要经常想想，揣摩一下，体会一下，看看自己相差多远。”

“杰克 · 伦敦的勇气、志气与冲天干劲，百折不回的‘牛劲’是大可学习的。你比起他是小毛虫，你还不知道苦苦修改，还不知道退稿再写，再改，退了，又写别的，写，写，写不完地写，‘迷’在写作里，那怎么行？”

“你的毛病就是浮！不要图轻省，不要图快，不怕改，不怕两遍三遍地改，十几遍地改。爸爸相信你的才华，但一定要不怕折磨。‘大器晚成’！万不能丧气。你要苦干呀，我的孩子。”

“一个作家必须有真正的思想。一个人没有思想便不成其为人，更何况一个作家。其实向往着光明的思想才能使人写出好东西来，你以为如何？希望你能真正在创作中得到平静快乐的心情。”

我一直觉得爸爸没有说过我，这完全是错误印象，他的话都在信里，只是当时我不以为意，所以忘到脑后。但是如果他今天在某一处看着我，他会看到我是个听话的孩子，我观察，我思想，我总是改了又改，迷在写作里。

爸爸，我想告诉你写作对我是多么重要，这关系到我的生活质量，我的生存状态。有时候我觉得自己是一个在黑暗边缘站立着的人，一个走钢丝的人，是写作让我能够保持平衡，好好生活，一旦停止写作，就会有危险等着我。我不知道会是什么样的危险，请你保佑我，爸爸。

还有一点我从来没有和你说过，无数次我陪你参加活动，看着你被围在中心，前呼后拥，多少人尊敬你，仰慕你，我知道那是因为你值得，可心里却在对自己说：我不要像他这样，不要被诱惑。

那种场合我经常离开你一段距离，有一次离得太远，你在台上我在台下，你生气了，质问我：你什么意思嘛？！其实你知道我是什么意思。我们俩是心有戚戚的。

曾经有那么一天，你看出我不快活，对我说："小方子，别那么不快活。"

我说："没什么快活呀！"

你想了想，说："是没什么快活事儿。我给你读两句诗，你就懂了。"

他找来弘一法师的书，翻到其中一页，念给我听："水月不真，惟有虚影，人亦如是，终莫之领。"他解释道："就是不能懂这个道理。'为之驱驱'，驱驱就是忙呀，忙了一辈子。'背此真净'，真净，这么干净的一个世界，你违背了，'若能悟之，超然独醒'。"他放下书，静了一会儿，"这是另外一个世界，和马克思的世界不一样，和资本主义世界也不一样。你觉得如何？"

编码

四十六

我写下一个日子：1986年11月8日。那天我爸爸在两张不大的纸上写下一首诗。

雷从峡谷里滚响
莽原的每一棵草在哆嗦
我听见风吼，黑云从乌暗的天空猛压头顶
从云里垂下来黏糊糊的东西
那是龙的尾？是龙的长舌？像无数的钩
钩住我的眼睛，心，耳和我的手。
地上喷出火
我的全身在燃烧
洪水泛滥，暴雨像尖矛扎透我的背
我向天高吼："来，再狠狠折磨我！"
大地震抖，高楼，石头，水泥坍下来掩埋了我全身
土塞住我的喉咙
我向天高喊："来吧，我不怕，你压不倒我！
你不是龙，连一条毒蛇都不配，
把戏吓不倒我。"
我看见了太阳，圆圆的火球从地平线上升起！

我是人，不死的人，阳光下有世界
自由的风吹暖我和一切
我站起来了，因为我是阳光照着的自由人！

1986 年 11 月 8 日

陀思妥耶夫斯基说："我只担心一件事，我怕我配不上我所遭受的苦难。"我觉得以上这首诗可以看作是我爸爸的回答。这使我相信所有失去的东西还在，珍珠还在一粒沙子里，产卵的季节，大海里的三文鱼在逆流而上，执着地回奔向自己出生的小溪……1996 年 12 月 27 日是我爸爸遗体火化的日子，灵车向八宝山开，他身上盖着白绸子，清晨的阳光照在他脸上，那阳光透亮得要命，尘世上所有的瑕疵都被亮晶晶的阳光所遮蔽。坐在八宝山大门前的空地等他的骨灰，我看见在蓝天的映衬下，烟囱里飞起一股股淡淡的灰烟，那是上天正在接纳一个贵宾，一个自由的灵魂。

编码 四十七

今天我在淘宝上订的书到了，一共五本，我选了《走出荒野》先看。

这本书被《纽约时报》、《华盛顿邮报》、奥普拉 · 温弗瑞推荐，但我不是因为他们而买下它，我是被内容介绍吸引。作者是一位叫谢丽尔的美国女子，六岁时父母离婚，父亲就此消失，二十二岁时深爱的母亲在一个月时间里患癌症去世，她的生活变得一团糟，困在毒品、滥交中难以自拔。为了改变，她踏上太平洋屋脊步道，独自跋涉九十四天，一千七百公里。对，我就是为了谢丽尔的野外经历而买这本书的。

如果，我是说假设，人生能选择如何度过，我愿意在大自然中，山峰，原野，森林，大海，除了沙漠，我都愿意接近，置身其间。这辈子我几乎没有动过如此无意义的蠢念头：要是还年轻该多好！可是在读《走出荒野》的时候我竟会屈从于内心的渴望，梦想再次年轻，像谢丽尔那样。

在雪山上，她后背的 T 恤被汗水濡湿，一旦停下脚步立刻又冻得瑟瑟发抖，再一天，太阳无情地照射，热风打着旋儿，把沙石吹进鞋里，水泡破了又起，一双脚十个指甲掉了六个，后背和背包接触的皮肤磨得像树皮一样糙，她把那硕大沉重的背包叫作“怪兽”。多少天孤独艰辛的路途之后，太阳慢慢落山，西边的天空被染成粉色、橙色和最梦幻的淡紫色，谢丽尔和几个徒步旅行者相遇，大家出钱从便利店买了食物，抱着满怀的薯条、饼干、啤酒和大瓶的红酒，在山坡的露营地把帐篷搭成环状。天越来越黑，月亮犹如聚光灯，把大山的黑影投向峡谷。第二天清晨，谢丽尔背起她的“怪兽”又上路了。

天空中，洁白的云絮静静飘移，猛禽盘旋，伸展的翅膀一动不动。

不可能了，无论如何也不可能，因为她吃的苦我再也吃不了，也许根本就吃不了，我的腿，我的膝盖，完全支撑不起“怪兽”的重量，再怎么心动也不过是空想而已。我却止不住空想，甚至觉得想想也是好的。思绪飘摇，飘向那些徒步的背包客，我曾从车窗里望着他们的身影迅速消失，飘向我的西藏之行，折磨人的高原反应，飘向怀柔国家登山队基地，大雪后的冬夜，雪白的明月当空，山间简陋的屋子里一帮人围着火炉，那时候在准备写一部登山者的电视剧，那时候我还年轻。年轻是多么好啊！我发觉自己发出和爸爸一样的感叹，就是说，我也老了。

这时王尔德的那句名言飘到耳畔，“我们都在阴沟里，但仍有人仰望星空”。

是吗，我在阴沟里吗？当然不是，王尔德也不是，那我们在哪儿呢？该怎样形容我们的处境？人的处境？或者说心灵的处境。不管谢丽尔是不是觉得自己在阴沟里，但她不甘心待在原地，她爬起来，把自己抛进荒野之中，一步步寻找答案。那我该怎么办？我无法仿照她那样上路，是否就动弹不得了。我相信绝对不是。每个人都有自己的路要走，这段旅途不管怎么走都必须走下去，一步也偷不得懒，直到倒下的那天。走进荒野只是一种方式，走进超市，走进购物中心，走进地铁，走进寺庙，走进……其实不在于走进什么地方，目的是找到自己。《走出荒野》的封面上有一句话：找到你最好的自己，一旦找到，拼命留住她。对，这就是我要做的。真正重要的东西是不受年龄限制的。

阴天，预报有小雨，这个冬天没有下雪，多么盼望一场绵长的淅淅沥沥的春雨啊！如果下雨就不能出门遛乖乖了，十六岁的她经不住雨淋。记得她小时候我牵着她在深雪中走，每一步都陷到腿根儿，她奋力跳跃向前，在雪地上留下一串并排的小坑。近来我发觉乖乖的胆子变小了，看到人多尾巴会像一把小扫帚那样垂下来，而以前她的尾巴永远卷着，像一朵漂亮极了的翻卷的花。昨天才有意思，小区的花园里有两三个男孩儿在玩，我本想绕着他们走过去，可乖乖却远远地停住，我看见她抬起一只腿，像是受伤了，于是我赶紧把她抱起来穿过小花园回家，准备好好检查一下她那只脚，可她看见地板上自己玩了一辈子的小熊叼起来就跑，什么事也没有。你这家伙可真鬼呀，我和她说。临近中午妹妹打来 Face Time，告诉我她植牙的情况，两天来只能吃流食，我告诉她书快要写完了，等她回来看。挂断之前她说：让我看看乖乖。每次她都要看看乖乖，她也很爱她。乖乖正蜷缩在自己的窝里眯着，当我把镜头反转向她，她立刻知觉到，翻起两只圆眼睛看看我。从不同角度不同光线下，可以看出她的眼球上有一层淡灰的翳，还没有影响看东西，因为她从没有撞上过什么。但她眼里的世界是否清晰就不知道了，也许我是一个影子，她熟悉的影子。

“乖乖真有福，天底下没有比她更有福的了。”妹妹说。

“是，她是挺有福的。”

“可不是，你想啊，谁能像她这样，天天有你陪着。”

妹妹的话让我感觉宽慰，让乖乖做世上有福的老狗，这是我能做的。

前两天我用手机自拍，拍了一张我和乖乖在床上的照片，我枕着枕头，侧着脸，她趴在枕头上，我们俩鼻子对鼻子。我把照片发给好姨，她笑着回复我：你这小狗真好，你怎么不给她戴朵花呀！她说她从前有只小狗就戴着花，还戴蝴蝶结。好姨爱美，始终不变。她发来春节时朋友给她拍的照片，照片上的她梳着多年梳的典雅的发型，灰白的发丝泛着一层微微金光。我去香港看她的时候常看她梳头，那过程像是一种仪式，先用梳子把头发一点点打散，披满肩头，再用她的手法把头发向后绾起来，精致地盘好，再用刷子打松，让前面的头发高高地蓬起来。照片上，她穿着一件鹅黄色的衬衫，罩一件嫩绿的毛衣，亲热地笑着，不能想象一位九十八岁的女人能更美丽了。美本身是有生命的，从她身上我看到美的旺盛活力。好姨，祝愿你活到一百二十岁。

编码四十八

我的奶奶十八岁就走了，没人记得她的模样，她的儿子也不记得，甚至可以说没有见过她。事实上越到老年我爸爸越经常地想起自己的母亲，想象她年轻的模样，想象她对自己的爱，想得心痛。那天我走进 405 病房，妈妈李玉茹见到我就说："爸爸写了一首诗，写得好极了，你看看。"我接过几页横格纸，看到那首名为"母亲"的诗。此刻我没有办法描述那首诗写得多么好，因为它丢了，爸爸走后再也没能找到，只要回想起读它的感觉，我就万分惋惜。也许在离开医院病房之前仔细找是能找到的，问题是那时候没有人想起它，等再想起来已经太晚，无处寻觅那几张纸了。我只能这么安慰自己，爸爸把诗带走了，带去读给自己的母亲听。

就在两个月前，我妹妹在北京的家里整理保存的旧物，她真是个整理狂人，在一个爸爸的红皮本子里看到有一首诗，是写母亲的。我听了激动极了，叫她赶紧拿来给我看。

不，不是我曾看到的那首诗，因为本子上注明了时间：1984 年 7 月 14 日下午，而我读过的那首诗是 90 年代爸爸住在北京医院时写的。很好，这说明那首诗在他心中久久酝酿，就像贝母酝酿珍珠。

1984 年盛夏的那个下午，爸爸独自呆在家里，我之所以看到当时的情景，因为就像我想起妈妈，爸爸想起自己的母亲，想着想着母亲就来到他面前，一肚子的话涌到口边，他一分钟也不能等，立刻抓起笔：

母亲，我的母亲！
我七十四岁了。
你才十九岁！我的小母亲。
生下我，像未开的花，难产，死了。
我没见过你，只看到一张相片。
你坐着，一个小姑娘，发亮的眼睛，一双小脚，
然而照片也丢失了，我只在朦胧记忆中看见你的幻影，
乌黑天真的眼神，方方的额头，厚厚的嘴唇，
我生，你死，连一声“妈妈”你都没听见。
“儿啊，我爱的是你，我的儿，
不是你的父亲。我不知道他是谁就结了婚。
我没有尝到爱情，没一点爱情！
生生地把我推到喜房里，
在喜房里我孤单，一直就孤单，
你在我腹中一动，我就爱你，我的儿，我的心。
我不说，他并不爱听，他总骂人。
他只知道好看的姑娘，他娶到了，
他不懂一点女儿的心，却忽然把我
弄成一个母亲，一个小小的母亲。

“我才十九岁啊，不知道任何事情，
你外婆教我绣花，洗衣，煮饭，为外公捶腿，
我熬红了眼睛，从不抱怨一声。
一双巧手，准是个不言不语，会过家的好母亲。

“我离开了你，连你一眼都没见，
便去了。我不知我的儿是个什么模样，

只听见‘恭喜，是个男孩’。
我痛苦地离开了你，我的命根！

“真的，你七十四岁了？我真不信！
可你没喝过妈妈的一口奶水，
怎么你现在比外公还老，你是老孩子了。
你会想我么，你还会念记我么，一个十九岁的小母亲。”

妈妈，小小的妈妈，我没有忘记你，
在我不知道时我失去了你，
九岁时才知道你是我的母亲。
为了我抛去春花一般的生命！

我想起父亲严厉的脸，我就恨！
他和继母都瞒着我，
你为了我舍弃了生命，
毫不埋怨，你失去你的青春。
外婆说你是最乖的姑娘，
她最爱你，全家都爱你，我的妈妈。
外婆来了便搂着我哭！
说“我的甲儿啊，你呀，你呀，苦命的儿啊！”她嚎起来，
可她也不说你是我的母亲。

我九岁，我当然不懂，
大了，懂了，我告诉你，我的母亲，
人生是多么艰苦，妈，你大概还不明白，
妈妈，在森严的刑堂上，

我听远远城墙上的小兵的号声，
真是凄凉啊，我想到了你，我哭了，
我才觉得我是一个失去母亲的孤儿。

妈，我多想叫你几声！
你听见没有？七十四岁的老头叫他的母亲。

我猜想你一定在天堂，还是那样俊，
你笑着，又苦恼着，为着我，保护着我，在凡尘。

妈妈呀，我现在明白，天下的母亲都像你，
有的比你幸运，但有的比你还不幸，
我不能一一告诉你，我的一生的苦恼，
可我告诉你，我已经老了，你的儿子。

我在冬天的月下深深想念着你，
我羡慕现在有母亲的儿女，
不管他们是婴儿还是老人。

小母亲，我的妈妈，你十九岁便失去生命！

妈妈，我告诉你我现在有一个信心，
你也许不懂，我的小母亲，
我觉得人类要爱，要和平，
我看的得太多了，天下的母亲都怀着一样的心。
妈，你短短的生命，少受许多苦，
可我情愿你受一些苦，明白这个世界。

虽然你还是那样苦念着我，
对我微笑，我还是你心里那个呱呱坠地的小心心，
你就这样想念我吧，我的妈妈，
七十四岁的老头，叫“妈”，想叫醒他小小的母亲。

1984.7.4 下午

（注：我的小名叫添甲）

我把这首诗打出来了，打完之后呆呆地坐了很久，像是做了一个刺痛人心的白日梦。

今晚，无垠的夜空就像蓝丝绒，月亮是那个最大的光明四射的白宝石，形状微微椭圆，蓝丝绒上还撒着一些星星点点的碎宝石，星光闪烁。我仰着头，呼吸着黑夜的空气，呼吸着漫天的银辉，寂静、深邃而迷人，仿佛宇宙的本质已融在其中。我意识到我在笑，不由自主地微笑起来。

亲爱的妈妈，你到过这里，月光也曾撒在你脸上，你是那个美丽的椭圆脸蛋儿的小姑娘，公公的宝贝女儿，你是爸爸热恋的情人，你是妻子，读你和爸爸的信，我有一种感觉，觉得你就是为了那样一次灿烂的爱情而生的。你当然爱我们，当然。你从没有背叛过自己的心灵，骨子里那么干净，我试图把一些你生活里美好的片段连接起来，让你再活一遍，让毛笔轻轻落在宣纸上，看墨迹洇开，让你露齿而笑，读着爸爸的信，容光焕发，让你怀里的小婴儿响亮地啼哭，让窗外的晚香玉盛开如白色小喇叭……哦，妈妈，回不去了，每时每刻都一样。

曾经我有过一次机会。东北的冬天天寒地冻，乡下没活可干，我从插队的徐家店公社回到北京。午后我和你躺在床上，我靠着墙你睡在外面，在一个被窝里。我一点也想不起咱俩在说什么，也许

困意已经上来，什么都没有说。然后很突兀，你说了一段话，和当时的情景没有丝毫关联，你说在重庆的码头上，爸爸要坐船去江安，你来送他，但是只能站在远远的地方，因为爸爸的妻子郑秀也来送他了，你只能离爸爸很远很远，望着他，望着……

我当然听见你在说话，也听见了你在说什么，可我一点也不关心，你所说的那个恋爱中的女人我不认识，也没有兴趣认识。而那是我最后的机会，失去了那次机会就再也没有机会了。可我怎么能知道？怎么可能？！你躺在我身边，你活着。

我突然醒了，觉得家里安静得有点奇怪，翻身下床，走出卧室，来到客厅里。客厅西墙是一溜灶台，灶台上的灯那么明亮，照着火上煮着的一锅东西，我走近看，是汤，咕嘟咕嘟冒着泡，熬得只有小半锅了。刚才明明妈妈在，她上哪去了？我叫道：妈，妈妈？没人答应。我在隔壁厕所门口探了探头，然后走出屋门来到廊子上，朝着院子里大声叫：妈妈！妈妈！还是没人回应。我一扭身走向东边的小门，一把拉开门，哦，这里已经不是我家了！这两间东屋被周同志占了，他儿子正坐在桌前吃东西。我赶紧撤出，迅速把门关上，转过身向着院子扯开嗓子喊：妈妈！妈妈！喊声飞向海棠树梢，飞越前院的屋脊，我为自己响亮的声音所激动……

醒来后，梦里的一切依然非常清晰，没有丢失任何细节。一切都符合实际情况，房屋的位置、院子里的情形，包括周同志，他是造反派，“文革”中占了我家的屋子，也是他打电话到部队通知妈妈去世的消息。唯一不对头的是客厅里的灶台，灶台怎么会放在客厅里，而且是现代的不锈钢灶台。然而妈妈已经离我很近了，就在灶台前煮汤，火都没有关，只是出去一下。我想着自己怎么在梦里喊她，不由试探地叫了一声：妈妈。声音很低，几乎像耳语。我不甘心，又叫了一声：妈妈！声音还是不大，就像有一只手控制着我的音量旋钮，不，更像是我的音量旋钮坏了，只能这么低，不可能更大。我明白，我并不能就此从痛苦纠结中走出来，但我总算写了这本书，总算为妈妈做了一件事。也许是为自己，对，其实是为自己。

我明白，不用后悔，没有什么可后悔的，妈妈来过，爸爸来过，你们让我的生命成为可能，我还在这儿，这就是一切。

到了结束这本书的时候了。从头再看，想不到一年半的时间已经过去，像是耗尽了心血，身体像被掏空，我感到一种极度的疲乏，甚至是空虚。明天早上起床后我还能做什么呢？明天也许是个好天气，也许不好，这不是我能决定的，还有后天，大后天，一天又一天的日子在前面等着我，我将要做什么呢？

我将选择，一次次地选择，将坚守或改变，对真相仍然好奇。当然，世上的许多事情只有你相信了才会存在。我还悟到无论在何种境遇之下，最好不要装扮成另一个人，无论前方有什么，成或败，生或死，最终等着的只有那个真实的自己，接受她，我会因此而坦然许多。

"我的灵魂能知晓万物，
可我又是个瞎子，万事愚昧无知，
我知道我是大自然的一个小主人，
却又是任何卑微事物的奴隶。"

此刻，春天的大风一阵阵刮在窗子上，发出骇人的咣咣声，窗外碧空如洗，太阳明亮刺眼。时间已经在重新开始，一如你曾经路过此地的时候。

2019 年 4 月 30 日
完稿

我和心爱的乖乖

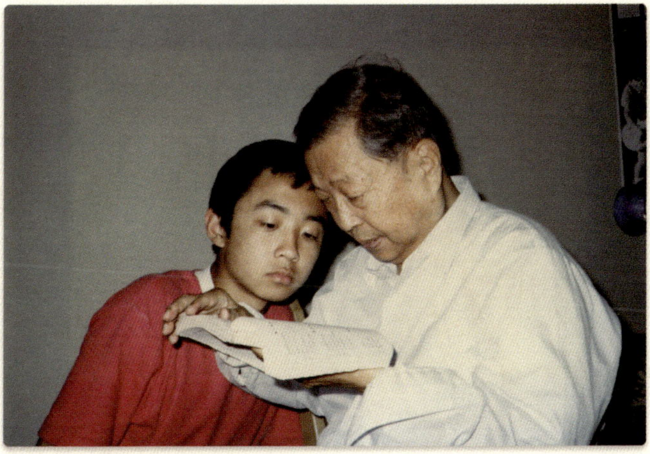

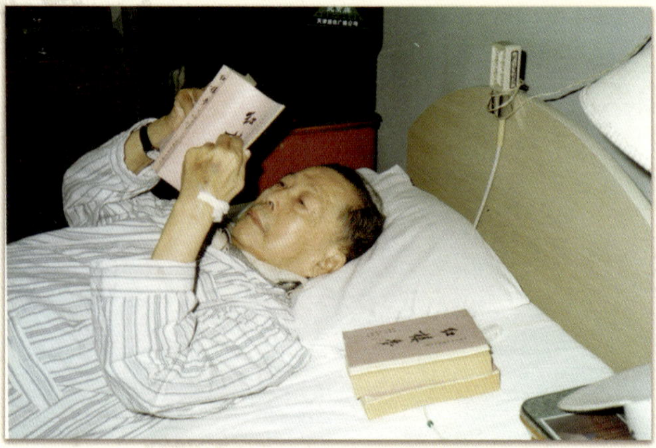

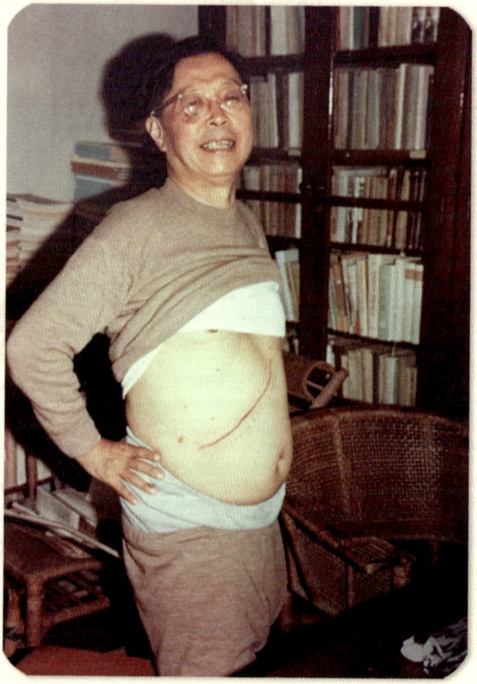

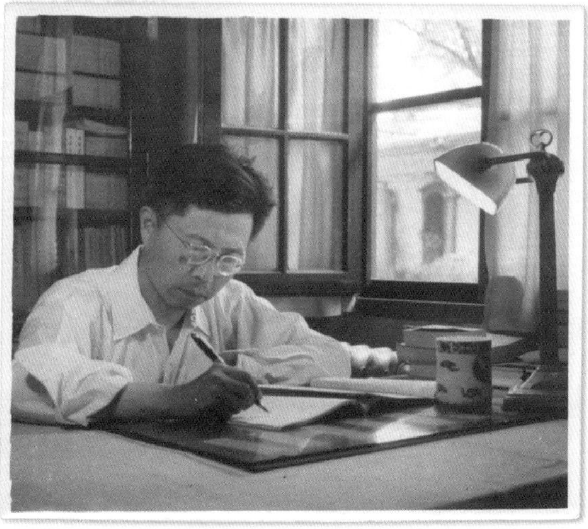

PROOFS ONLY
BLACKSTONE STUDIOS

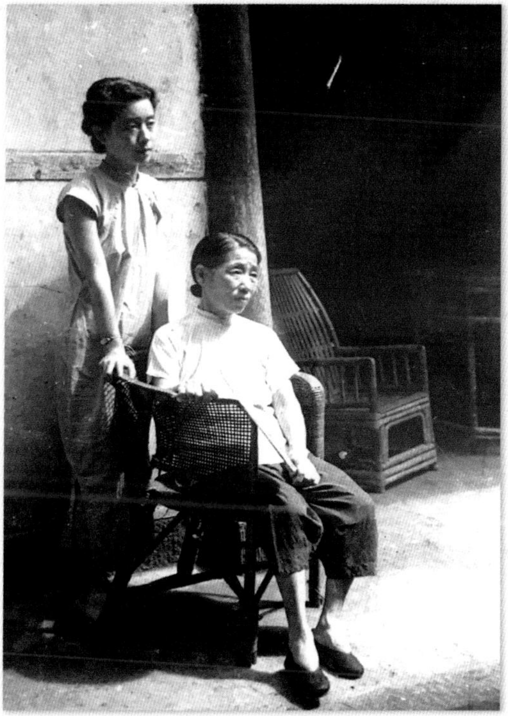

图书在版编目 (CIP) 数据

你和我 / 万方著. — 北京 : 北京十月文艺出版社，2020.6

ISBN 978-7-5302-2010-8

Ⅰ. ①你… Ⅱ. ①万… Ⅲ. ①传记文学—中国—当代 Ⅳ. ① I25

中国版本图书馆 CIP 数据核字 (2019) 第 232567 号

你和我
NI HE WO
万方　著

出　　版　北京出版集团
　　　　　北京十月文艺出版社
地　　址　北京北三环中路 6 号
邮　　编　100120
网　　址　www.bph.com.cn
发　　行　新经典发行有限公司
　　　　　电话 010-68423599
经　　销　新华书店
印　　刷　北京盛通印刷股份有限公司
版　　次　2020 年 6 月第 1 版
　　　　　2020 年 10 月第 5 次印刷
开　　本　880 毫米 ×1230 毫米 1/32
印　　张　9.125
字　　数　229 千字
书　　号　ISBN 978-7-5302-2010-8
定　　价　68.00 元
质量监督电话　010-58572393
如有印装质量问题，由本社负责调换。